MARC BIANCARELLI

MURTORIU

BALLADE DES INNOCENTS

roman traduit du corse
par Jérôme Ferrari, Marc-Olivier Ferrari
et Jean-François Rosecchi

BABEL

En langue corse, le mot murtoriu *revêt le double sens de "glas" et d'"avis de décès".*

Quant au mot baddata, *il n'a pas tout à fait le sens que l'on donne aujourd'hui en français au mot "ballade". Une* baddata, *c'est, littéralement, un chant funèbre, entonné ou improvisé – notamment lors des morts violentes. C'est dans cette acception que nous l'entendons personnellement dans le sous-titre : "Ballade des Innocents".* (Note de l'auteur.)

1

Les Sarconi – D'un Marc-Antoine à l'autre – D'où j'écris – Centres et périphéries – Résistance et soumission – Éducation et écoute

Les Sarconi. Vingt-trois maisons si je regarde depuis ma terrasse, un peu plus si je monte sur la Presa, le gros rocher qui nous sert de belvédère. Un petit village blotti dans sa coquille, asphyxié entre les pins et les châtaigniers. Mille mètres d'altitude. Du belvédère, je vois les cimes de la crête, les toits de deux ou trois maisons du Rutaghju et, juste en dessous, la descente vers la plaine, les limites de la région, nous, on dit "les Terres", au-delà, il y a la mer, les îlots et la Sardaigne où je vois parfois briller les lumières des villes et les phares des voitures, quand le ciel nocturne est bien dégagé. Quand il fait chaud, on ne voit plus rien à l'horizon, rien qu'une espèce de brume trouble, une clarté, comme le signe qu'il y a là une frontière. Je ne passe pas mon temps, je le reconnais, à arpenter la forêt pour vivre ma vie d'ermite des montagnes. Je suis un ermite sans en être un. Un homme de la campagne par hasard. Ou parce que l'Histoire prend plaisir à refermer les courbes du temps et à entremêler malicieusement les destins, le destin des uns, celui des autres, et le mien au milieu. Je passe le plus clair de mon temps à la maison, à taper sur le clavier de mon ordinateur, essayant d'écrire quelque chose, ou à rêver devant les flammes du foyer parce que j'ai renoncé à essayer d'écrire. Je m'appelle Marc-Antoine Cianfarani, libraire de mon état, et poète raté à mes heures. Je devrais également dire libraire raté, mais chaque chose en son temps. À la maison, pendant les ténébreuses soirées d'hiver, quand je me laisse aller près du feu, je vois deux portraits sur la cheminée : celui du Vieux, qui était alors encore jeune et se baladait tranquillement dans les rues d'Alger, le chapeau de travers – il avait la classe – et puis le portrait de l'autre Marc-Antoine, mon grand-père. Il est en uniforme, je peux lire le numéro du régiment sur son col : 173. Régiment d'infanterie. Il semble me regarder méchamment sous la visière de son képi, on dirait même qu'il me juge avec sévérité. La lourde moustache taillée en pointe lui donne l'air d'un Turc, ou d'un Ouzbek, je ne sais pas, il doit bien exister des scientifiques un brin fachos pour expliquer ce genre de ressemblances. Il paraît que les Étrusques venaient d'Anatolie. Du coup, tout est possible. Je me dis que je suis son portrait craché, c'est vrai, mais cet air de sauvage oriental n'appartient qu'à lui. Et je me dis aussi que cette expression ne doit plus exister nulle part. Aujourd'hui, c'est jusque dans notre aspect physique que nous nous sommes transformés. Moi, si vous me rencontrez, vous allez penser que je suis un type comme vous, moderne, naturel, ou vous n'allez rien penser du tout, ce qui veut bien dire que je suis comme vous. Je ne l'ai jamais connu, le premier Marc-Antoine, mais le Vieux m'en a beaucoup parlé. Il me le décrivait comme une sorte de héros antique, échappé d'une de ces épopées guerrières qui ont marqué nos mémoires, je sais que c'est pareil chez vous. Toutes les familles ont quelque chose de ce genre à raconter. Je regarde cette gueule de soldat cruel, ce regard de rapace. C'est un jeune homme mais, d'après moi, il en a déjà buté quelques-uns. Il n'a pas l'air d'avoir envie de rigoler. Non, je ne l'ai pas connu, mais il m'est si familier. Enfin, ne pas l'avoir connu m'a certainement épargné de prendre des raclées. C'est ce que je me dis. Même si le Vieux ne s'est jamais montré avare de ce point de vue-là. Mais je vous parlais aussi de livres, je crois, et d'écriture. Je voulais vous parler de cette nécessité que je ressens, seul dans mes montagnes. Me prendre pour un poète, pour un écrivain.

La question est de savoir, puisque j'écris, qui je suis et d'où j'écris. Quand je dis "qui je suis", je ne parle pas de mon nom, je me suis déjà présenté, mais de qui je suis vraiment. Je vais tâcher de vous expliquer comme je peux.

Il paraît, on n'a pas cessé de me le répéter, que nos sociétés modernes se composent de centres et de périphéries. Moi-même, je me trouverais donc plutôt dans ce que le jugement majoritaire qualifierait de périphérie. Le centre serait le lieu depuis lequel s'exprime ce jugement majoritaire. Étant central, le regard des *nombreux* – comme dirait un ami dont je vous parlerai plus tard – est aussi un regard plein de certitudes. C'est un regard doté d'un jugement qui est le bon, et le monde n'existe que pour être expliqué à partir de ce point d'observation.

La vision du monde depuis ce centre des certitudes, c'est, je crois, ce qu'on appelle l'"universalisme".

Mais toute cette histoire de centre et de périphérie n'est rien si nous ne nous référons qu'au positionnement spatial ou géographique. En vérité, le centre n'est centre que parce qu'il détient un pouvoir, et la périphérie n'est lointaine et marginale qu'en vertu de l'unique raison qu'elle n'exerce pas de pouvoir, mais qu'elle le subit ou lui confère la majeure partie de son accord et de sa légitimité.

Il serait vain de nier l'existence des centres et des périphéries, nous sommes bien, tous autant que nous sommes, dans les sociétés humaines qui s'affrontent ou se croisent, positionnés selon ce schéma. La seule chose qu'on puisse faire est de contester la légitimité des uns par rapport aux autres, et de remettre en cause, pour des questions philosophiques ou morales, les perspectives qui s'imposent à nous avec l'autorité de faits, glacés et pragmatiques.

Ainsi, il n'est pas en mon pouvoir de contester qu'aucune valeur économique pertinente n'est produite par la périphérie depuis laquelle je parle. Les soubresauts les plus terribles qui pourraient ébranler ce lieu ne mettraient en aucun cas la Bourse en péril. Si la zone où je demeure – la non-zone – était purement et simplement effacée, cela ne troublerait pas la marche de l'humanité, ou plutôt le fonctionnement du système économique régissant la longue mais sûre involution de l'humanité qui unit les centres et les périphéries dans une même fatalité. Cet effondrement de nos destins ne m'appartient pas, mais on peut en prendre la mesure, précisément dans la croyance erronée qu'il n'y aurait de centre que là où se trouve le pouvoir et de valeur que là où fonctionne une économie.

Il serait également vain de vouloir contester que le pouvoir et l'économie sont liés de manière concrète et efficace. Sans argent, il n'est plus de valeur nulle part, pas plus que de liberté, parce que tout s'achète dans l'univers de la consommation capitaliste matérielle, les concepts moraux s'achètent également. La liberté n'est possible que dans la maîtrise ou le refus complet de l'argent. Et c'est ici qu'on peut déjà prendre la mesure des deux oppositions majeures qui gouvernent le monde : la soumission et la révolte. Cela paraîtra peut-être contradictoire mais par soumission, j'entends aussi domination. Car si la révolte représente une dynamique de rupture, et implique dans sa prise de conscience une inévitable phase de résistance, soumission et domination ne sont qu'une seule et même chose, nourries par une même conception de l'ordre, les deux côtés d'une même médaille unis dans une même corruption, deux éléments indissociables qui s'équilibrent dans une même logique. La domination ne va pas sans soumission, mais elle peut se produire sans susciter de révolte.

Je veux bien admettre que les concepts dont je vous parle vous refroidissent un peu, vous ne vous attendiez sans doute pas, au moment de lire ce livre, à ce genre de réflexion pénible, mais celui qui refuserait de se familiariser avec ces concepts ne comprendrait pas d'où j'écris. D'ailleurs, celui qui voudrait comprendre cet observatoire du monde qui est le mien devrait commencer par accepter d'oublier pour un moment, comme l'a écrit le Malien Bakar Salif, non seulement ce qu'il est, mais tout ce qu'il sait.

Celui qui attendrait une explication plus cartésienne des notions dont j'ai parlé plus haut en serait aussi pour ses frais, car je ne mentionne ma position que du point de vue de la liberté absolue, et rien ne peut être rationnel et bien pensé si le jugement du lecteur est influencé par les paramètres que j'ai décrits tout à l'heure ou si des critères normatifs foireux appliqués à un raisonnement qui n'en est pas un conduisent à une lecture idiote. Rien de ce qui va suivre, en fait, rien de ce que je vais vous expliquer de moi ou de l'univers depuis lequel j'écris ne me paraît rationnel ou raisonnable. Rien ne rentrera dans le cadre des écoles de philosophie ou d'éthique que vous avez rencontrées au cours de vos études, et quand je vous demandais d'oublier ce que vous êtes, juste un instant, c'était bien vos écoles que je vous demandais d'oublier, celles où l'on vous a appris tant de choses inutiles, et aussi tant de choses utiles pour vous conforter dans la croyance que seul le centre pouvait vous apprendre autre chose, afin que vous vous embourbiez dans vos connaissances sans jamais avoir la plus petite idée de l'étendue de votre soumission.

Je vous demande enfin de cesser de vous comporter comme un rustre au moment de commencer la lecture de ce livre. Je vous demande de ne pas m'offenser par votre présence importune dans ces pages. Elles ont nécessité suffisamment de souffrance pour que me soient épargnés vos commentaires de casse-couilles, ou pire, de laquais. Alors je vous demande seulement, une fois éclaircis ces deux ou trois points importants, de vous taire et d'écouter.

Plus tard, je vous dirai encore quelque chose de mon point d'observation mais, en attendant, écoutez, écoutez donc.

2

Deux noctambules – Opération chez les Boches – Les chiens – Un bon profit – Un autre chien – Diane – Un mauvais rêve – Rencontre matinale

Don Pierre vient de garer le 4x4 sur la route en terre, bien caché, mais à cette heure-ci personne n'ira s'aventurer dans les parages. Ils feront le reste du parcours à pied. Une centaine de mètres à faire dans la chênaie et dans les champs puis ils atteindront la maison du Boche, il suffira de sauter le mur de derrière et de les surprendre lorsqu'ils sont à table, le bon moment pour agir.

— On met les cagoules maintenant. On arme les revolvers. Moi j'enlève la sécurité, j'ai plus l'habitude. Toi tu la laisses, que le coup ne te parte pas dans un genou et que tu te bousilles bêtement.

— D'accord, mais toi tu es sûr qu'il n'y a pas de chiens dangereux, lui répond Andria, la bouche tremblante.

— Aucun risque, deux rats hauts comme ça. Des sortes de teckels d'après ce que m'a dit Marc-Ange. Ils aboient pour un oui ou pour un non mais ils attaquent pas. Les patrons ne seront même pas étonnés de les entendre aboyer.

— Tu es sûr que la porte sera ouverte… qu'on pourra entrer ?

— Oui elle est toujours ouverte quand il est tôt comme ça. Ils mangent tranquillement, ils sont bien réglés, bien disciplinés, de vrais Boches. La femme ferme la porte à clef vers onze heures-minuit mais maintenant on est sûrs de pouvoir entrer. Une fois à l'intérieur, toi tu diras rien, tu t'occuperas du mari en le mettant en joue. Moi je ferai le reste et je parlerai.

— Et si le mari essaie de faire quelque chose ? S'il se jette sur nous ? Et que mon revolver n'est pas armé ?

— Tu l'armeras juste avant d'entrer dans la maison. Et s'il remue un doigt, tu tires dans le genou, c'est lui ou nous, c'est clair ?

— Oui c'est clair.

— Tu as les cordelettes ?

— Dans le sac.

— Alors on est prêts. Maintenant faut y aller. Respire pendant le parcours, garde le contrôle. N'aie pas peur on risque rien.

— Je te fais confiance.

Les deux hommes traversent la chênaie en silence. Il fait sombre mais le sentier est bien tracé, on y voit tout de même. Don Pierre est satisfait, il se dit qu'au moment de fuir ils éviteront de se cogner aux grosses racines et qu'ils rejoindront rapidement la voiture. Maintenant, ils atteignent les champs, plus personne ne parle, Don Pierre marche en tête. Il est déterminé, il sait que le Boche a de l'argent chez lui et qu'ils repartiront le sac plein d'ici une demi-heure. C'est un joli coup. Demain le Boche va payer au noir une partie de la vente d'un terrain. En attendant il garde l'argent chez lui, c'est un moment délicat. Marc-Ange, qui a fait passer le message, tenait l'information d'un employé de l'agence bancaire qui a effectué l'opération. C'est une information sûre mais il va falloir partager. Il y a normalement entre soixante et soixante-dix mille euros à récupérer. Dix mille pour l'employé, dix mille pour Marc-Ange et le reste à partager avec Andria. Un joli coup, vraiment.

Ils s'apprêtent à sauter le mur. C'est alors que les deux chiens se mettent à aboyer. Don Pierre saute quand même mais se rend compte qu'Andria n'a pas bougé. Il a eu peur des aboiements et il a eu raison. Voilà qu'accourent deux molosses, l'écume aux lèvres, et que Don Pierre maudit intérieurement Marc-Ange : "Deux teckels ? Putain de toi…" Plutôt des rottweilers aux dents effrayantes, prêts à mordre. La seule solution consisterait à les abattre mais alors adieu le coup, adieu les milliers d'euros en liquide… Le voyou, froidement, lève son revolver et vise le premier chien. C'est alors que les deux gardiens s'arrêtent brutalement d'aboyer et s'échappent, la queue basse, en jappant comme des chiots. Impensable. C'est comme s'ils savaient que l'homme pouvait les anéantir avec son revolver.

Andria saute enfin à son tour. Il dit à Don Pierre à voix basse :

— Quelle trouille ! Deux monstres, deux…

— Tais-toi ! Arme, maintenant.

— Ils nous auront entendus ?

— On va voir ça tout de suite.

Mais il semblerait qu'à l'intérieur nul ne se soit inquiété des aboiements. Ils y sont vraiment habitués, Marc-Ange n'avait pas raconté de mensonges. S'approchant de la fenêtre de la cuisine, les deux raclures peuvent voir la famille attablée. Le couple et leurs deux enfants, deux filles d'une quinzaine d'années, assez mignonnes.

Le moment à venir est le plus délicat : investir les lieux, établir un contact. Impossible de prévoir la réaction des gens dans leur propre demeure, s'ils opposeront ou non une résistance. Il arrive qu'un membre de la famille fasse un arrêt cardiaque. Qu'un père tente de défendre les siens, de jouer au héros. Qu'il y ait des cris, que, dans la confusion, un coup de feu parte.

Il y a deux manières de procéder, la première est de toquer à la porte, d'attirer quelqu'un dans l'entrée pour le prendre en otage. Don Pierre choisit la seconde solution : il appuie sur la poignée pour ouvrir lui-même la porte et entre en scène sans prononcer un mot, Andria sur ses talons, comme son ombre. Les deux hommes pointent leurs armes et sont maintenant dans la cuisine. Toujours sans prononcer un mot.

La famille est à table, personne n'a réagi. Pétrifiés, les quatre Allemands observent les intrus, les yeux écarquillés, sans doute sous le coup de la honte éprouvée à être violés dans leur intimité, de toute façon ils n'en sont pas au stade de l'analyse, ils ne comprennent pas. Une des jeunes filles se met alors à hurler, un cri d'effroi s'échappe de ses lèvres. Don Pierre vise la mère avec son revolver et, de sa main libre, pose un doigt sur la bouche de la fille et lui impose le silence. Elle s'exécute, un peu comme les deux chiens auparavant. Andria n'a pas perdu son temps non plus : il s'est placé en face du mari et le menace de son arme. L'homme a conservé son calme. Sans doute tout aussi surpris, au début, il n'a pas perdu ses moyens ni réagi stupidement ; il ne montre même pas sa peur. Il a certainement compris la raison de la présence des deux cagoulés : cet argent chez lui, le bakchich pour l'achat du terrain… D'instinct, il a compris aussi que de son comportement dépendait la sécurité de sa famille. Il s'adresse tranquillement à ses filles, il doit leur dire en allemand de ne pas avoir peur et de rester calmes.

Curieusement, Don Pierre ressent une espèce de frustration. Les choses se passent trop bien. Il finit par dire à l'homme : "*Money ! The money ! Raus !*" Il vient de prononcer là à peu près tout ce qu'il sait d'anglais et d'allemand mais le type ne peut pas ne pas avoir compris. Toujours calme mais blanc comme un linge, l'autre répond : "*There's no money !*" Comment ça, *no money* ? Don Pierre, qui ne s'attendait pas à cette réponse, ressent l'espace d'une seconde un trouble étrange, la panique s'empare de lui mais il se reprend immédiatement. Le type est entré dans la phase de résistance, il va tenter de protéger son bien, de jauger les capacités de ses agresseurs. C'était à prévoir. C'est même logique. Une partie de poker s'engage.

— *No money ?* Tu veux jouer ? *Good !* Alors regarde !

Il agrippe la fille, celle qui hurlait, l'arrache à la table et la tire vers lui ; il lui appose le canon sur la tête tandis que la gamine se met à sangloter, toute tremblante. La femme a crié, elle doit probablement dire au voyou de lâcher sa fille, de ne pas lui faire de mal… Don Pierre se met à hurler comme un fou, un hurlement de bête, privé de signification, mais qui pourrait vouloir dire : arrêtez de m'emmerder maintenant, ça suffit, je suis capable de faire une connerie… Le cri les a tous pétrifiés et même Andria se prend à trembler tout en se rapprochant du mari pour le tenir en respect.

— Attachons-le, ce con ! crie encore Don Pierre. Donne-moi ton arme et attache-le tout de suite ! Je vais lui montrer, moi, s'il va le planquer longtemps, son fric !

Malgré sa panique, Andria se débrouille pour récupérer les cordelettes dans le sac qu'il porte sur le dos et s'emploie à ligoter le Boche sur sa chaise pendant que Don Pierre tient en respect le reste de la famille en appuyant le canon du revolver contre la tête de la petite hurleuse.

Une fois le père attaché, les deux complices ligotent les femmes l'une après l'autre. Quand tout le monde est ficelé, Don Pierre, plus serein, s'adresse à nouveau au chef de famille.

— Maintenant je ne plaisante plus : *where is the money ?*

L'autre, livide, tente encore de résister.

— *No money here ! There's no money at home…*

Don Pierre balance un énorme coup de crosse sur la tête de la gamine. Le sang jaillit d'un coup, la gosse est largement ouverte au sourcil. Elle tombe à terre, à moitié assommée. Toute la famille se met alors à hurler, de peur, de désespoir, ou de dégoût, peut-être.

— Comme ça, tu es content ? *Where is the money ?*

L'homme fait un signe de la tête, dit quelques mots en allemand, en indiquant la direction de l'étage et montre ses pieds liés, sans doute pour expliquer qu'il va le conduire à l'endroit où se trouve l'argent. Maintenant, il ne s'arrête plus de parler : le spectacle de sa gamine ensanglantée l'a bouleversé, il veut régler l'affaire au plus vite.

— C'est bon… C'est bon… Ferme-la, maintenant ! On va te libérer les pieds et tu vas nous conduire, j'ai compris. Allez, détache-lui les pieds à ce con ! Et puis occupe-toi de la famille pendant que je suis en haut, lance Don Pierre à Andria, qu'ils n'aillent pas se tirer et appeler les flics.

Et c'est ainsi que les choses se passent.

L'Allemand a grimpé l'escalier en courant presque et a conduit Don Pierre dans un bureau où il désigne un tableau accroché sur le mur. *Inside ! Inside !* Le voyou a compris, il décroche le tableau et voit le coffre-fort. Dans un mélange de phrases et de signes de tête, le prisonnier explique qu'il lui faut composer le code et que Don Pierre doit lui détacher les mains.

— Le code… oui… le code ! Je vais te libérer mais attention ! Tu remues un doigt et je t'explose la cervelle !

D'une main il libère celles de son otage, de l'autre il lui appuie le canon sur la nuque. L'Allemand compose le code et ouvre le coffre-fort. Don Pierre voit les billets à l'intérieur. Verts. Roses. Le coup a marché. L'homme attrape les billets et les tend au voyou qui les enfouit dans les poches de sa veste.

— Alors, comme ça, *no money*, hein… ? Enfin *thank you* quand même, pauvre abruti !

Et d'asséner alors au Boche un puissant coup de crosse tout en pensant, au moment où sa victime s'écroule : "Ce sera plus facile pour le rattacher, et puis il a essayé de cacher l'argent, il l'a pas volé, son coup de crosse."

Dans la cuisine, les femmes sont désespérées de ne pas voir revenir le chef de famille avec le braqueur. Inquiète, la mère interroge Don Pierre en allemand. "Me fais pas chier ! Il est en haut, ton mari ! En haut ! Compris ? En haut ! Allez, on se casse maintenant, on débranche les téléphones, on leur prend les portables et on se tire d'ici fissa !", ajoute-t-il à l'intention d'Andria.

Cinq minutes encore pour procéder à la récolte de tous les portables et sécuriser au maximum la fuite et ils sont sortis de la maison. Tapis dans leurs niches, les chiens ne se montrent pas et les deux dingues franchissent le mur sans aucun problème. Les voici qui courent enfin dans les champs, passent la chênaie, se ruent dans le 4x4 dont Don Pierre actionne le contact avant de démarrer en trombe. Les voici qui s'échappent dans la nuit et disparaissent sur les petites routes de campagne. Ils ont réussi leur coup et rient comme deux possédés.

— Combien il y a ? Combien il y a ? hurle Andria comme un fou.

— J'en sais rien, impossible de compter, j'ai fait le plus vite que j'ai pu… Cent mille euros peut-être ! Tiens, regarde !

Il balance une liasse à son complice, à son disciple en saloperie faudrait-il dire.

— Bon Dieu ! On est riches !

— Oui et tu vas voir toutes les baises qu'on va se faire avec ce fric-là ! On va pouvoir écumer les bordels ! Tu vas voir, toi, les pipes !

La nuit est déchirée par leurs cris de victoire, on dirait deux Apaches de retour d'une razzia de chevaux mais bientôt, Andria, recouvrant un peu de lucidité, cherche à éclaircir quelque chose qui lui a semblé bizarre :

— Le type… Pourquoi il n'est pas redescendu avec toi ?

— À la fin il a essayé de m'enfiler. Il a voulu résister, alors je lui ai fichu un coup de crosse et je l'ai assommé.

— Dis, tu l'as pas…

— Mais non ! Espèce de con ! Juste un coup de crosse pour le calmer !

— Nom de Dieu !

— La petite aussi je l'ai bien calmée, hein ? Elle va bien dormir celle-là, cette nuit, tu crois pas ?

— Elle arrêtait pas de crier. J'ai vu le moment où on foirait le coup…

— Oui mais j'étais là ! Hein que je l'ai bien joué ? Fallait le remuer un peu, ce connard, qu'il le balance, son fric ! Hein que je l'ai bien joué ? Quand il a vu que je lui défonçais sa gamine, il a plus fait le malin.

— Oui, Don, tu t'es débrouillé comme un chef ! Et moi, tu m'as trouvé comment, j'étais bien, hein ? Je veux dire pour une première fois…

— Mmh… Oui. Toi aussi tu as été à la hauteur. Pas évident, une première fois. Je pense que maintenant on va pouvoir faire du chemin ensemble. Vraiment. On tient la route. Mais il y en a un à qui j'ai deux mots à dire c'est à ce con de Marc-Ange : deux teckels, qu'il avait dit… !

— J'ai vu le moment où ils nous bouffaient, ces deux clébards ! Pour ça on a été mal renseignés !

— Oui mais un truc comme ça, ça se paye. Déjà ce sera pas dix mille euros pour lui, fais-moi confiance. On va se remplumer rapport aux risques encourus. Normal.

— Eh oui ! C'est normal ! Quel con, ce Marc-Ange !

Sur la route de Padivedda le cocker Willie s'est enfui. Diane l'a laissé sortir seul. Elle le croit toujours effrayé par le monde extérieur. Élevé dans le salon de la maison, Willie n'a jamais fait preuve du moindre courage jusqu'à présent. Aujourd'hui, parce qu'on est au printemps sans doute, Willie est plus gaillard que d'habitude. Le chiot s'est éloigné de la propriété. Il doit se demander à sa manière de chien où mène cette route en terre qui semble être toute faite pour qu'il la suive, au point qu'il est étonnant qu'il ne l'ait jamais empruntée plus tôt.

Il y a des tas de petites bêtes qui volent de toutes parts et de nombreux buissons qui se sont couverts de fleurs jaunes. Les odeurs, les insectes qui volent, cette nature qui veut jouer avec lui : Willie est tout surexcité ce matin, comme ivre. Il se rue dans le chemin de terre et il court, peut-être a-t-il aperçu quelque étrange papillon.

Le chiot arrive à présent sur la route goudronnée. Elle est chaude, le soleil n'est pas aussi cruel qu'en plein été, mais le petit chien n'en sait rien, cette chaleur nouvelle, il ne la connaît pas, il la trouve bien agréable. Et voilà une matière des plus bizarres, tout à la fois molle et rugueuse, et qui sent fort, en plus, rien à voir avec l'inintéressant pavage frais de la maison.

Diane s'est attardée un peu sur la terrasse, le café dans sa tasse est brûlant, ce printemps la rend plutôt gaie elle aussi. Dire qu'elle est heureuse serait excessif, mais peut-être ce beau temps l'invite-t-il à imaginer une existence meilleure, un renouveau, un mieux-être ; il serait temps, plus que temps. Ce soleil matinal va effacer le mauvais rêve de la nuit passée. Diane croit aux rêves, elle est même certaine qu'ils possèdent un sens, aussi obscur soit-il. Elle sait que ce mauvais rêve lui a tout dit sur sa rupture.

Où en sont-ils à présent, tous les deux ? Séparés, totalement. Sept mois qu'ils se sont fuis : elle, partie dans sa maison de Padivedda, lui, dans sa montagne.

Le moment était venu de se dévoiler l'étendue de la vérité. Ce rêve est survenu à point, comme pour lui signifier enfin qu'elle était libre.

Alors, tandis qu'elle avale son café chaud et que ses yeux tentent de s'habituer à la puissante lumière du matin, le rêve envahit brutalement son esprit. Un sale rêve, limpide et dur, un rêve qui veut lui montrer quelque chose.

Au Sambucheddu, près de sa maison de montagne où il l'emmène quelquefois et où il demeure depuis leur séparation, il y a un grand campement de vagabonds. Il y a aussi, au-dessus du bassin qui servait jadis pour laver le linge, un corps de pendu en décomposition, si laid et si putride – pareil à ces fruits pourrissants qui donnent la nausée – que nul ne veut porter les yeux sur lui. Pour le décrocher il va falloir entrer dans cette eau fangeuse qui a recueilli tous les sucs de la décomposition du cadavre. Les vagabonds se tiennent à distance et se bouchent les narines. Et c'est finalement lui qui, dans un élan de courage, entre dans l'eau pour aller décrocher le pendu sous le regard plein de dégoût de l'assistance qui hurle, comme en proie au délire.

Elle est pétrifiée, incapable de bouger, incapable même de détacher son regard de ce spectacle. Lui, immergé jusqu'à la poitrine, tient le cadavre dans une sorte d'étreinte d'une obscène et abjecte intimité entre l'homme vivant et l'homme mort, à l'œil noir d'animal imbécile, au visage déchiré par un rictus d'agonie et étranglé par une corde imbibée de sueur et de vomissure.

Alors il l'invective, lui demande de l'aide. Seul, il n'y arrive pas… Et les vagabonds, indifférents, qui sont là, comme une compagnie de moines venus d'outre-tombe. Elle se reprend et s'approche à son tour du bassin. Ses mains tremblent tandis qu'elle les lui tend pour lui porter secours.

À deux, ils ont sorti le mort de l'eau et ont traîné le corps, laissant derrière eux un sillage de chair et de vers. Et toujours personne pour les aider. Alors ils l'enterrent seuls, dans une espèce de coffre de briques et recouvrent de terre la dépouille, au beau milieu du campement, avant d'établir à cet endroit leur demeure – une paillasse de fortune – comme lui-même l'a préconisé dans une sorte de frénésie. Il invite Diane à dormir sur le tertre si cela lui convient, il trouve même que l'emplacement en question est le meilleur en raison de la vue fantastique et d'un agencement des mieux pensés et des plus appropriés. Elle s'étend sur la tombe, la terre remuée est humide comme si elle avait été fougée. Elle se dit qu'il faut qu'elle dorme sur le cadavre. Elle ne se dit rien de plus.

Le mauvais rêve de Diane s'éloigne d'elle peu à peu tandis qu'elle se laisse à nouveau gagner par la douceur du printemps. Ce sont là les rêves que font les gens quand surviennent des ruptures difficiles ou des deuils éprouvants. Elle le sait. Ces songes qui disent que les vieilles choses sont mortes et enterrées et que des choses nouvelles peuvent survenir. Pourtant, dans son lit, la chose nouvelle à laquelle elle s'est donnée cette nuit dort encore, et cette chose qu'elle n'a pas voulu réveiller n'est pas apparue dans son rêve. Ça viendra avec le temps. Ou pas. À la limite, ça n'a déjà plus d'importance.

Elle profite de cette matinée et de ce café brûlant qui lui humecte les lèvres. Elle oscille entre dégoût et sentiment de renaissance. Elle a toujours cette semence nocturne dans son ventre mais respire l'air tiède de ce printemps nouveau, de cette autre vie. Aimer c'est autre chose, mais qu'au moins le désir revienne.

Willie a étendu son dos sur le goudron. Il a les yeux écarquillés du chiot qui veut jouer. Langue pendante et gueule largement ouverte, on dirait presque qu'il sourit. Il se frotte le dos contre la matière bizarre, mouline des pattes, se redresse puis s'étend à nouveau, sur le flanc cette fois-ci. Il ne cesse de s'agiter follement : il s'est échappé de la maison et sa maîtresse ne l'a même pas vu, et puis la force des odeurs par cette matinée de printemps… Il est un peu crétin, ce chiot en train de jouer sur la route et qui n'entend même pas cette voix qui l'appelle de la maison, là-bas – la voix de sa maîtresse qui boit son café chaud en se demandant où ce petit chien a bien pu passer. Il est trop pris par ses jeux, Willie, par les sensations nouvelles qu'il éprouve sur cette étendue de goudron, par cette lumière solaire puissante qui le submerge tandis qu'il s'abandonne à sa folie.

Le 4x4 luisant déboule à toute allure sur la ligne droite de Padivedda. Don Pierre redresse la tête : il a failli s'endormir en plein tournant. Saloperie de vodka. Il a de mauvaises remontées dans l'œsophage, à en vomir presque. La nuit n'a pas eu de fin, comme souvent, ils n'ont pas su dire que c'était la fin. Et puis, ils avaient tout ce fric, ce coup chez les Boches avait véritablement été miraculeux. Il fallait fêter ça. Bouteilles et beuverie en boîte. Jusque tard dans la nuit, jusqu'à plus soif. Ils étaient pleins comme des porcs – des porcs mais aussi des putains de vainqueurs.

À présent, vidés de toute force, il s'agissait de rentrer tout de même.

Andria est avachi à côté de lui, appuyé contre la portière. Le dernier joint l'a fait partir définitivement. Il a trop mélangé alcool et fumette, il a aussi sniffé un peu de poudre, une came de merde, qui l'a plutôt assommé que fouetté.

Don Pierre réussit à garder le 4x4 en main en sortie de virage. Il se sent l'âme d'un pilote. Sur lui, la poudre a été efficace. C'est en tout cas ce qu'il se dit, oubliant qu'il était en train de s'endormir quelques secondes auparavant. Il voit maintenant la ligne droite, il fonce d'instinct et il voit aussi cette forme rousse qui fait des moulinets avec ses pattes. Il accélère à fond. Le vrombissement du moteur a réveillé Andria qui ouvre les yeux, a le temps de voir la forme rousse, et puis c'est le choc, quelque chose qui s'écrase sous la roue avant droite, et enfin le rire de Don Pierre, fier de son coup.

— C'était quoi ? demande Andria, aussi perplexe que stupéfait parce qu'il a cru que les conneries de cette nuit sans fin étaient derrière eux, parce qu'il n'aspire qu'au répit, au sommeil, enfin. Car il faut bien dire qu'il ne s'est pas passé grand-chose, en boîte, à part cette petite échauffourée, à un moment, avec ces deux types du Fiumorbo – ou de Balagne, Andria ne sait plus. Rien d'autre, en fait, qu'une simple bousculade. Pour la forme. Sinon il ne s'était presque rien passé et voilà que la nuit était déjà terminée. Mais la nuit n'est jamais terminée, il y a toujours une saloperie à faire qui attend au coin d'un virage.

— Dans quoi tu as tapé ? Un chien ?

— Je l'ai aplati ! Il a éclaté comme une grenouille ! Ça, c'est pour les deux teckels chez le Boche ! Un peu plus et je le ratais !

Les deux ivrognes rient en chœur. De satisfaction, de rage peut-être. De bêtise crasse, à coup sûr. Ils auront vraiment tiré profit de leur nuit. Ils auront bien travaillé. Et ce monde qui existe et tourne autour d'eux avec insolence ne mérite que cela : finir sous leurs coups de crosse ou sous leurs pneus.

Tandis que Don Pierre contracte ses muscles nus pour serrer le volant de la voiture comme s'il voulait le briser, Andria regarde en arrière. Il y a une forme broyée qui s'éloigne, c'est une bouillie rouge d'intestins éclatés. On jurerait voir remuer la peau comme dans un dernier spasme. Peut-être. Ou bien est-ce une impression ? Le 4x4 s'engage sur la route qui mène vers la montagne.

3

Marc-Antoine et les deux frères – Transport de pierres – Les Stabbia – Un repas en montagne – Quelques paroles à propos d'un fromage – Des pensées déterministes dans l'esprit de Marc-Antoine – Une guerre – Le centre

Il arrive parfois à Trajan de se comporter comme ces gens qui cherchent à vous sortir la tête de l'eau et à vous extraire de votre solitude. Peut-être est-ce là son instinct d'aîné – qu'il n'est pas, d'ailleurs – ce même instinct qui le place en position de responsabilité au sein de la famille qu'il compose avec Mansuetu. Il joue donc souvent au grand frère avec moi, je n'y oppose aucune résistance, sans doute ai-je besoin que quelqu'un m'empêche de couler. Cette fois encore Trajan a décidé de m'emmener prendre l'air. Aux Stabbia en l'occurrence. Il est venu me chercher dans ma montagne pour me secouer un peu.

– Allez, viens m'aider à charger un camion de pierres, me dit-il, comme ça on en profitera pour monter des provisions à Mansuetu. Il a du *brocciu* frais en ce moment, on va se régaler. Mais attention : le matin on bosse, Mansuetu pourrait même nous aider. Ensuite on aura bien le temps de s'empiffrer et on fera une sieste dans la bergerie avant de redescendre décharger.

Trajan fait partie de ces amis fidèles que les élans affectifs auraient plutôt pour effet d'éloigner de vous comme d'une peste virulente. Il y a quelques gars autour de moi, ils apparaîtront au fil du récit, tous plus ou moins vieux et plus ou moins célibataires mais toujours *in gamba* comme disent les Italiens ; gentilshommes de fortune, sélectionnés durant des années de rudes confrontations avec les vicissitudes de l'existence. Bien qu'il ne soit pas le plus âgé d'entre nous, je le vois comme la pierre sur laquelle repose l'édifice de notre amitié : il est celui qui se sent un peu plus responsable des autres ; sans aucun dirigisme toutefois : nous ne sommes pas des enfants. Mais il a, dans sa manière d'être, des allures de patriarche, et c'est volontiers que nous lui abandonnons ce rôle, sans aucun doute parce que nous éprouvons une forme de peur face aux vraies responsabilités. Passionné d'histoire et de politique, fasciné par Napoléon et Garibaldi, Trajan ne se contente pas seulement de sa réussite en tant qu'éleveur, et de son passage du statut de propriétaire de vaches à celui de rentier louant ses appartements à l'année aux gens du coin, par pure résistance, c'est aussi un homme de la campagne féru d'art et d'architecture, capable de parcourir la terre entière sur les traces de Michel-Ange ou pour visiter un Guggenheim ; il s'est même mis en tête de bâtir sa propre maison en fonction des théories de Gaudi et du Facteur Cheval, un taré du XIXe qui fut le premier à dire que l'architecture devait épouser la nature et s'en inspirer. Je ne doute pas une seconde que cette pente de rocailles qu'il me propose de déménager s'intègre dans ce genre de projet.

En fait, l'ancien, dans notre bande, c'est le véritable frère aîné de Trajan, Mansuetu, une sorte d'attardé mental béni par le Seigneur, d'où le rôle tenu par Trajan. Mansuetu est berger et je crois même que c'est le dernier de la région. Il est venu au monde estropié, avec une main qui n'a que deux doigts. Il a la partie gauche du visage légèrement plus basse que la droite, et cache comme il peut ce défaut sous une barbe qui lui dévore la moitié de la face. Mansuetu est affecté d'un autre handicap : il parle étrangement, d'une manière extrêmement lente et nasillarde même s'il faut reconnaître que la fréquentation exclusive des chèvres et des chauves-souris ne favorise guère l'éloquence. Je ne lui connais pas d'autres infirmités, mais je ne sais pas tout car Trajan lui-même n'est pas du genre à s'épancher. Et lorsqu'il m'a dit que Mansuetu allait nous donner un coup de main je me suis abstenu de répliquer : "Un coup de main ? Avec la bonne j'espère !" Il faut préciser que Trajan est un tantinet susceptible – pour ne pas dire qu'il a vraiment un caractère de cochon.

Lorsque nous sommes arrivés en camion aux Stabbia, après une petite demi-heure de route, il était toujours tôt matin, les chiens de Mansuetu qui se tenaient au creux d'un amas rocheux aboyaient, tirant sur les liens qui les maintenaient attachés aux pins. Je me disais qu'au cas où le bruit du moteur sur cette piste de terre n'aurait pas réveillé le berger, les aboiements, les bruits de clochettes et le tintamarre des chaînes cognant les gamelles de fer l'avaient à coup sûr tiré de son sommeil ; de ce que je pouvais savoir, Mansuetu n'était pas sourd. Mais voici que Trajan déclarait :

— Il est complètement sourd, mon pauvre frère, je vais le réveiller pour qu'on se prenne un café avant de commencer.

C'est ainsi que j'ai appris l'existence d'un autre handicap chez Mansuetu, mais pour le coup c'est Trajan qui avait été médisant, car son frère est apparu venant de l'amas rocheux avec une cruche à la main, il était allé chercher de l'eau à la source.

— Oh !

— Oh…

Voilà la manière qu'ont les deux frères de se saluer. Quant à moi, Mansuetu m'adresse un sourire ou, plus exactement, une mimique consistant à plisser les yeux et qu'il faut interpréter comme un sourire.

— Tu sais, Marc-Antoine, j'ai du *brocciu* frais… me lance-t-il.

— Écoute, Mansuetu, d'abord, si tu nous fais du café, on veut bien le boire, le *brocciu* on verra ça plus tard, déclare avec brusquerie son frère, déjà visiblement agacé.

— En plus on est là pour charger des pierres. Tu nous donnes un coup de main ?

— Un coup *d'une* main, oui c'est possible, dit l'autre en riant.

Et d'agiter sa main biscornue pour bien montrer que lui aussi a le sens de l'humour.

— Pff ! N'importe quoi ! rétorque Trajan, un peu mal à l'aise.

Et Mansuetu rigole dans sa barbe.

Dans la bergerie il nous prépare un bon café avec l'eau fraîche de la source. Il le passe dans une chaussette comme le faisaient les anciens et nous le sert dans des verres qu'il ne faudrait pas inspecter de trop près, étant donné la pellicule douteuse qui les recouvre.

— Dis, Mansuetu, pour les verres je te demande même pas, mais la chaussette, tu l'as lavée, au moins ?

— Arrête-toi ! dit-il, feignant d'être offensé avant de se remettre à rire : c'est qu'il m'aime bien moi, j'ai même le droit de le taquiner parfois. Toujours sur le mode de la comédie, il se passe la main dans la barbe, fait semblant d'en extraire quelque chose et déclare : J'ai quatorze poux, tu en veux un ?

— Allez ! Allez ! C'est bon…

Nous sortons enfin pour commencer le travail. Alors que je m'apprête à franchir la porte, Mansuetu m'indique la sortie d'un geste obséquieux : après vous, Majesté.

Les petites blagues de Mansuetu m'amusent mais je vois que Trajan ne partage pas mon humeur. Il s'agace, se met presque en colère : "Ça va suffire ? Imbécile ! On va bosser maintenant, ça vaudra mieux. Je ne me suis pas réveillé pour te voir faire ton cirque !" Ce à quoi Mansuetu ne peut qu'opposer, en guise de réponse, un "blablablabla !" qui laisse Trajan désarmé. Mais, une fois au labeur, Mansuetu cesse de faire l'intéressant, le voilà qui porte les pierres les plus lourdes de son seul bras valide. Je le reconnais bien là, je sais depuis longtemps à quel point Mansuetu est dur à la tâche.

Nous voici maintenant qui trimons comme des esclaves. Mansuetu et moi allons chercher les plus belles pierres pour les porter jusqu'au camion où Trajan, en bon contremaître, s'emploie à les mettre en place dans la benne. Pendant le travail, ça ne bavarde pas beaucoup, il n'y a que Mansuetu pour siffloter une chanson de temps en temps ou pour blasphémer lorsqu'il ne parvient pas à se saisir d'une pierre. C'est toute une technique de savoir transporter une pierre, explique Trajan qui joue les patrons dans sa benne tel un étrange monarque sur son char de parade. Et d'expliquer que le poids de la pierre a peu d'importance, que c'est sa forme qu'il faut étudier, le "sens" de la pierre, et enfin qu'il faut avoir le coup de main pour la saisir, avant de conclure que si l'on procède ainsi la pierre se porte d'elle-même. Tout cela je le sais déjà, Trajan veut jouer les savants. Je me souviens alors que son père était tailleur de pierres, ce qui confère une certaine légitimité à son discours.

Le camion enfin chargé, nous quittons la carrière assis tous les trois à l'avant du véhicule. Après dix minutes de piste nous arrivons aux Stabbia, l'imposant domaine où demeure le berger. On trouve là, à l'écart de toute civilisation, une bergerie, une seule, posée sur une étendue d'herbe rase limitée d'un côté par un imposant amas rocheux et de l'autre par une forêt de pins. Dans les rochers, Mansuetu continue d'entretenir un enclos à chèvres qui, avec son parc à chevreaux, doit avoir mille ans. Il occupe la bergerie de famille, il y en a deux ou trois autres, à l'agonie, gisant au pied des rochers, personne n'y vient plus, ou alors un vieux type de temps en temps pour y enlever les ronces et revendiquer un chimérique droit de propriété. En contrebas, dans le vallon qui descend jusqu'à la rivière, il y a la chênaie où Mansuetu garde ses cochons, on y passe lorsqu'on va pêcher ou guetter près des châtaigniers, plus haut sur la colline. En saison de chasse, Mansuetu enferme ses cochons pour nous laisser tuer des sangliers près des châtaigniers ou des chênes après quoi ce foutu berger les lâche, nous obligeant à tirer avec plus de prudence.

Nous sommes à table à présent, dehors, à profiter de cette belle journée printanière et d'un repos bien mérité. Nous avons extrait de nos musettes du saucisson, du jambon, quelques boîtes de pâté et deux bouteilles d'un vin rouge d'assez bonne qualité. Mansuetu nous apporte aussi son *brocciu* frais, à peine démoulé de son récipient, et nous le présente, recouvert de son napperon protecteur que je ne peux m'empêcher de soulever pour secouer un peu l'assiette et voir ce *brocciu* qui danse tout seul – j'en salive déjà.

— Tu as enlevé les merdes de chèvre, j'espère, dis-je au berger.

— C'est toi la merde de chèvre, dit-il, l'air vexé en faisant mine de retirer l'assiette. Et d'abord, tu n'en auras pas ! Tu as compris ?

— Ça va, Mansuetu, je plaisante. Ne t'en fais pas, je ferai honneur à ce *brocciu*.

Tandis que son frère prépare un feu pour faire rôtir quelques côtes de porc, Trajan découpe pour nous des tranches de jambon très fines comme savent le faire les gens de la montagne, et nous nous régalons de bon pain tout en engloutissant des rasades de vin rouge qui nous émoustillent de l'intérieur. De même que tout à l'heure, lorsque nous étions occupés à charger, la parole est rare : les mâchoires sont maintenant trop occupées à mastiquer, et le gosier à engloutir et à se délecter de l'excellence de pareille nourriture.

— Et ce pâté alors, personne n'en veut ? demande Trajan avec un sourire en coin.

— Mmhmmh ! répondons-nous en chœur, avec Mansuetu, en faisant la tronche.

Maintenant la viande est jetée sur le gril, Mansuetu la tourne et retourne et la fait cuire en deux temps trois mouvements avant de nous la jeter brûlante sur la table, comme à des bêtes affamées. C'est bien un peu ce que nous sommes, finalement, à nous précipiter sur la viande rôtie, de vraies brutes s'aidant des mains, tailladant du couteau, rongeant jusqu'à l'os dont elles sucent le jus.

— Le gras, c'est le meilleur, assène Trajan, sentence à laquelle nous acquiesçons en mordant comme des enragés dans les morceaux de gras ruisselants et jaunis.

À la fin du repas, au moment où Mansuetu qui sait ma dinguerie sans limites pour le *brocciu* frais s'apprête, ayant rapproché l'assiette, à m'en couper un beau morceau, je le toise d'un regard méprisant et lui dis :

— Ah ! que tu sois à la ramasse, ça je le sais, mais à ce point-là, je ne peux pas le croire… Et tu te prétends berger ?

— Arrête-toi !! proteste-t-il, sans bien comprendre, dans un simple réflexe de défense.

Et Trajan de renchérir malicieusement :

— Mon pauvre frère ! C'est Marc-Antoine qui a raison, on ne te reconnaît plus !

— Mais enfin, vous deux, je voudrais bien savoir ce que j'ai fait !

— Comment ça, Mansuetu, tu veux me faire croire que tu n'as pas un bon fromage pour nous faire plaisir ?! Par exemple, ce fromage que tu planques dans le bahut, tu sais…

Mansuetu capitule : "Bon, bon, bon, Majesté, j'ai compris, vous êtes malins, attendez deux minutes, vous allez voir !"

Il disparaît dans la bergerie et revient très vite, une petite marmite à la main : nous sommes vainqueurs. J'ôte le couvercle et Trajan et moi plongeons nos museaux dans le récipient attaqué par la rouille où se dissimule le précieux trésor.

— Mansuetu, puisses-tu vivre cent ans !

Au moment où je prononce cette bénédiction, les puissants effluves du fromage passé remontent le long de mes narines.

— Vous avez dit quoi ? “On te connaît plus” ? hurle le berger triomphant.

— Allez, tais-toi, mon vieux, bien sûr qu’on te connaît, s’esclaffe Trajan en enfouissant sa main dans la marmite pour en extraire un morceau de fromage. C’est une pâte brune à la consistance de beurre, parsemée de vermisseaux baignant dans l’eau-de-vie pour contenir leur voracité, une pâte incandescente qui embrase la bouche et fait jaillir les larmes, une pure merveille interdite par toutes les lois de France et de l’Europe entière, et je me disais que l’expression “plat de résistance” prenait ici tout son sens. C’est un authentique joyau, une véritable richesse archéologique qui vous ravit l’âme et le corps et fait resurgir des souvenirs anciens, le temps de l’enfance et ses parfums : on entendrait presque le remue-ménage et les appels des bergers le long des sentes, ceux des éleveurs en forêt, les aboiements au fond des vallées… Une pâte, ai-je dit ? Non, plutôt une crème prenant d’elle-même vie pour vous enflammer la langue et appeler ensuite à la douceur d’un vin rosé et frais.

Rouges comme des briques, les joues gonflées et des gouttes de sueur perlant sous les casquettes comme en plein mois de juillet, nous rions de nous-mêmes et de notre état lamentable, pendant que Trajan fait de grands gestes de la main comme pour dire : Mon Dieu, qu’est-ce qu’on se gave !

Enfin, nous arrivons au terme de ce repas de possédés, retournons à des mœurs plus chrétiennes : Mansuetu nous coupe à chacun une large tranche de son *brocciu*, délicat sérum dont nous nous radoucissons les intérieurs, sans toutefois oublier de l’arroser d’une lampée d’eau-de-vie.

Repu comme le dernier des porcs, je m'effondre, les pieds posés sur le banc sur lequel j'ai été assis le temps du repas, ma veste de chasse sous la tête en guise d'oreiller et la visière de ma casquette ajustée pour me protéger du soleil quand il s'élèvera au-dessus des montagnes ; un agréable engourdissement m'envahit presque sur-le-champ et je m'endors, m'abandonnant seulement à mes réflexions d'écrivain montagnard, car c'est bien ce que je suis, un montagnard qui charge des pierres, fend du bois, se gorge d'eau-de-vie et qui, à l'occasion, écrit des livres. Du point de vue des centres dont je parlais tantôt – point de vue ancré dans d'autres mœurs – je serais donc d'une espèce plutôt vile.

Mieux, de l'endroit où j'écris, pas une ligne ne verrait le jour s'il n'y avait autour de moi tout un ramassis d'autres individus de cette vile espèce. J'ai moi aussi ma place, je l'ai dit, au milieu de cette masse fangeuse, sans l'ombre d'un doute. J'ai participé plus qu'il n'eût fallu à la compromission collective, et c'est sûrement pour m'en laver qu'un jour j'ai pris la plume. Combien de fois ai-je espéré qu'on vienne sauver mon âme et combien de fois ai-je rêvé que les mots qui servent à parler du monde puissent tracer les voies de l'avenir pour les générations futures ; et puis j'ai compris qu'aucun *Corriere della Sera* ne fera de moi un Pasolini, qu'aucune *Tribune* – l'organe de presse le plus empoisonné par les dogmes marxistes de l'après-guerre – ne me laissera la liberté de parole qui fut jadis accordée à George Orwell. Quand, pour la première fois de ma vie, je présentai un essai à un éditeur, avec la prétention d'obtenir une avance de trois mille euros, on me fit savoir que personne ne me laisserait jamais occuper la place de l'intellectuel et que, sans même parler de séduire la masse, je risquais de réduire mon lectorat à la portion congrue et d'en souffrir énormément. J'ai souffert, surtout, de l'absence de ces trois mille euros qui jamais n'ont atteint mes poches : comme vous pouvez vous en douter, mon livre a été refusé et je me suis donc cantonné au sympathique domaine de la poésie. C'était pourtant un bon livre qui naviguait autour des thèmes de la politique, de l'anthropologie, de l'anarchie et du non-sens, un genre d'essai assez éloigné des prouesses académiques qu'on a pu voir fleurir ici ou là, c'était, dans mon esprit, une œuvre s'inscrivant dans une lignée anticonformiste, faite pour ce pays où l'on attend, mais en vain, un peu de pensée, bien après qu'ont pu exister des Orwell et des Pasolini.

En deux mots : jamais mes prétentions de libre penseur ne me permirent de convaincre les éditeurs de devenir les promoteurs d'une opinion enfin dégagée de ses entraves, ni de participer à l'élévation sociale d'un écrivain innovant. Je n'eus donc pas la possibilité de me vautrer définitivement dans l'opulence et la corruption. Ne réussissant pas à transformer mes écrits en valeur marchande, j'en suis venu à m'interroger sérieusement sur la signification de mes échecs. J'ai pris mes distances avec le monde. Ruiné et désillusionné, je me suis exilé ici, aux Sarconi, retiré dans ma maison de montagne, un paradis pour tout écrivain rongé par le *spleen*, un univers baudelairien sans pareil.

J'ai finalement pris une posture d'observateur vis-à-vis de ce monde moisi par ses certitudes et sa perversité, gavé de consumérisme et décérébré par les nationalismes, celui des dominants comme celui des soumis, et tombé sous la coupe des conservateurs abrutis qui nous servent d'hommes politiques.

Mais oui, je vois bien, de votre point de vue, ce qui peut clocher si l'on considère le lieu d'où je m'exprime. Vous vous dites : mais ce mec, là, esseulé dans sa montagne, il se croit brillant et pourtant il n'a même pas de famille. Personne ne l'aime, ce crevard. Et lui-même il n'aime personne. Je suis comme vous, je me pose la question du pourquoi de pareille infamie. Ce qui m'effraie le plus, c'est la fin, l'idée que j'aurai à l'affronter seul, mais si on y pense de plus près, et vous comme moi, il faut bien se l'avouer : vous avez une chance sur deux de crever tout seul, voire même deux chances sur deux. Tout le monde ne s'appelle pas Stefan Zweig et Lotte – son épouse qui l'a accompagné dans l'abîme en se foutant en l'air avec lui. Les individus qui aiment verront pour la plupart disparaître leur amour avant eux, tous pour la plupart finissent dans l'indifférence la plus absolue, relégués au fond d'un obscur mouroir peuplé de corps vieillis rongés d'escarres et empestant la pisse. La plupart voudraient crever avant même de crever.

Je ne sais si ma position d'excentré fait de moi un Diogène, et, même s'il serait malvenu de ma part de contester une certaine propension à l'onanisme, je doute que quiconque vienne m'étiqueter du mignon petit mot de "décalé" – lequel fleurit tous azimuts et avec emphase dans les centres modernes où règne la piètre idéologie universaliste que nous avons pris l'habitude de considérer comme la seule possible depuis l'effondrement des utopies marxisantes. Je dois être finalement plus troublant, plus incompréhensible, tant pour l'amoureux des belles-lettres et de la pensée philosophique que pour celui qui prétend à un minimum de confort matériel et de dignité. C'est pour cela que, aux yeux de qui cherche à se représenter le contexte dans lequel un homme se met à écrire et à penser, et associe ce geste aux grands centres de civilisation bourgeoise accomplie, je représenterais plutôt une sorte de spectralité angoissante, une figure d'antithèse morale absolument impossible à concevoir, un peu comme les chrétiens du Moyen Âge devaient se représenter le Vieux de la Montagne. Loin de moi l'idée de chercher à vous rassurer, mais je vous garantis que je ne dirige aucune secte d'assassins, seulement quelques sectaires, assassins en puissance, à tenir à bonne distance de sécurité. Mais finissons-en avec le panégyrique personnel : je ne suis pas ici pour me justifier, et, d'autre part, je ne suis pas loin de penser que les assassins en puissance c'est nous, à savoir ces hommes qui se croient préservés, qui ont tracé leur voie sous la férule d'une morale d'airain, sous leur cuirasse de manières policées, voire ceux-là mêmes qui se veulent à la marge. Car sur les Terres, il y a autre chose que ce boxon consumériste, autre chose que ces groupes sectaires – nationalistes des périphéries et des centres, élus corrompus mi-mafieux, ou mafieux mi-élus et amis des puissants –, arrêtons nous là, la liste est longue comme un jour de pluie, et, de toute façon, il existe quelque chose de supérieur à toute cette vermine. Sur ces Terres, il y a une guerre éternelle. Il y a des hommes qui assassinent d'autres hommes. C'est de cela dont je vais parler. D'une guerre. Totale. Dans chaque recoin du pays. Je ne sais pas où ils ont appris à tuer. Mais il y a ces visages dans les journaux, presque toutes les semaines. Peut-être meurent-ils parce qu'ils sont les plus faibles ? Meurent-ils parce qu'ils ont, eux aussi, pris part à d'obscures tueries ? Quelles que soient les réponses, il s'agit bien d'une guerre, il me semble. J'ignore qui la fait et contre qui. Nul besoin d'une tronche particulière pour devenir un assassin. Mais des tronches en photo et des noms ajoutés à des listes, il y en a plein les pages des journaux. Il plane au-dessus des Terres une force transcendante qui se nourrit de tout ce qui vient à pourrir. D'où vient-elle ? Je l'ignore.

La seule chose que je sais, c'est que je vois le monde à travers les territoires depuis lesquels j'écris, ils constituent donc – je répète pour ceux qui sont longs à la détente – le centre de mon univers spatial et mental. Et quant à votre État, à votre besoin de confort moral, aux sectateurs de toute obédience, aux masses grouillantes de touristes et, de façon générale, à la pourriture consumériste, ils représentent pour moi des zones périphériques, plus ou moins lointaines qui, à des degrés variables, envahissent cet espace que je décris. Et le fait de pénétrer dans cet espace, ce monde boueux et pullulant comme un bouillon de culture, peut se révéler tout aussi meurtrier que les dynamiques de guerre que j'évoquais.

Alors il en sera aussi question, et je décrirai ce que mes yeux voient de toute cette crasse du haut de mon promontoire, et je dirai aussi comment mon parcours de vie a été perturbé et modifié.

Voilà, mes pauvres amis, j'ai donc observé ce monde en guerre, d'en haut, en espérant y trouver les causes de mon inexistence au sein des milieux lettrés puis de l'inexistence de ce monde lui-même à titre d'élément dudit "génie universel", espérant y trouver enfin les motifs de mon incapacité à me faire entendre par d'autres êtres que les hérissons et les geais qui peuplent cette forêt en hiver.

Voilà donc ce que j'ai trouvé, ce que j'ai vécu à distance de vous.

Voilà ce que je peux dire de là où j'écris.

4

La librairie – Un univers – Maroselli – Bastien – Un étranger – Une enfance interdite – Le dernier Shoshone

Mon père a travaillé avant moi, il m'a laissé de quoi vivre malgré ma paresse et un endroit pour dormir : une librairie et une maison en montagne. Quand j'ai récupéré la librairie – un magasin de vêtements à l'origine – j'ai arrêté le journalisme et je me suis réfugié dans cet espace que j'ai voulu à mon image, c'est-à-dire éloigné des tracas de mes concitoyens du littoral, amoureux de tourisme et de profit. J'ai donc jeté les vêtements à la poubelle, envoyé paître les fournisseurs et me suis entouré de livres de qualité, de littérature précieuse et d'authentiques auteurs, seuls capables de composer un univers auquel je pouvais accorder un peu de valeur. Il est clair que je n'ai pas fait fortune avec la librairie : dans un lieu corrompu comme le nôtre, les amateurs de poésie sont réduits à la portion congrue, mais je me suis fait plaisir. Il est tout aussi clair que mon crédit auprès de mes concitoyens n'a pas non plus augmenté de manière significative, mais peu m'importait, je passais déjà pour un cinglé tant en raison de mes articles lorsque je travaillais au journal que des premiers livres que j'avais publiés. Alors, le jugement si précieux des finauds du coin, soyons clairs, j'ai l'habitude, et en plus ça ne m'empêche pas de dormir, au contraire – c'est à la hauteur de l'estime que je leur porte.

Mieux ! Je connais toutes les personnes fréquentables de ce coin pourri. Durant toutes ces années j'en ai fait le tour et pris mes distances avec quelques individus. J'ai conservé la compagnie des plus intéressants et, après ma rupture, je me suis retrouvé face à un mur avec les femmes, car les seules femmes de qualité dans cette contrée, il faut le reconnaître, soit se sont enfuies depuis longtemps soit ont débusqué un mec et un statut social qu'elles ne risquent pas de ficher en l'air pour une quelconque aventure. Conséquence : demeurent disponibles les dingues et les exaltées, et puis je crois qu'il n'y a définitivement aucune femme pour moi dans ce trou. Comme je l'ai dit, j'ai fait le tour de la question et même davantage. Trajan m'a bien dit qu'avec les femmes du coin, même si on les connaît, il faut, à un moment donné, changer d'angle d'attaque, de façon de voir, de sorte que parfois, certaines que l'on prenait pour de vraies connes puissent vous apparaître comme davantage dignes d'intérêt. Pour lui faire plaisir, je lui ai donné raison. La vérité est que quel que soit le jugement définitif que mes concitoyens portent sur moi, je ne trouve pour ma part aucune bonne raison de les sauver de l'infamie.

Il y a Trajan et son frère Mansuetu, un simplet, comme j'ai dit, mais il y a aussi Jean-Baptiste, mon ancien collègue au journal où lui travaille toujours, le Malapaga, notre bar du quotidien, et puis il y a Maroselli, un jeune homme un peu spécial qui voudrait refaire le monde, bouleverser tout ce merdier et apparaître en messie, le type qui enfin a sauvé la Corse de sa descente aux abîmes et de sa sempiternelle soumission. Avec Maroselli, on a une relation un peu étrange. Je l'ai vu débarquer un jour avec tous mes livres sous les bras, pour que je lui dédicace chacun d'entre eux. Après quoi il m'a expliqué qu'il les avait tous lus et qu'il me considérait comme le plus grand écrivain national depuis Santu Casanova, se mettant même à me donner du "maître" alors que je l'appelle Maroselli, ne parvenant pas à me résoudre à utiliser "Lucifer", ce prénom débile qui est pourtant le sien.

— C'est une blague ! Vous ne vous appelez pas Lucifer ? C'est impossible ! me suis-je exclamé la première fois que nous nous sommes rencontrés, lors de cette séance de dédicace de mes œuvres complètes.

— Mais si, maître ! Lucifer Maroselli, c'est mon vrai nom.

— Mais ils sont dingues vos parents ?

— Oui ! Ah ! ah ! ah ! Complètement dingues !

Eh bien ! me suis-je dit, heureusement qu'il reste quelques fous pour maintenir quelque chose de nous-mêmes.

Bastien, mon frère aîné, est un autre membre de mon univers. Mais on est un peu différents tous les deux. Lui, davantage que moi, possède le sens des affaires et sans doute, aussi, des responsabilités. Depuis tout jeune il a une famille à nourrir, charge dont j'ai toujours été exempté pour ma part. Nous sommes donc souvent en conflit, avec Bastien. Il ne comprend pas ma manière de vivre, retiré dans les montagnes, ni, surtout, de travailler, à fermer boutique en plein été quand tout le monde cherche à gagner trois sous. Il dit qu'il faut faire des affaires au moment propice, qu'ainsi vont les choses. Je lui réplique de faire comme il l'entend sans chercher à me comprendre ou me faire des remarques désobligeantes, et que je n'ai, de surcroît, pas de leçons à recevoir de la part d'un idiot.

Mon père lui a laissé un beau terrain en bord de mer, et finalement Bastien n'est pas si idiot que ça car, de ce terrain, il a réussi à faire quelque chose. Aujourd'hui, il gère un camping des plus réputés, avec restaurant attenant où il sert de la bonne cuisine, ce qui est plus ou moins une exception dans le coin. Il héritera également de la maison de famille en plaine quand ma mère ne sera plus là. Mon père a fait des partages assez équitables entre nous deux, en fonction du caractère et de la nature de chacun. La librairie, un lopin de terre dans la plaine, une maison de montagne et la plupart des terres sauvages des alpages pour le poète – à savoir : moi –, la maison du littoral et le terrain le plus important à Bastien, celui qui était un peu moins philosophe, plus proche de la réalité, si je puis dire, et qui avait le sens des affaires. Le terrain en plaine, je l'ai vendu à Bastien – un bon prix – ce qui en fait m'a permis d'économiser et de vivre, car, vous l'aurez compris, ce ne sont pas les maigres profits que je tire de ma boutique qui me nourrissent. Quand j'ai proposé à mon frère de lui vendre le terrain, il s'est écrié : “Tu es fou ?” Et j'ai répondu : “Oui, je suis fou et en plus je ne compte pas vivre au milieu de cette pagaille touristique, dans un endroit qui est déjà la propriété des étrangers, alors ou bien je te le vends ou bien j'en fais profiter une infection parisienne ; puisque ça ne te dérange pas de vivre au milieu de ces gens-là, achète-le, tu t'agrandiras et ça me fera plaisir, j'irai respirer l'air pur là où je ne peux pas les voir, eux et leurs gueules de cochons”. Après quoi, afin de m'assurer quand même quelques revenus supplémentaires, j'ai loué les terres de montagnes à des bergers, et de temps en temps je vends aussi du bois et c'est comme ça, vous n'allez pas me croire, que j'ai réussi à vivre et à financer deux ou trois beaux voyages avec Trajan et Jean-Baptiste. On a visité le Guggenheim et la Sagrada Familia, et puis on s'est tapé quelques filles par-ci par-là.

Enfin, je parle et je vous raconte ma vie, déformation d'ermite des montagnes habitué à déblatérer tout seul dans son coin, et voilà que je vois Jean-Baptiste ouvrir la porte de la librairie. C'est l'heure de fermer et d'aller au Malapaga prendre des nouvelles des élections.

Quand j'étais enfant et que nous revenions du continent pour l'été afin de passer deux mois dans un village de montagne, j'étais, au milieu de tous ces gens, la seule personne à ne pas savoir parler corse.

Il y avait ici, dans ces montagnes, quelques grand-mères, des chasseurs ainsi que des oncles et des cousins qui, à longueur de soirées, ingurgitaient des litres de vin et chantaient. C'était un univers montagnard fait de roches et d'arbres majestueux ; des maisonnettes en pierres sèches, taillées ou brutes, étaient plantées dans les fougeraies, les hommes eux-mêmes s'y étaient égarés avec leurs troupeaux de chèvres. Parfois, les hommes partaient en expédition durant trois jours pour effectuer des battues, tuant des sangliers et quantité de mouflons. J'en vis un jour quatre, magnifiques, exposés sur la petite place devant la maison.

Nous mangions aussi des hérissons que nous brûlions vifs, au chalumeau. À la fin de l'été, les hérissons servaient de divertissement à toute la famille. Les chiens et les enfants jouaient avec eux, nous les mettions dans des sortes de cages et les gavions de lézards. Au village, les anciens me terrifiaient. Ils étaient irascibles et nous réprimandaient constamment. À cette époque, les femmes étaient vêtues de noir, les hommes portaient des casquettes et tenaient dans leurs mains des bâtons dont ils nous menaçaient si nous courions trop vite ou nous livrions à des jeux trop brutaux. Je ne crois pas que l'enfant fût alors roi, les rois étant les vieillards avec leurs rares chicots dans la bouche et leur odeur répugnante.

Ils me parlaient et je ne comprenais absolument rien. Et puis j'ai deviné qu'ils utilisaient exactement les mêmes mots que mes parents à la maison quand ils se disputaient ou qu'ils abordaient des sujets auxquels mon frère et moi ne devions pas avoir accès. Je remarquais que les mêmes expressions revenaient toujours et je pouvais les répéter à tue-tête : *T'aghju da minà, fà ghjà passà u vinu*[1]… Avant d'avoir le courage de parler avec les anciens, je ne m'exprimais en corse qu'avec le chien. Je lui donnais les ordres que j'avais entendus formuler par d'autres pendant les chasses au cochon ou les bagarres entre gamins : *Piddalu*[2] *!* L'usage de la langue me permettait aussi de tester mon autorité : *Và è ghjaci*[3] *!*

Avec le temps, l'obscurité des sonorités que j'entendais s'est dissipée. Quand nous sommes définitivement rentrés du continent, je parvenais, dans ma tête, à exprimer tout ou presque dans cette langue, mais de ma bouche ne sortaient que quelques bribes ; j'ai alors fourni un effort car je savais déjà que la puissance s'exprimait aussi

1. "Je vais te cogner, passe-moi donc du vin…" (*Sauf indication contraire, les notes sont des traducteurs*)
2. "Prends-le !"
3. "Fous le camp !"

par le biais du langage. Pour répondre à ces gens qui me menaçaient, j'ai appris leurs mots, leurs expressions et leurs proverbes. À la fin, ils ne me menaçaient plus, puis ils sont morts et je suis resté là, seul avec cette langue.

Voilà cette enfance que je n'évoque jamais. Quand, plus tard, nous sommes revenus définitivement en Corse, j'avais une dizaine d'années. Avec Bastien, nous attendions le bus pour aller à l'école avec les autres enfants, et parce que nous venions d'arriver, nous étions considérés comme des étrangers. De temps en temps, à cet arrêt de bus que je n'ai jamais oublié, l'un d'eux s'approchait et lançait : “Sales Français !” À deux contre vingt, voire trente, mon frère et moi avions appris à baisser la tête, à faire semblant de ne pas entendre. Quand j'y repense aujourd'hui, je crois qu'en fait j'étais bien plus corse, de culture et d'âme, que les pourritures puantes qui se moquaient de moi. J'avais toujours entendu mes parents parler corse à la maison, même sur le continent ; et l'été, comme je l'ai déjà expliqué, je vivais deux mois en montagne avec des représentants d'un autre temps. Mais c'était ainsi, je venais d'arriver alors qu'eux étaient nés là, ou avaient débarqué en Corse peu de temps auparavant accrochés à une plaque de liège, j'étais donc le *pinzutu*. De plus, à trente contre deux, il leur était plus facile de trouver du courage. C'est à cette époque que je compris que mon pays était aussi un peu lâche. Après quelques mois, je me révoltai. En classe de sixième, je crois avoir cassé une gueule par jour, et avoir, à moi seul, mis une raclée aux trois quarts des garçons de ma génération, mes si chers compatriotes – je peux vous dire qu'ils ont pris leur compte. Il a fini par leur montrer enfin, le *pinzutu*, ce que pouvait être une colère homérique. J'ai également appris à ne jamais être lâche à leur image. Par la suite, je me suis souvent battu, même adulte, et toujours contre de plus forts, question d'honneur ! Les faibles, je les laissais déguerpir, parfois juste avec un coup de pied, pour la forme. Ce n'est pas pour frimer que je raconte tout ça, je cherche seulement à analyser qui je suis, ce que de nombreuses personnes devraient faire plus souvent. Il ne me semble pas avoir été à ce point violent, dans ma petite enfance. La violence, je l'ai apprise à mon retour en Corse, à cet arrêt de bus.

J'ai aussi appris que, ici, une origine douteuse pouvait provoquer de graves ennuis et qu'il ne fallait pas trop claironner sa différence. Et j'ai le regret de constater que même si les temps ont changé, les choses ne se sont toujours pas arrangées de ce point de vue. Pour moi les choses étaient claires : plus je devenais corse, et moins je souhaitais remémorer ma prime enfance, quand je n'étais pas là, quand je n'étais pas encore un être humain. J'ai fini, et même rapidement, grâce à une sorte de métabolisme psychique propre aux enfants, par quasiment effacer de ma mémoire cette première vie. Et à force de ne plus y faire référence, de ne plus parler de *là-bas*, j'ai été accueilli par mes camarades comme l'un des leurs. Je n'ai enfin plus entendu de plaisanteries à ce sujet ni de menaces – plus de menaces, surtout.

Longtemps après, ces premiers mots menaçants proférés par les anciens ainsi que ces premières insultes reçues à l'adolescence, dont le sens s'était éclairé pour moi, se sont mués en littérature : j'écrivais les mots de ceux qui étaient morts, convaincu qu'ils étaient encore les mots du plus grand nombre, les mots de la puissance. Autour de moi, on riait beaucoup. Avec aux lèvres leur sourire méprisant, plus hostile que les vieilles menaces qui avaient marqué mon enfance, d'aucuns me demandaient même pourquoi j'utilisais cette langue. Je compris que, encore une fois, j'étais seul au milieu de tous. Que je n'avais pas de semblables dans ce village devenu une ville. Que je ne connaissais plus personne, que les comportements d'autrui ne m'étaient plus compréhensibles. Les bâtons s'étaient transformés en 11.43, les chicots des vieillards en crème bronzante et les casquettes de jadis avaient cédé la place aux tee-shirts Hugo Boss. Je cherchais quelqu'un à qui parler, quelqu'un qui me ressemble, mais il n'y avait plus personne.

Il fut une époque où j'avais des copains, ou plutôt des connaissances, maniaques et dépressifs, prisonniers de leur cyclothymie, dont je faisais peu de cas et dont, le plus souvent, j'allais jusqu'à oublier l'existence. Ne sont restés que les plus désespérés, dernier cercle de résistance face à la vilenie locale : Maroselli et ses visées irrédentistes d'un autre âge ; Trajan et Mansuetu, dernières poches d'oxygène au milieu de toute cette corruption ; et puis Jean-Baptiste avec qui je m'alcoolisais tel un Indien à la dérive.

Non seulement les femmes avaient peur de moi mais en plus j'étais fauché car ici les écrivains ne gagnent pas leur vie, de sorte que je ne représentais pas grand-chose pour elles tant il était difficile de m'assigner une quelconque identité. Il arrivait qu'elles me prennent pour une pute, ce qui n'était pas bien grave dans la mesure où cela me permettait d'avoir accès à une certaine sexualité de temps en temps. Je leur écrivais des poèmes et elles me regardaient avec des yeux étranges, pleins d'incompréhension, avant de me dire : “Toi et moi, ça va pas le faire… !” C'est ainsi qu'elles parlaient, avec ce ton inepte et cette branchitude auxquels j'étais parfaitement hermétique.

Un jour, un étranger arriva. Une sorte de juif errant, un Américain perdu qui, par bonheur, était tombé sur mes livres. Il avait entendu à la radio une chanson de Raphael dans une station-service sur le continent et il en était tombé malade. Complètement désespéré, il avait, de ce jour, décidé de tout plaquer, son métier, sa femme, d'oublier l'immonde culture moderne et de partir à la recherche de quelque chose de différent, dans tous les domaines, de quelque chose qui n'appartînt pas à la sous-culture bobo, à la société de consommation, à la dictature de la bien-pensance pour enculés, de quelque chose qui aurait gardé de l'authenticité tout en étant en mouvement. Il s'était passionné pour la musique arabo-andalouse, le rock tzigane, les poètes catalans et l'underground new-yorkais. Comment était-il tombé sur mes livres, je ne l'ai jamais bien compris, mais il m'est apparu un jour avec son sac de clochard et son accent. Dans la ville que j'étais censé lui montrer, nous avons rencontré une femme que je lui ai présentée, mais je me suis trompé de nom et j'ai vu, à l'expression de son visage, qu'elle en était blessée. J'ai alors su que jamais cette fille ne serait une amie, que nous n'avions rien en commun qui me permette de retenir son nom. C'était cette fille de tous les jours qui m'était étrangère, pas le mendiant new-yorkais qui m'accompagnait. Je ne valais pas mieux que lui, sous ces latitudes : perdu et sans référent. J'étais le seul être de mon espèce.

J'ai compris que j'avais toujours été un étranger. Les vieux me menaçaient de leur bâton, me forçaient à parler aux chiens, les gamins qui attendaient le car avec moi voulaient me renvoyer sur le bateau et les gens d'aujourd'hui me menaçaient de leurs sourires en coin et de leur regard condescendant. Eux n'arrivaient pas à me situer et moi je ne comprenais plus rien à mon pays.

Ceux qui arrivent à mettre des mots sur les choses, ceux qui font office d'élite au sein de toute cette chienlit dévoyée, disent que je suis fou. Mes propres ennemis, mes détracteurs le disent aussi, au point que je serais presque en passe d'accéder au statut d'objet sacré. Cette folie a au moins le mérite de me maintenir en vie : en déniant à mes textes leurs éventuelles vertus de courage et de lucidité, qui pourraient me valoir la potence, ils mettent leur devoir sous le boisseau et font l'économie de l'effort surhumain qu'il leur faudrait fournir pour me lire.

De toute façon, comme je l'ai dit, ici on ne lit pas, on ne sait même pas à quoi peut bien servir un écrivain, on ne croit pas que la valeur des choses passe par les mots, la puissance n'est plus la langue, la langue est une menace qu'il faut accabler de son mépris afin de la réduire. Voilà ce que j'ai fini par comprendre : que la langue, la menace c'était moi, et qu'ils me le faisaient sentir.

J'ai une librairie. Un espace ultime, un refuge pour entreposer mes livres préférés et continuer à rêver. C'est aussi ici que je continue de temps en temps de publier à compte d'auteur des recueils de poésies. Maroselli vient m'envahir à l'occasion et nous refaisons le monde, j'essaie de lui faire comprendre qu'il est toujours possible qu'il s'en sorte, qu'il existe un ailleurs qui veut bien lui ouvrir les bras, à condition qu'il le veuille. Pour le reste, je me suis emmuré comme un autiste à l'intérieur de ma maison de montagne. Quand j'ai un moment, je vais au Malapaga et je bois un coup avec Jean-Baptiste ou je m'échappe aux Stabbia. En voyant mon village vide ou mes amis qui se tuent à la tâche en forêt, je repense à ce que mes yeux ont vu il y a tant d'années. Je sais que j'étais témoin, avant qu'ils ne disparaissent, des derniers vestiges des siècles passés.

Dans les autres campagnes françaises, ces vestiges furent effacés bien avant que nous n'existions, mais ici c'est une île : nous avons résisté pendant que les autres nous oubliaient. Pour retrouver aujourd'hui ce qui fut hier submergé, peut-être faut-il pénétrer au plus profond des Balkans, se rendre dans les montagnes de la Sardaigne ou encore dans certains endroits d'Afrique du Nord qui peuvent receler quelques semblants d'une autre époque. Mais ici, tout a disparu depuis longtemps, enfin, juste le temps pour moi d'assister au trépas et de pouvoir dire que j'y étais.

Le dernier représentant de cet ordre ancien, je crois bien qu'il se trouve en haut, aux Stabbia. C'est Mansuetu, avec ses chèvres et son innocence. Mansuetu qui n'a aucune notion de l'économie, de la consommation ou de la protestation. C'est lui le dernier survivant de ce monde, celui que Pasolini appelait non pas l'âge d'or mais *l'âge du pain*. Mansuetu, qui n'a pas non plus la notion du temps, des siècles, et c'est tant mieux sinon il ne pourrait être berger dans nos montagnes. Dernièrement, je lui ai emmené un livre que j'ai pris dans ma librairie, *La prairie*, de Fenimore Cooper. Il faut dire que Mansuetu a quelques rudiments d'instruction. Il lit, avec difficulté, en y mettant du temps, mais il lit. Je savais qu'il s'était régalé avec le journal de Lewis et Clark, mais il croyait que les étendues de l'Amérique du Nord étaient toujours vierges et que les Shoshones continuaient à y menacer les trappeurs. Je lui ai dit que non, que l'Amérique, maintenant, c'était rempli d'âmes errantes avec des 4x4 et des quads, d'une foule de prédicateurs débiles qui manipulent une population ignorante abrutie par la bière et une nourriture infecte. "Comme ici", m'a lancé Mansuetu, l'air sincère.

C'était juste, mais l'idée qu'il était plutôt le dernier Shoshone de notre réserve à nous m'a, à ce moment-là, brutalement traversé l'esprit.

5

Marc-Antoine Cianfarani – La mobilisation du 173e régiment – Classes avec Paganelli – Premier transport à Dieuze – Légères attentions en forêt

Marc-Antoine Cianfarani fut mobilisé au mois d'août 1914, la nouvelle que l'Europe était en guerre étant parvenue aux Sarconi grâce à deux gendarmes épuisés par leur voyage et n'en menant pas large au moment d'annoncer aux populations rustiques des montagnes que tous les hommes en âge de porter des armes devaient rejoindre leurs casernes à Ajaccio, Bastia, Bonifacio ou Corte. Mais la réaction des montagnards ne fut point celle attendue. Apprenant que la France était en guerre contre les Prussiens, tous les jeunes des Sarconi, ainsi que ceux des hameaux alentour, se réunirent et sortirent les fusils des bergeries et se mirent à tirer en l'air comme au moment des élections, certains hurlant des vivats, d'autres menaçant la Prusse de ne jamais avoir à se frotter à la colère des combattants corses. Les deux maudits gendarmes, serrés l'un contre l'autre, se virent offrir de l'eau-de-vie et du *casgiu merzu*, comme s'ils eussent été deux anges envoyés par le Seigneur pour lever les saintes armées des croisés.

À dix-huit ans, Marc-Antoine se retrouva donc à la caserne de Corte, en compagnie d'une bande de paysans parlant avec les étranges accents des autres régions de Corse, et des citadins méprisants mais assez heureux de découvrir enfin le continent. Les mobilisés insulaires avaient de dix-sept à quarante-huit ans, les plus jeunes étaient volontaires, quant aux plus âgés, ils semblaient moins heureux, évoquant leurs inquiétudes et leurs regrets d'avoir laissé femmes et enfants en ces temps troublés. Marc-Antoine, lui, découvrait le monde pour la première fois, des étrangers, des langages différents, le centre de l'île et il s'abandonnait à cet inattendu mouvement avec une certaine inconscience. À la caserne de Corte, très vite, les mobilisés virent arriver barbiers et sous-officiers, les premiers pour les tondre comme des brebis, les seconds pour se livrer à la première distribution d'uniformes bleus et de casquettes militaires. Montagnards et citadins devinrent de ce fait de simples soldats. Puis, un matin dès l'aube, tous furent embarqués dans les voitures du train pour Ajaccio. Au fil du trajet, quelques jeunes qui s'étaient crus plus malins que les autres en dérobant la veille les caisses de vin de la cave de la caserne dessoûlaient en vomissant à chaque virage ; des bergers du Niolo et de Casinca chantonnaient en riant ; un jeune séminariste de Bastia était plongé dans ses évangiles et ne les quitta de tout le voyage. Tous les autres somnolaient comme ils pouvaient, commençant déjà à mesurer la monotonie de la vie d'un soldat avant l'aventure belliqueuse.

Parvenue à Ajaccio, la centaine de mobilisés fut mise en file sur les quais de la gare et passée en revue par quelques officiers hautains et sévères qui, même s'ils savaient que les hommes n'étaient pas encore prêts, recommandèrent de défiler en ordre parfait devant la foule d'Ajacciens qui ne manqueraient pas de saluer le départ des héros. Effectivement, peu après, le 173e régiment défilait en ordre sur le cours Napoléon, devant une population en délire qui faisait voler les drapeaux et qui ébranlait le ciel de chants patriotiques, en corse et en français. Les gens accompagnaient la troupe dans une fête incroyable, jusqu'au port, embrassant le premier qui passait, même un inconnu, offrant des paniers entiers de fromage et de vin, lançant des cris de réconfort et de soutien, souhaitant du courage aux plus jeunes, conseillant de faire honneur à la nation et de montrer à Guillaume à qui il s'était attaqué. À la fin de la journée, les soldats avaient tous embarqué sur les bateaux de la compagnie Freyssinet, direction Marseille. Pendant que l'île s'éloignait et se perdait de vue, pour la première fois, un silence pesant parcourut les rangées d'hommes, l'angoisse remplaça le premier délire de soif d'aventure. "Qui sait ce qui nous attend désormais…" dit un Fiumorbais déjà quelque peu âgé, tirant sur sa pipe tandis qu'une ombre traversait son regard. Marc-Antoine, à ses côtés, se laissa gagner lui aussi par l'anxiété.

Arrivé à Marseille, le 173e reprit immédiatement le train, destination Jarville, en Lorraine, dans la campagne nancéenne. On disait déjà que le front de l'Est menaçait de céder. Des combats violents s'y déroulaient plus au nord. Les troupes corses et provençales se voyaient affectées dans cette région, pour y faire leurs classes dans un premier temps, puis pour renforcer la défense de la frontière. Quand on dit "faire ses classes", c'est une façon de parler, l'instruction ne durait qu'une semaine à la caserne, les sous-officiers expliquant au mieux de quelle manière on devait charger et entretenir un fusil, et comment on plaçait la baïonnette à la pointe du canon, puis comment il fallait faire pour l'enfoncer dans les tripes d'un épouvantail qui faisait de son mieux pour symboliser le Boche. Mais ce fut une semaine importante au cours de laquelle il se lia d'amitié avec d'autres appelés. Les hommes des Sarconi, ayant été dispersés dans toutes les compagnies des quatre bataillons du régiment, Marc-Antoine s'était rapproché des jeunes de chez lui qu'il avait pu retrouver, il était plus ou moins facile de reconnaître une gueule de sa région natale. Il avait surtout sympathisé avec un groupe de Corses du Sud, du Taravo et d'Ajaccio, et il y avait un adolescent de la troupe, Paganelli, qu'il avait pris sous son aile. Un soir une bagarre avait éclaté avec une bande de Niçois. Il y en avait un, gros et arrogant, qui mettait ses doigts dans toutes les assiettes et s'attribuait les plus beaux morceaux de viande sans aucune vergogne. Il parlait fort et se prenait pour le chef de la tablée. Sur le visage de Paganelli, on pouvait lire le dégoût mais il n'avait pas le courage de remettre le goinfre à sa place. Puis, ne pouvant plus se retenir, il dit au Niçois de ne plus mettre ses doigts crasseux dans la nourriture et qu'il fallait partager avec tous les autres. Le type le regarda froidement et lui dit quelque chose de méchant, "Envoie-moi un peu ta mère que je m'en occupe". Paganelli était livide, jamais personne ne lui avait parlé comme cela, jamais personne ne s'était permis d'injurier sa mère. Mais il ne semblait pas avoir la force de réagir et de s'opposer à la provocation de l'infâme Niçois. Il resta pétrifié, le visage pâle, raide et offensé. Alors, le Niçois eut un sourire de vainqueur et dans un immense geste de défi, prit une poignée de pommes de terre dans un grand plat tout en fixant

Paganelli du regard. Marc-Antoine était assis en face de Paganelli, juste à côté du Niçois, il ne disait rien et regardait Paganelli dans les yeux et tous les autres soldats restaient muets également. Paganelli ne semblait plus avoir de sang dans les lèvres, ses yeux s'étaient réduits et n'étaient plus que deux billes sombres. Le jeune homme tendit la main et prit le broc en fer qui se trouvait entre le Niçois et lui avant de lui en asséner un coup au front. L'ogre s'affaissa sous sa chaise, la tête sanguinolente. Marc-Antoine se leva et donna un coup de poing au compagnon du Niçois qui avait tenté de lui venir en aide. Un cercle se forma automatiquement, les uns hurlant, les autres mettant leurs bras pour élargir le cercle et empêcher une intervention. Au milieu, sous les cris déchaînés du public, Paganelli et Marc-Antoine achevaient les deux Niçois à coups de broc sur la tête, à coups de pied dans la mâchoire, dans les côtes. Ils les laissèrent étendus par terre, complètement assommés. Après la rixe, les deux vaincus furent évacués, le sergent Colombani, un dur à cuire, s'approcha des deux jeunes et leur dit qu'ils s'étaient bien battus, que c'était ainsi qu'il fallait procéder, qu'il fallait se faire respecter. Pour Cianfarani et Paganelli, l'essentiel de leur apprentissage s'était peut-être déroulé ici.

Quelques jours plus tard, le régiment fut transporté en camion vers la ville de Dieuze. On pouvait entendre les coups de canon au loin. Sur la route trouée qui les rapprochait du front, les soldats pouvaient apercevoir pour la première fois les cadavres jetés dans les fossés, la plupart portant des pantalons rouges comme eux. “Les gars… ça a déjà bien chauffé par ici !” dit un homme. Tous avaient l'estomac noué. Ils virent un village avec des maisons à moitié brûlées, les empreintes de balles et d'obus déchiraient chaque muraille. Les charrettes carbonisées avaient été abandonnées. On voyait parfois le cadavre meurtri d'un cheval dans la rue.

Vers midi, ils furent acheminés près de Dieuze, en rase campagne, on entendait les coups de canon plus fort. On leur donna l'ordre de partir à la recherche d'eau et de nourriture en prenant leurs fusils. Ils erraient dans ce lieu déserté de ses habitants, remplissaient des bidons, récupéraient ce qu'ils pouvaient pour manger, dérobaient des conserves dans les fermes alentour ou vidaient quelques poulaillers. Parfois, ils tombaient sur un cadavre. De nombreux civils avaient été tués par ici. Enfin le soir, les bombardements semblèrent diminuer un peu. On leur dit alors de prendre position dans les bois au-delà de Dieuze, et de traverser la ville afin de rassurer les habitants qui n'avaient pas encore fui. Ils se présentèrent dans les rues dans un désordre manifeste mais les habitants sortirent des maisons et vinrent quand même les embrasser, leur donnant de la nourriture, quelques bouteilles de vin à mettre dans leurs sacoches. Ils leur disaient aussi de se méfier, que les Boches étaient dangereux, qu'il y avait dans la zone un important détachement de l'armée allemande. Marc-Antoine dit à Paganelli de rester avec lui et de ne pas le lâcher. Enfin, durant la nuit, ils prirent position en forêt, mais tout était calme. Ils se servaient de leurs sacs comme d'un coussin et dormaient autant qu'ils pouvaient. Marc-Antoine Cianfarani ouvrit les yeux plusieurs fois, il tentait dans l'obscurité de deviner si quelqu'un s'approchait. Son bataillon était tout autour de lui, mais il se croyait seul au monde et écoutait les bruits de la forêt pour guetter un signe ennemi. Rien. Seul Paganelli respirait fort à côté de lui. Le silence était omniprésent.

Rien ne semblait remuer dans les bosquets. Et l'on y voyait aussi clair que dans le cul d'un Sénégalais. Le noir complet. À un moment donné, il vit deux ombres passer. Il sentit son cœur s'ébranler dans sa poitrine. C'étaient deux hommes de garde qui parlaient corse. À la fin, il réussit à s'endormir.

Ils se levèrent avec le jour, transis d'humidité. Mais heureusement, le soleil apparut assez vite. Ils se remirent à parler, à vivre, les premières taquineries volaient d'un groupe à l'autre. Un jeune caporal passa dans le groupe de Cianfarani et des Corses du Sud. "Belle journée les gars !" leur dit le caporal. Marc-Antoine le reconnut, c'était le séminariste de Bastia. "Bonne journée pour la pêche, mon père !" plaisanta Marc-Antoine. Le caporal, lui aussi, souriait. "Caporal, qu'est-ce qui vous ferait plaisir ? Des anguilles ? Des truites ?" Le séminariste jouait le jeu : "Qu'est-ce que tu me racontes ! Donne-moi du caviar et de l'huile fine ! Et garde ta poiscaille !" Puis le caporal donna ses instructions : ils devaient avancer dans la forêt et prendre position plus loin. Le secteur était calme, malgré ce qu'en disaient les paysans. Il faudrait attendre encore pour exterminer l'armée de Guillaume. Rassérénés, les soldats se mirent en marche, le fusil à la ceinture.

Dans la forêt, les rayons du soleil se réfléchissaient sur le feuillage, de temps en temps l'un d'eux parvenait à percer et semblait éclairer un chemin sacré. Sans réfléchir, Marc-Antoine décidait de suivre ce chemin, le rayon lui réchauffait alors la nuque, puis il le dépassait et se retrouvait à nouveau dans un coin ombrageux. En avançant, il découvrait, intrigué, les traces des sangliers, mais qui semblaient assez anciennes. Ils franchirent un ruisseau en se mouillant le pantalon, et quelquefois ils faisaient fuir un oiseau. Chez lui, il les aurait attrapés avec un collet qu'il fabriquait à l'aide des queues de chevaux. Ce n'était certes pas la saison des merles mais il se demandait si les gens du coin savaient placer les pièges aussi bien que lui. Il découvrait des arbres immenses et majestueux qui ressemblaient à des chênes, mais des chênes massifs et altiers comme il n'en avait jamais vu. Il entendait les bruits de la forêt, le chant des oiseaux et, dans le même temps, le pas des hommes comme le bruit des casseroles qui jouaient dans les sacs débordants, les crachats des chiqueurs de tabac, leurs visages étaient sereins, des visages de jeunes hommes insouciants, des visages plus âgés aux barbes sévères. Un sous-officier attendait un groupe de retardataires en les sermonnant, les officiers, eux, avançaient tout doucement en tête. C'était un terrain plat, avec de temps en temps une petite montée, une butte inexistante, ils y marchaient sans difficulté, sous les chênes la terre était noire, Marc-Antoine vit alors un homme se baisser sous le poids de son sac et attraper, pour la goûter, une poignée de terre qu'il mâcha et recracha, l'air satisfait. Paganelli, qui marchait devant Cianfarani, rehaussa sa casquette de manière ridicule, puis se retourna et lui fit des grimaces pour le faire rire. En attendant, ne regardant plus où il allait, il trébucha sur une racine et manqua se rompre le cou, Marc-Antoine rit alors pour de bon. L'idée lui vint qu'ils étaient comme en promenade, que cette forêt représentait le lieu de tous les plaisirs : il n'y avait rien à faire ni à penser, seulement marcher, être oisif et se la couler douce. Tout en avançant, il murmurait dans sa tête une chanson que Paganelli chantait à la caserne, il fredonnait discrètement pour que personne ne l'entende. Il était heureux comme jamais, tel un pinson, et la chanson rythmait sa marche.

Vieni o bella à facciarti al balcone
Vieni o bella à sintirmi cantà

S'è ti cantu sta bella canzona
La ghitarra la vogliu accurdà

Il pensait à cette beauté de la chanson, imaginant qui pouvait lui ressembler aux Sarconi mais il ne trouvait pas. À Marseille, ils avaient vu des femmes splendides, belles comme la clarté du jour, dont ils pouvaient se rappeler les formes et le sourire mais ils n'avaient jamais pu approcher ces femmes ni les toucher, tout était allé si vite. Ils s'étaient tous promis de se rattraper lors de leur prochaine permission, évoquant les bordels où tout était possible, les villes du continent où l'on disait que les femmes étaient folles des soldats. Plaisantant avec Paganelli, il lui avait fait croire qu'il était un expert avec les femmes, que chez lui, toutes les filles lui couraient après, mais c'étaient des mensonges, en fait il n'avait jamais approché qu'une lointaine cousine dodue dans les rochers, pendant la transhumance, sans qu'elle le laisse aller très loin. Il l'avait embrassée, lui avait caressé les seins et les cuisses puis ils s'étaient arrêtés. Une autre fois, alors qu'il veillait dehors, il avait embrassé une fille des Sarconi, il se souvenait du goût de ses lèvres, mais là encore il avait été impossible d'en faire davantage, en plus elle embrassait bien cette fille, elle était belle, pas comme celle de la chanson, pas au point de lui emprisonner le cœur à jamais, mais néanmoins mignonne, avec des lèvres délicieuses. Là s'arrêtait son expérience des femmes. Il en éprouvait des regrets car une fois ou deux il avait manqué de courage, ou d'autres lui étaient passés devant. Au marché, en ville, il aurait pu rendre visite à la veuve Marinelli, mais se sentant trop lâche, il avait laissé son cousin Pierre y aller à sa place. Lui, il les avait montés, les escaliers de la veuve Marinelli ! Il avait également des copains qui avaient été chez les putes de l'oncle Lisciu, mais lui, un chevrier désargenté, n'en avait pas les moyens. À Bonifacio également, quand il allait vendre ses fromages, il aurait pu franchir la porte d'un bordel, mais il y avait encore et toujours le problème de l'argent, et puis à chaque fois son père l'accompagnait, pas moyen de s'absenter une demi-heure. Il lui restait finalement tant de choses à découvrir. Il n'y avait plus qu'à attendre la première permission, et alors peut-être que…

6

À propos de la démocratie – Élection en ville – Une adjointe chante une chanson – À la taverne – Débat avec Maroselli

Il y a quelque chose qu'il faut reconnaître à la démocratie, c'est que c'est un système dans lequel je perds toujours. Mais je ne vais pas faire le coup de vous dire qu'il faudrait changer de système, et qu'il n'est pas juste que dix prix Nobel aient à plier devant le vote d'une centaine de sous-merdes nourries de sous-culture et de téléréalité ; non, d'autant que je ne suis même pas sûr que les Nobel et les sous-merdes ne votent pas pour le même camp. Je ne suis pas devenu fasciste au point de remettre en cause ce merveilleux système qui est le nôtre, avec ses détournements de fonds et ses manipulations d'opinion, même pas au nom de toutes les inégalités et de la misère qu'il génère. Si j'en faisais moi, de la politique, vous en verriez de la manipulation. Le peuple ne valant rien, il est logique qu'il vote pour des élus qui ne valent rien. Je ne demande pas qu'une dictature éclairée vienne guider les pas de ce peuple de dingues, je ne demande pas qu'on libère l'intelligence, je ne veux pas anéantir les peuples les plus rustres ni accroître le sentiment de citoyenneté chez les communautés les plus archaïques. Si j'aspire à quelque chose, c'est à brûler ce monde de merde. Intégralement. Je veux détruire cette putain d'humanité sans espoir. Comme ça on laissera les poissons tranquilles. Eux qui, d'après ce que j'ai lu, disparaîtront d'ici quarante ans. L'eau se remettra naturellement à couler dans les déserts ou bien à sécher, selon ce qu'en auront décidé les puissances supérieures. Les loups se multiplieront ainsi que les chèvres sauvages et elles seront dévorées dans une harmonie barbare dont nous ne pourrons plus chanter la gloire, parce qu'il n'y aura plus de poètes, parce qu'on n'y sera plus du tout. Mais en attendant, étant donné que le pouvoir me manque pour détruire la planète et l'emporter avec moi dans l'abîme, je pense que ce système au sein duquel je peux critiquer à loisir et hurler ma rage n'est pas si mal. Bien sûr, il y a des sans-abri par milliers qui couchent sous les ponts mais ils ont au moins un pont pour dormir au sec. Bien sûr, il y a des millions d'abrutis qui se repaissent de boustifaille infecte et qui s'endettent pour passer dix jours dans un camping pourri en été ou pour s'offrir une télévision, mais au moins ils auront été préservés des dessins animés tchécoslovaques d'autrefois et des camps de redressement. Ils peuvent assister, paisibles, à l'ascension de la *Nouvelle Star* et se gaver de daubes américaines. Le communisme aurait pu triompher, voyez-vous : pensez-y lorsque vous serez dans les affres de la misère et broyés par la spirale infernale du crédit et de la consommation. Nous avons risqué le pire, l'effondrement complet : se retrouver tous égaux dans la misère et le silence, devenus tout gris tandis que les prolétaires vous aboient dessus du haut de leur hystérie ou que d'ex-brigadistes déments vous sélectionnent au coin d'une rue pour vous faire ravaler votre sourire de petit-bourgeois réactionnaire. Nous aurions tous terminé au goulag. Moi le premier pour mes livres et ma posture de pseudo-intellectuel. Ils m'auraient fait biner dans une rizière et introduit le petit livre rouge de Mao dans le cul. Piocher m'insupporte et je préfère penser que les Chinois, c'est moi qui les enculerai un jour lors de mes prochaines vacances sexuelles à Pattaya ou à Bangkok. Oui je sais, il n'y a qu'un misérable pour écrire ce que j'écris mais c'est une question de réconfort. Je viens de perdre les élections mais personne ne me mettra en prison pour mes contestations. Ils me laissent tranquille et je peux continuer à cracher mon venin. C'est pour cela qu'à chaque élection j'accepte de perdre. En matière de révolution, j'ai été vacciné grâce à tous ceux qui prétendaient sauver notre peuple et qui mitraillaient dans le dos leur frère d'armes parce qu'il ne pensait pas exactement dans le sens de la lutte, ou bien un militant qui criait à la corruption et à l'injustice ou encore un Arabe, pour se faire la main. J'ai également été vacciné grâce aux débats endiablés des repas de mon enfance, quand de vieux marxistes orthodoxes hurlaient leur violence en vous reprochant une apparence bourgeoise et conformiste, ces repas lors desquels les gardiens de la Révolution étaient capables de faire pleurer un enfant de dix ans en lui faisant endosser le poids de la culpabilité, celle d'être un petit parvenu de la réaction – à dix ans, ou neuf –, et j'avais, moi, l'impression d'être à table avec Staline et j'étais terrorisé. Aujourd'hui, d'accord, je perds les élections mais je suis bien content parce que cette indépendance, nous ne l'avons pas obtenue, parce qu'il n'y aura pas de *tonton macoute* pour me prendre à coup de fouet demain. Je suis bien content parce que le marxisme n'existe plus et que personne ne viendra me cracher son hystérie sur les bottes et m'insulter parce que je me fous de la question sociale. Et je me fous aussi de la société. Et de l'égalité des masses laborieuses que, personnellement, je passerais volontiers au napalm. Je vous rassure : je passerais aussi les bourgeois au napalm. Et ces grands chefs d'entreprise qui s'octroient des parachutes dorés, je les castrerais en place publique, tels de gros porcs. Imaginez un peu ce qu'il en serait des parachutes dorés si, une fois, une seule, un grand chef d'entreprise se faisait castrer sur Internet par un groupe d'extrémistes enragés. Bien heureusement je perds les élections : jamais mes scénarios, aussi efficaces soient-ils, ne seront transformés en réalité effective, en mode de gouvernance. Et puis, comme je vous l'ai dit, je ne suis pas assez simplet pour croire que le groupuscule se contentera de castrer ce grand chef d'entreprise. C'est moi qu'ils castreront ensuite, pour avoir trop forniqué, pour avoir écrit des livres, parce que j'ai des lunettes, que je fume, parce que j'ai rigolé.

À la terrasse du Malapaga, Jean-Baptiste écoutait mes arguments mais continuait à tirer la tronche. Le concernant, cette nouvelle défaite aux élections était difficile à avaler. Il était franchement blême, dégoûté.

— On va les supporter encore six ans, disait-il, engloutissant sa bière comme quelqu'un qui veut noyer sa peine.

— Allez, allez, ô Battì… on est habitués non ? Et c'est plus comme à l'époque, aujourd'hui ils nous la fourrent mais il y a moins d'arrogance. Et puis, enfin, on en a quoi à faire, de savoir qui construit la route ou qui installe l'éclairage ? C'est ça, aujourd'hui, le pouvoir de proximité – du vrai pouvoir, il n'y en a plus vraiment.

— Ce que j'en ai à foutre ? C'est pas leur pouvoir que je supporte pas, c'est leurs tronches !

C'est alors que, provocation suprême lancée à la face de Baptiste, un feu d'artifice se mit à déchirer l'air de ses détonations. Tous les partisans du nouveau maire – et de l'ancien – regardaient le ciel, émerveillés. Les opposants les regardaient triompher.

— Ah, la merde ! Il y a même cette carpette de pharmacien qui fait la fête ! Il y a six ans il était avec l'opposition, et maintenant… ! Tu le vois ? Non mais, tu le vois, avec sa tronche de merde ?

— Laisse tomber.

— Alors celui-là, la carpette, je te le sors comme je le pense. Sur la tête de ma mère, un jour je lui défonce le trognon à coups de poing ! Je te promets !

— Eh ! Il t'a fait quelque chose ?

— Oui !!! Il existe ! C'est déjà trop !

Baptiste était maintenant un peu allumé, les effets de la bière se combinant à ceux que provoquaient la déception et la défaite. Il faut préciser que Jean-Baptiste était d'une vieille famille de communistes et qu'il lui en restait quelque chose : les notions de droite et de gauche avaient toujours eu une signification pour lui. J'en profitai alors pour lui balancer :

— Oh… Tu sais comme moi qu'ici les communistes ont toujours voté pour le maire au second tour. Fais pas celui qui ne s'y attendait pas.

— Je m'en fous de ce qu'ils font, les communistes ! C'est des staliniens et ils resteront des staliniens ! C'est juste qu'une fois, une seule fois dans ma vie, j'aimerais les voir battus. Le maire et toute sa clique. Voir leurs sales gueules livides et pleines de déception et, tu sais… que ce pharmacien de merde ne sache plus où se mettre ! Mais non ! Je vais mourir et j'aurais encore à les supporter jusqu'à la fin. Et quand ce ne sera plus celui-là, de maire, il va falloir qu'on se supporte son fils, et puis son petit-fils, et comme ça jusqu'à la disparition finale de cet endroit de merde. Et en plus c'est moi qui dois écrire l'article pour demain, tu sais…

Le maire et ses partisans ont envahi la terrasse du Malapaga. La campagne électorale a été avare de largesses mais à présent les fêtards partagent leur victoire avec tous. En passant près de nous, le maire nous serre la main.

— Félicitations, dis-je en souriant.

— Je te remercie, répond-il faisant pour moi l'effort de parler corse.

Il serre également la main de Baptiste, chaleureux, puis se tourne vers le serveur pour lui dire de venir nous servir quelque chose.

— Tu vois, dis-je à Baptiste, c'est un brave type, M. le maire. À moi, il me parle en corse et à toi il te fait servir à boire : il connaît bien ses administrés.

— Toi alors !

Les grappes de partisans sont maintenant venus s'asseoir autour de nous. C'est alors que la bonbonne qui lui sert d'adjointe à je-ne-sais-quoi – aux relations avec les grosses familles de parvenus de la région sans doute – se lève et se met à improviser sur l'air de *La boudeuse* de Tino Rossi des paroles en français.

C'est depuis cent ans qu'ils perdent aux électiooooons
Et aujourd'hui ça va continuer
Pourquoi les pauvres, pourquoi pleurer sans cesseeeeuuuh ?
Il vaudrait mieux, pour eux, s'habituer !!!

Jean-Baptiste se tourne vers moi, l'air d'avoir reçu un coup de poing dans le foie.

— Quelle pouffiasse ! dit-il, mi-sonné, mi-rieur.

Tout le monde bat des mains et hurle son admiration et sa joie pendant que nous plongeons nos nez dans nos bières. Puis je lève mon verre dans la direction du maire en criant : "Santé !" et il lève son verre à son tour, ce que font alors aussi tous ses partisans en me répondant joyeusement : "Santé, Marc-Antoine ! Santé !"

— T'es qu'un assassin, me dit Baptiste, tu vaux rien ! Mais je m'en souviendrai !

J'éclate de rire.

Ensuite, nous avons emboîté le pas à la troupe des vainqueurs en dépit des vitupérations de Baptiste. Nous nous sommes jetés dans une taverne, musique corse et bière à volonté sur le compte de M. le maire. Il y avait un monde fou, nous étions serrés comme des sardines. C'est alors que Maroselli, qui était tapi sous les escaliers en attendant de monter aux chiottes, s'est forcé un passage jusqu'à moi.

— Maître... a-t-il commencé.

J'ai regardé Maroselli. Il avait l'air d'un soldat de l'an II avec ses mèches en bataille et sa chemise ouverte jusqu'au milieu du torse. Ses yeux étaient illuminés comme s'il avait trop réfléchi et l'alcool lui avait un peu roussi les pommettes.

— Eh bien, maître, la réaction a gagné ce soir aussi.

— Eh oui, Maroselli, c'est ça la démocratie. C'est un système qui révèle la nature profonde de l'homme, un système qui honore et illustre de la plus éloquente façon ce qu'il vaut. Or, l'homme ne vaut rien. Comme disait Rousseau : la démocratie, il n'y a rien de mieux mais c'est un système fait pour les dieux, pas pour les hommes.

— Voilà une phrase bien digne de notre plus grand écrivain national ! C'est exactement ça ! La remise en question de l'évidence la plus commune. Maître, il me semble ce soir que nous sommes sur le chemin d'une authentique réflexion. Certes la vilenie a triomphé une fois de plus, certes les *nombreux* célèbrent une fois encore leur propre médiocrité ! Mais c'est dans ce contexte assombri par un étalage de crasse consensuelle que des êtres éclairés – à savoir nous, les *derniers êtres éclairés* de ce monde en perdition – peuvent enfin s'élever pour atteindre aux vertus les plus éminentes de la pensée et de la philosophie !

Je n'ai pas voulu contrarier Maroselli, même si je voyais bien qu'il cherchait à m'embarquer dans des discussions pour lesquelles je manquais d'énergie. En fait j'avais jadis été attiré par la philosophie, pour de bon. Mais la philosophie n'avait pas voulu de moi, car la philosophie requiert l'étude et la rigueur, elle aussi. Alors j'ai abandonné l'idée de faire fonctionner ma raison, sauf dans certaines circonstances – dans les tavernes, par exemple, et devant un public qui n'est pas en mesure de me remettre en question. Mais même dans les tavernes, il faut que je cesse de vouloir jouer les savants. Parce que j'y rencontre trop souvent des amateurs de débats soucieux de me démontrer que je me trompe et d'entrer dans des discussions aussi inutiles qu'interminables. Et moi, les débats, je m'en contre-branle. Mais quand c'est Maroselli qui vous traque, essayez donc de le détourner de sa proie.

C'est ainsi qu'à moitié soûls et entourés de ces païens festoyant, nous avons débattu, le jeune Maroselli et moi. Il a commencé par me dire qu'il voulait s'en aller pour étudier en Italie et qu'il espérait devenir magistrat. Par opposition aux abrutissantes célébrations de semblant de démocratie qui se déroulaient dans cette taverne, Maroselli entendait défendre auprès de moi l'idée de République. Il voulait parler de la Haute République : car c'était d'elle dont nous avions besoin afin de rétablir la vertu du peuple submergé par la médiocrité et le consumérisme. Quand je lui exposai la préférence qui était la mienne pour le système constitutionnel, il m'atomisa. Selon moi, lui dis-je, une monarchie encadrée ce n'était pas plus mal comme système politique, plutôt que ce gouvernement par le peuple offrant une démente liberté universelle à une humanité que Pessoa assimilait à une classe biologique formée par les adorateurs de nouveaux dieux animaux, la Liberté et l'Égalité…

— Quelle folie… crus-je intelligent d'ajouter.

C'est alors que Maroselli a mis bas les masques. Il m'a craché son dégoût de l'hérédité, proclamant son admiration pour l'Empire car, selon lui, l'Empire constituait le degré supérieurement absolu de l'idéal républicain, il fallait donc libérer les hommes afin de déterminer lequel, parmi eux, serait le plus fort et le meilleur pour tous les gouverner. L'avantage du système impérial d'après Maroselli c'était que ce plus fort choisi par le peuple pouvait décider, en retour, lesquels lui succéderaient parmi les autres hommes forts.

— Bien entendu les autres hommes forts ne le sont pas par voie héréditaire : mais ce sont ceux qui auront franchi les différentes sélections mises en place pour qu'ils puissent s'affirmer : grandes écoles, armée, ministères… Ensuite, un élu choisi par un autre élu en fonction de son mérite gagné dans les grandes épreuves voulues par les *nombreux* – pour la deuxième fois dans la soirée, c'était ainsi que Maroselli désignait la masse du peuple – ne peut imaginer meilleur système de sublimation du pouvoir populaire.

Maroselli ajouta également que l'Empire devait, selon lui, avoir pour mission de mettre à bas les notions de frontière et de nationalité. Il avança même l'idée d'une République universelle. Je comprenais bien que ce morveux n'était autre que l'héritier spirituel de Bonaparte tandis que j'étais toujours attaché, quant à moi, et pour toujours, à l'image, paternelle et vertueuse, du grand Pascal Paoli. C'est pourquoi, je lui déclarai :

— Eh oui, Maroselli, je suis un réformiste, bien plus qu'un révolutionnaire, je suis une sorte de Stepan Trofimovitch en train de soutenir le poids de ce monde ancien qui s'écroule. Et vous, vous seriez presque, pour moi, comme un fils damné, prêt à me pousser dans la tombe d'un coup de pied nihiliste. Alors poussez-moi, Maroselli, poussez-moi, Piotr Stepanovitch !

Maroselli me fixa du regard habité d'un magistrat de la Terreur, avant de me déclarer avec le plus grand sérieux :

— Cher maître – j'ai déjà expliqué comment Maroselli nourrissait l'idée farfelue que je puisse être son maître, dans un rapport quelque peu semblable à celui qui unissait Virgile à Dante Alighieri –, je ne pourrais vous laisser libre, cher maître, sinon il n'y aurait plus de République.

Il me voyait comme l'incarnation de la résistance nationale et archaïque face aux coalitions des cités, mais je répondis que, bien au contraire, un roi permettait de s'extirper des folies nationalistes ; en offrant la représentation nationale à une lignée quelle qu'elle soit – étrangère même, ce serait mieux – on en serait débarrassé. Le peuple pourrait ainsi passer les contrats qui lui sont nécessaires : il n'y avait qu'à regarder du côté des Français pour savoir que seules les folies nationalistes engendraient la République. Maroselli s'enflamma alors, déclarant que les Français étaient une race décadente, des barbares enfantés par des Gaulois, avant de les qualifier de traîtres car leur républicanisme n'était, en somme, qu'une façade dissimulant leur misérable nationalisme – sur ce point, j'étais d'accord – alors que l'idée de République absolue que lui défendait devait, avant d'irradier le monde entier, venir nourrir tout d'abord le véritable berceau de la civilisation : il voulait parler de l'Italie et de ses fils romains disséminés à travers le monde, de nous-mêmes en premier lieu, les Italiens oubliés de l'Histoire. Quant aux Français, ils n'avaient, d'après Maroselli, jamais été viables qu'avec un Italien à leur tête, Napoléon, nourri de culture classique grecque et romaine, de Plutarque à Jules César en passant par Thucydide et Platon. Un monarque suprême, capable de faire la synthèse des lumières de la Raison et des vertus de la Guerre. Depuis la chute de ce prince unique et vertueux, au sens que donnait Machiavel à ce mot, les Français s'étaient enfoncés dans une inéluctable et putassière décadence.

— Je ne peux pas aimer Napoléon, dis-je, ne serait-ce que pour la trahison dont il s'est rendu coupable envers sa race et pour le choix qu'il a fait du camp ennemi, mais que son génie italien lui ait permis de soumettre des nations peuplées de rustres, je ne le conteste pas une seconde.

Maroselli fixait sur moi son regard habité :

— Il faut de nouvelles élites formées en terre ferme, il faut inventer un nouveau pôle d'attraction pour notre jeunesse studieuse ; il faut régénérer notre sang avec du sang d'élite.

Je savais qu'il parlait avant tout pour lui, même s'il regardait bien plus loin. Son regard était celui d'un visionnaire. Ou d'un taré.

— Il faut retrouver le lien avec la patrie perdue…

— Maroselli, vous êtes un nouveau Giovacchini[1]. C'est vous-même que la République va enchaîner. Jamais, depuis que nous avons été conquis par elle, la France n'a tremblé face à notre nationalisme faiblard et mou. Parce que ce nationalisme-là elle le comprend, elle le nourrit et elle le contrôle. Sa seule crainte est de voir les regards se tourner vers les rivages méridionaux et fructifères de notre mère romaine. Voir une Italie puissante à ses frontières, une Italie renforcée grâce à notre sang pur d'insulaires possédés par une foi patriotique, la voilà, sa grande peur.

Nos regards s'égaraient dans le lointain, nous avions l'air comme absents. C'est alors que Maroselli, tout nostalgique, se mit à réciter les vers du poète Multedo :

E non è Corsica la patria mia ;
Benchè presente ogn'or mi sia
E nel pensiero come nel cuor ;

1. Petru Giovacchini était un médecin, poète de langue corse, qui milita pour la cause irrédentiste au cours de l'entre-deux guerres. Originaire de la Castagniccia, il fut particulièrement engagé dans le camp fasciste durant la Seconde Guerre mondiale. Condamné à mort par la justice française à la Libération, il finit ses jours en Italie, d'où il ne fut jamais extradé. *(N.d.A.)*

Ricca di selve, spiagge e montagne,
Quanto ridente le sue campagne ;
Ma Italia tutta più bella è ancor.

Dans la taverne, clients et partisans en fête s'enivraient et fraternisaient de façon obscène. Le tumulte de ces gens emplis de ferveur donnait le frisson. Deux femmes attablées écoutaient les musiciens et rêvaient d'amours improbables ou oubliaient, dans l'alcool de myrte, des déceptions passées. Le patron de l'établissement mit une tournée générale, une fois de plus sur le compte du camp du maire, tandis que mon regard se tournait vers Jean-Baptiste qui s'était dévêtu et dansait en sautant sur place tout en faisant virevolter sa chemise. Il hurlait des vivats à n'en plus pouvoir en se tenant bras dessus bras dessous avec M. le maire. Personne ne semblait avoir entendu notre dialogue, personne ne semblait y porter le moindre intérêt. Nous demeurions, quant à nous, sur nos impressions diaboliques, épuisés pour de bon par nos raisonnements fumeux. Alors, pour conclure et levant mon demi de bière jusqu'à mes lèvres, je lançai à Maroselli : "Oui, Maroselli, *Francia se ne và, e Italia non vienne*..."

Cependant qu'un sourire figé s'installait sur nos deux visages, une âme noire de comploteur grandissait dans notre poitrine, après quoi nous nous mîmes à rire comme deux fous, de nos discours, de nos intentions de traîtres infâmes. Non que nous n'eussions pas été sincères, mais quelle honte ! Nous riions comme deux imbéciles, des imbéciles qui auraient été fiers, au fond, de leur discussion criminelle.

7

Longueur de l'hiver – La bibliothèque du désespoir – Retour du printemps et partie de pêche dans la vallée – Le triomphe de Trajan – Repas au Vardatu

Un hiver long à n'en plus finir. Sept fois la neige est tombée aux Sarconi. Il faut être fou comme je le suis pour vivre ici. Plus fou que moi il y a Mansuetu, perdu dans son refuge. Les premières chutes de neige c'était en octobre, novembre et décembre ont été des mois où ne régnaient plus qu'obscurité et angoisse. Pas la moindre lumière. J'aurai pu vivre au Spitzberg, ça n'aurait pas été pire. Tout au long du mois de décembre j'évoluais entre un appartement prêté par Trajan et la maison de ma mère mais, sans que je sache pourquoi, la plaine commençait à me sortir par les yeux. Si j'y demeure trop quelque chose me trouble, j'en viens presque à déprimer. C'est que je l'ai suffisamment arpentée, cette plaine, pas un coin que je n'aie foulé de mes pas un jour, aucune rue qui ne me rappelle un mauvais souvenir et je ne supporte pas les souvenirs. Un ancien camarade de classe, parti ensuite des années sur le continent, avait un jour tenté de me rappeler le bonheur passé, le collège, les premières pignoles, planqués dans les fourrés. Comme on ne se fréquentera plus, lui avais-je dit, remue tes souvenirs en m'oubliant. Et puis je ne me sens plus chez moi dans cette plaine, j'ai besoin d'une maison à moi. Comme le temps tournait au beau en janvier je suis reparti aux Sarconi. J'ai repris mon existence montagnarde, à bonne distance de la plaine, à bonne distance de la merde et de mes congénères. Je descendais m'occuper de la librairie mais le soir j'étais de retour dans ma grotte. Certains jours je ne prenais même pas la peine de descendre. Je me blottissais contre ma montagne. Un feu de cheminée, quelques pages d'écriture sur l'ordinateur, quelques excursions sur Internet pour y voir un peu de cul. Mais quelle misère ! Ahhh !

Le temps s'est de nouveau gâté en février. Je suis allé plusieurs fois rendre visite à Mansuetu.

— Tu n'as besoin de rien ?

— Non, Majesté, tout va bien, Trajan est monté me donner un coup de main pour le bois.

Nous avons passé des heures ensemble, à fumer près du foyer ou, plus exactement, à en aspirer la fumée plutôt que celle de nos cigarettes. Un morceau de *figatellu*, un verre d'eau-de-vie. Une fois, nous nous sommes même endormis comme deux amoureux au coin du feu, soûls comme des cochons. Nous chassions le sanglier, nous en avons tué un bon nombre, nous suivions leurs traces dans la neige pour les surprendre. Nous chassions le pigeon, aussi, partant des Stabbia pour aller nous poster sur les crêtes et scruter les oiseaux qui montaient du fond de la vallée.

Mansuetu disait : Attends ! Attends qu'ils soient à tir !

La chasse était toujours bonne, les pigeons d'un gris bleuté tombaient et venaient s'abattre sur les rampes rocheuses. Les chiens se ruaient sur eux, nous n'avons pas perdu le moindre oiseau.

Mars fut un enfer. Un froid à en mourir. Certains soirs, lorsque ma paresse m'empêchait d'allumer un feu, je me glissais dans mon lit vêtu comme un Eskimo, seuls les gants manquaient à la panoplie, je demeurais dans cette chambre glacée en lisant un livre de ma bibliothèque du désespoir. J'ai relu Jack London, ce qui me paraissait adapté à la situation, et tous les auteurs que j'affectionne, tous ceux qui m'ont sauvé la vie chaque fois que l'éventualité de me brûler la cervelle s'est présentée comme une option intéressante. Herman Melville, Stevenson, Conrad, l'immense Ernest Hemingway, Miller, Fante, Buk, Norman Maclean, James Dickey, Cormac McCarthy… C'est depuis que je les connais que j'ai laissé tomber toute la littérature pour intellectuels. Je ne reproche rien à cette littérature, rien non plus aux précieux amateurs de prose stylée et de raffinements bourgeois, mais cette littérature-là ne vous sauve pas la vie. Je suis persuadé que je pourrais me brûler la cervelle après trois pages d'Albert Cohen, alors que la totalité de l'œuvre de Dostoïevski – ou presque – m'a maintenu vivant. Vous noterez aussi l'absence totale d'écrivains français dans ma bibliothèque. Faux, vous y trouverez Calaferte, Giono et Céline, deux Italiens et un exilé de France. Bah ! Ils auront tout de même sauvé l'honneur de la littérature française. J'ai aussi relu un peu de poésie. Je ne considère pas la poésie comme quelque chose de snobinard, la poésie vous prend à coups de poing, vous cogne à l'estomac. Sous ma couverture je relisais Garcia Lorca, Neruda, quelques Antillais et le vieux Walt Whitman, Jim Morrison aussi.

Le fusil du tireur est l'extension de son œil
Il tue de sa vision pernicieuse.

Peu de gens connaissent ce livre de Morrison, *Lord and the New Creatures*. Il occupe une place de choix dans ma bibliothèque du désespoir. Et Proust, allez-vous me dire ? Je fais pleuvoir les coups de bâton sur les écrivains français et Proust, qu'est-ce que j'en fais ? Cet épisode que je vous raconte où je me trouve dans mon lit à dévorer les livres de ces Américains, ces Russes, ces quelques Italiens – Ah, Rigoni Stern ! Ah, Malaparte ! – devrait être le signe d'un intérêt pour l'histoire de ce type qui se bagarre avec un traversin sur quarante pages. Non, ça ne m'intéresse pas vraiment... Je me suis engueulé avec un tas de gens à propos de Proust, mais c'est toujours pareil, et son traversin il n'a qu'à se l'enfoncer dans le cul, ce pauvre type. Je ne supporte pas les phrases proustiennes alambiquées, ce style précieux et cette âme parisienne. Je ne saisis pas ce qu'il veut me raconter avec son histoire de traversin, ses conneries de madeleine pour hermaphrodites. Faire la cartographie d'un traversin ou déblatérer sur des madeleines, voilà des choses qui pourraient me pousser à mourir. Qu'est-ce que je peux avoir en commun avec cette âme-là ? Avec ce snobisme intellectuel parisien ? Je vis en montagne et je traque le sanglier, là mes seuls compagnons sont les corbeaux et les êtres les plus rustres de la Création. Mais honnêtement je ne me sens pas plus étroit d'esprit que les bobos parisiens, le seul désir qui m'anime lorsque je les vois sur mon écran de télé est de flanquer des gifles sur les tronches des mecs et les fesses des filles. À mon avis, ils ne sont pas ouverts d'esprit tant que ça. Je les vois comme fermés au monde, repliés sur leur orgueil et leur posture arrogante. L'universel, ce n'est pas Proust et sa madeleine, c'est moi, le désespéré des montagnes, ce sont ces types qui errent sur la route en pleine neige chez McCarthy, c'est Mansuetu, Trajan et moi nous gavant d'eau-de-vie et de fromage pourri, ce sont ces deux frères aux prises avec leur destin, les pêcheurs du bouquin de Maclean, l'universel, c'est Jean-Baptiste et moi, ivres morts, balançant nos imbécillités, noyant notre effroi du genre humain dans les abîmes de l'alcool, c'est enfin, sous la plume de l'immense Fiodor, ce père qui boit comme un trou pour oublier que sa fille a été une pute.

Mai arrive. Le beau temps est de retour. Je n'y croyais plus. La veille, Trajan m'a appelé pour me dire qu'il viendrait à l'aube et qu'il s'était chargé de tout, des victuailles aux hameçons. Il s'occupe toujours de tout. J'ai préparé ma canne à pêche, changé le fil, j'ai huilé le moulinet. Le lendemain j'entendais ronronner le moteur de la camionnette, Trajan était en tenue de travail.

— Tu vas prendre un café ?

— Oui mais en vitesse, il faut qu'on passe chercher Mansuetu.

On s'est retrouvés à la bergerie une demi-heure après. Mansuetu était déjà prêt, avec une canne tellement longue qu'il avait l'air d'un phalangiste macédonien.

— Vite, monte dans la benne, on va se faire fumer la carotte par d'autres.

— Qui d'autre ? Personne n'est passé par ici !

Mansuetu s'exécute et saute dans la benne comme un cabri, s'appuyant au rebord à l'aide de son bras valide. Il s'arrange comme il peut avec sa longue canne qui dépasse de la benne tandis que Trajan appuie sur l'accélérateur. Se tenant tant bien que mal, pareil à un chien ballotté, le berger cherche à se donner une prestance. Il hausse le menton comme un duc mais il est tellement secoué qu'il lui arrive parfois de manquer tomber de la benne et son visage exprime alors un bref instant la surprise et l'effroi.

— Ça va ? lui hurle son frère. Ça remue pas trop ?

— Roule ! Roule !

Après vingt minutes de piste, nous nous garons près d'une vieille clôture. N'en pouvant plus, Mansuetu saute immédiatement de la benne tandis que nous embarquons le matériel, les cannes et les sacs à dos remplis de nourriture et de bouteilles de vin. La descente commence. Il nous faut suivre un sentier en forêt pendant une heure et demie pour rejoindre la rivière en contrebas, à un endroit où elle fait un coude, avec un imposant rocher dominant une large étendue d'eau. Le coin s'appelle Coscia di Vacca[1], sans doute par référence à la courbure de la rivière et au gros rocher tout lisse. Nous allons pêcher en remontant la rivière pour retrouver ensuite notre sentier en amont.

Le sentier débute dans une forêt de pins puis continue en zone de moyenne montagne au milieu des chênes. Il semble parfois que nous nous trouvons sur une route ancienne, des murs de pierres soutiennent encore un chemin raviné.

— Tu vois, on passait ici avec des chariots avant, explique Trajan, les Italiens venaient extraire le charbon.

Plus loin nous devons descendre un ravin, les affleurements de roches coupent comme des lames de rasoir. Il faut prendre garde à ne pas tomber. Je m'aide des

1. "La cuisse de vache".

mains plusieurs fois. Je vois Mansuetu sourire : dans la benne il n'en menait pas large mais ici il est droit comme un i, il bondit d'un rocher à l'autre sans même regarder au-dessous. C'est son royaume, me dis-je, un vrai pigeon de roche. Je tente de suivre son rythme mais en prenant appui je décroche un tronc pourri qui va s'abîmer en contrebas. Je parviens à retrouver mon équilibre *in extremis*.

— Eh ! dit Trajan qui ferme la marche.

— Eh ! m'entends-je répondre, pas fier.

À présent le terrain est plat. Le sentier se fait plus étroit, étouffé par des arbousiers et de gigantesques bruyères. Nous marchons silencieusement sans voir grand-chose tant le maquis est dense. Ma crainte à ce moment-là est de rencontrer d'autres pêcheurs dans la rivière. Trajan me rassure : nous sommes les premiers à partir d'en haut : d'aval en amont il faudrait la matinée pour arriver à *Coscia di vacca*. Il est trop tôt pour y rencontrer qui que ce soit, à moins qu'il n'ait dormi sur place, or seul un taré pourrait avoir une idée pareille.

Les buissons laissent enfin apparaître en face de moi la silhouette d'un imposant rocher. *Coscia di vacca*. Arrivés au bord de l'étendue d'eau, nous nous asseyons quelques instants avec Mansuetu, et en profitons pour boire à même une petite vasque tels deux chiots. Trajan s'est déjà mis à pêcher. Il a lancé sa cuiller dans l'eau deux ou trois fois et un gros poisson s'y est tout de suite pris, qui tire et étire le fil à le rompre. Trajan est serein, il travaille sa proie en maintenant de la tension, mouline un peu, s'arrête pour travailler la truite à la canne, tirant le fil de la main sans trop insister, puis replace la canne à l'horizontale en recommençant à mouliner puis à travailler à fil tendu. Il réitère l'opération autant de fois que nécessaire, le poisson se rapproche enfin de la berge, épuisé. Trajan le sort lentement de l'eau, glissant une main sous son ventre et maintenant la tension du fil de l'autre. L'animal capitule. Trajan sourit et nous regarde avec un air victorieux.

— Quel monstre ! dis-je, admiratif.

Mansuetu plaisante : "On peut s'en aller ! Il a déjà pris le plus gros poisson !"

Nous restons. Mansuetu jauge l'étendue d'eau avec sa longue canne. Le bras invalide est bien sûr incapable de pêcher à la cuiller, d'une main c'est impensable. Mais à la pêche à l'hameçon, il est imbattable. Bientôt, il sort un beau poisson, puis un autre. Il se retourne vers nous en grimaçant, tandis que nous l'observons qui remplit son panier. Ce n'est pas qu'il fasse des grimaces pour nous narguer : le pauvre est obligé de tenir le fil entre ses dents pour sortir les truites, il ne peut s'aider de ses doigts infirmes.

Nous laissons l'étendue d'eau derrière nous et commençons à pêcher en remontant la rivière. Selon l'endroit, nous lançons d'abord à la cuiller, Trajan et moi, Mansuetu finit le travail au ver. Parfois, lorsque le trou d'eau est petit et profond, ou qu'il y a trop de courant, nous laissons Mansuetu opérer. Il en sort une quantité de poissons que nous aurions été bien incapables de prendre à la cuiller.

Les paniers sont déjà bien remplis en ce milieu de matinée. Des poissons de toute taille, et même de tout petits que Mansuetu a refusé catégoriquement de relâcher.

— Mais tu es un véritable assassin ! lui dis-je après avoir essuyé un énième refus d'en relâcher un.

— Majesté, tu n'y comprends rien ! C'est les meilleurs !

Je constate que Trajan ne partage pas mon indignation : lui aussi aime bien les petits.

— Bien sûr que les petits sont les plus goûteux, ils fondent sous la dent…

Je renonce donc à lutter contre les deux frères, d'autant qu'ils ont complètement raison.

En fin de matinée, après avoir exploré des dizaines de vasques, nous atteignons un endroit plus escarpé. Le lit du fleuve se transforme en une sorte de corridor remontant en deux falaises de part et d'autre, il n'y a plus de roche pour y poser le pied. Il devient presque impossible de poursuivre la remontée. Il faut sortir du fleuve et contourner ce passage dangereux par le maquis.

— Non, dit Trajan, derrière l'obstacle, il y a un plan d'eau magnifique, étroit et profond. Je vais essayer de le faire, attendez-moi. Tiens, Mansuetu, prête-moi ta canne.

Sa proposition me convient parfaitement : je suis sujet au vertige et je ne me vois pas en train de m'agripper à ces falaises. Mais c'est la mine de Mansuetu qui me perturbe : le berger est silencieux, il a passé à son frère la longue canne mais son regard s'est fait plus sombre et il fait une tronche de gamin vexé qu'on aurait grondé pour ses bêtises. Tandis que Trajan s'éloignait il est parti se recroqueviller près de la rive. Pour la première fois de ma vie, j'observe Mansuetu prendre conscience de son handicap. Je ne pense pas qu'il jalouse son frère, il l'aime trop pour ça. Mais il aurait aimé pêcher dans cette vasque inaccessible et il ne le peut pas. Pour s'agripper aux parois et pêcher d'une telle hauteur sans perdre l'équilibre, on a besoin de deux mains valides. Eh oui, Mansuetu, c'est impossible pour toi, cette nature qui est ton royaume, la voici qui te soumet à présent.

Mais déjà Mansuetu s'est repris. Il n'a plus d'yeux que pour son frère, et le coup de cafard laisse place à l'admiration. Trajan s'est laissé glisser dans l'eau, la falaise à sa droite, il appose ses deux mains contre la paroi du rocher et réussit petit à petit à s'y agripper. Il cherche le moindre affleurement pour y poser le pied, la moindre prise pour y enfoncer ses doigts. Il fait corps avec la pierre, il monte encore et encore, attrape une racine qui ressemble à un anneau à bestiaux, cherche un appui et le trouve, pose la canne ou la suspend à une branche, et arrive enfin où il voulait, un promontoire rocheux à une quinzaine de mètres au-dessus de la vasque. Noyé par la lumière du soleil, il n'est plus guère qu'une ombre. Sous ses pieds, le vide vertigineux, l'eau noire et les rochers qui lui briseraient les os s'il venait à glisser. Nous observons cette ombre chinoise qui lance son fil dans l'eau. À cette hauteur la cuiller ne lui aurait servi à rien. Mais, avec une longue canne, il peut jeter l'hameçon où il veut en jouant avec le fil. L'appât vient à peine de toucher l'eau. La canne plie et l'ombre de Trajan tressaille, comme un animal saisi d'effroi. Je sens l'inquiétude de Mansuetu, à côté de moi. Il va tomber, il va tomber et se rompre les os. Mais l'homme tient bon sur ses jambes alors que la canne est secouée comme par des décharges électriques. On se dit que le fil va rompre, il est tendu au maximum, il danse d'une rive à l'autre. Et on le voit. Un poisson incroyable, une monstruosité. Il a sauté hors de l'eau pour se libérer, puis il a plongé, cherchant la protection des abysses pour continuer à lutter. Trajan ne lâche rien, la bataille dure une éternité. Il semble exercer une pression sur ses chevilles, il faut qu'elles tiennent le coup et qu'elles ne le trahissent pas en le précipitant vers la mort dans l'écume de la rivière. Il s'est laissé tomber sur les fesses, tenir la canne à deux mains l'épuise. Mais les décharges se font moins violentes, l'animal, lui aussi, commence à fatiguer. Maintenant, il remonte le poisson, nous le voyons sortir de l'eau et s'élever lentement vers les cieux, sa queue continue de battre l'air mais il ne résiste plus, l'inquiétant c'est son poids. On se dit à nouveau que le fil va casser, ou la canne même. Mais la truite monte, comme si elle suivait le fil en train de raccourcir, elle remonte vers cette ombre pliée en deux sur son promontoire. Trajan la tient maintenant dans la main et la garde contre lui le temps qu'elle cesse de respirer. Il pose la truite sur la pierre plate, se couche sur elle, et au bout d'un moment la proie succombe. Trajan s'est redressé et il nous fait face, tenant fermement le poisson par les branchies. Il élève le bras aussi haut qu'il peut, le poisson pend presque sur toute la longueur de l'avant-bras. Mansuetu se tourne vers moi et rit, exhibant tous ses chicots et me frappant la cuisse dans sa joie. Moi aussi, je ris et applaudis en l'honneur de Trajan, j'applaudis cet immense triomphe. Redescendre de là-haut s'annonce plus rude, il y parvient en retrouvant les pas de la montée. Mais, à un mètre de l'eau, il se rend compte de la facilité de l'aller par rapport au retour. Il ne trouve plus de prises. Alors, il balance la canne d'un geste agile vers le sable, place le panier sur sa poitrine avec la truite monstrueuse pliée à l'intérieur et se laisse tomber dans le vide les deux pieds en avant. Nous entendons le bruit de sa chute dans l'eau, l'écume qui jaillit. Quelques vagues viennent troubler la quiétude de la vasque. Trajan a de l'eau jusqu'aux épaules, ses pieds touchent le fond.

Ce n'est que lorsqu'il se met à rire et à hurler parce que l'eau est glacée que nous pouvons enfin reprendre notre respiration.

Je crie :

— Tu es même capable de t'être cassé une jambe !

— Non, tout va bien, dit-il en regagnant la rive à la nage tout en s'appuyant sur les rochers dans la rivière.

Il sort enfin de l'eau.

— Fais voir ! Fais voir ! s'exclame Mansuetu, qui n'en peut plus d'impatience.

— Tiens, regarde !

Trajan a ouvert le panier que la truite remplissait presque complètement. Mansuetu la prend et la soupèse.

— Tu te rends compte ? Elle pèse au moins trois ou quatre livres !

— Mais, dis-moi, Trajan, on est où, ici ? Au paradis des poissons ? Dans le jardin d'Éden ? Dans la vallée perdue ? Je ne pensais pas qu'il y avait des truites aussi énormes.

Trajan éclate de rire, fier de son coup. Et nous observons tous les trois, tout émerveillés, cette prise inconcevable. Trajan est le premier à s'extraire de la rêverie collective.

— Il va falloir redescendre sur cent mètres, on ne peut plus passer ici. On va prendre un sentier que je connais et comme midi approche on s'arrêtera manger au Vardatu.

Ne connaissant pas le coin aussi bien que lui, je lui demande :

— Le Vardatu ? Qu'est-ce que c'est, le Vardatu ?

— Tu verras, c'est sur la crête, il faut grimper un peu mais c'est sublime, ça va te plaire.

Nous sommes sortis de la rivière pour prendre un chemin qui ressemblait davantage à une allée forcée par des animaux qu'à un véritable sentier et nous sommes entrés dans une chênaie. Arrivés sur un petit promontoire, nous pouvions voir le ciel dominant des éboulis de pierre rouge baignant dans la lumière du soleil.

Nous avons grimpé le long des éboulis pour déboucher sur un plateau à moitié envahi par les poireaux sauvages et l'herbe de l'Ascension. Des abords du plateau la vue plongeait sur la plaine tout entière. Devenue presque blanche, la mer, à l'horizon, allait se confondre avec le ciel. D'ici on pouvait voir pénétrer dans les eaux ensoleillées les contours des côtes du pays, les Terres… De cette hauteur, nous avions l'impression de dominer en maîtres toute la zone méridienne, tout en étant au centre. Dans un coin du plateau, quelques pierres avaient été amoncelées pour faire du feu. Après avoir glané un peu de bois, quelques belles branches de genévrier, nous avons préparé notre feu. Tandis que Trajan ôtait ses vêtements, Mansuetu choisissait une large pierre pour la placer près du foyer et sortait de sa sacoche un morceau de lard dont il se mettait à graisser la partie de la pierre la plus exposée à la chaleur. Il évida une douzaine de beaux poissons et les mit à cuire sur la pierre chauffée.

Mansuetu était un savant cuisinier, il retournait les truites l'une après l'autre, dosait le sel et le poivre et les poissons doraient d'un côté puis de l'autre et on pouvait voir blanchir les chairs à mesure de l'avancée de la cuisson. Les victuailles avaient été sorties des sacs et étalées sur l'herbe. Du pain de seigle, du saucisson, des tranches de jambon bien affiné, deux ou trois fromages parfumés qui, à peine dégagés de leur enveloppe de papier, vinrent prendre nos narines d'assaut, et puis quatre ou cinq bouteilles de vin pour faire descendre toute la marchandise. Avant d'attaquer notre repas, nous en avons absorbé quelques bonnes lampées comme si ç'avait été de l'eau de source. Largement désaltérés, nous avons commencé à déguster les truites que Mansuetu nous faisait passer l'une après l'autre. La peau salée et poivrée était un régal, la chair blanche fondait dans la bouche comme du beurre. Nous mangions presque sans dire un mot, saisis par l'instant, Trajan à moitié nu et Mansuetu jouant, avec sa casquette de chasse posée de travers, à imiter les Blacks de la télé. Nous étions heureux, en paix, enveloppés par une nature sublime et généreuse avec laquelle il nous semblait communier.

Notre festin achevé, et, faut-il l'avouer, dans une certaine ivresse, nous nous sommes allongés la tête contre des pierres, les vestes en boule et le corps étendu dans l'herbe printanière épaisse qui semblait un matelas de plumes.

Je ne dormais pas, je somnolais, les yeux fermés, mon esprit vagabondant parmi ces lieux majestueux. Je ressentais une paix extraordinaire, ouvrant les yeux de temps en temps pour me repaître de sensations et d'images grandioses : les cimes des arbres apparaissant en contrebas de la terrasse, la crête des montagnes semblant défier l'orgueil céleste, le vol d'une buse et le chant des grillons sortant de leur torpeur hivernale, ces éboulis qui nous faisaient un berceau pour nous protéger du monde, les murs en ruine d'un ancien enclos à chèvres lové dans un petit col, ces autres pierres levées appuyées sur un rocher pour soutenir un ancien linteau et cette longue muraille que nous avions longée pour atteindre la terrasse et qui semblait ceindre tout le promontoire, enfin ces blocs imposants, sur la plus haute pointe du monticule, ultimes héritiers d'un temps révolu, lorsqu'ils constituaient les fondations d'une tour bâtie pour les géants.

Je me redressai et me tins assis, les bras pressés contre les genoux. Je regardai les éboulis et l'enceinte qui nous entourait, et les ruines de l'ancienne tour sur la pointe. Ces murailles n'avaient jamais servi à limiter un enclos, elles correspondaient à des fortifications qui avaient servi à protéger un peuple ancien dont l'Histoire n'a peut-être jamais gardé la trace. Je n'entendais plus les chants des oiseaux ni ceux des grillons, ce n'était plus le vol d'un rapace qui occupait mon esprit mais les accents perdus d'un autre monde résonnant à mes oreilles, les rumeurs d'un chantier immémorial, la patiente application d'anciens tailleurs de pierre, les encouragements échangés par les monteurs de murs trimant comme des bêtes, les ordres lancés par un vieux sorcier dans une langue inconnue et les cris d'appel des troupeaux venant des forêts. Une femme revient de la rivière, une corbeille remplie de poissons posée sur sa tête, une tunique de laine enserre des hanches pleines et superbes, des enfants s'amusent à sauter par-dessus des cabris et se disputent la possession de quelques rochers. Une bande de chasseurs surgit dans la clairière portant un vieux mouflon ligoté sur une perche. Un homme en cuirasse, deux petites cornes plantées sur son casque de bronze, apparaît en haut de la tour et observe l'horizon où, blanchie par la lumière du soleil, la mer va se confondre avec le ciel.

— Tu as vu un fantôme ? me demanda Mansuetu qui ne dormait pas et me regardait rêvasser.

Je ne pouvais détourner mon esprit de ces images, il me semblait être possédé par ces vestiges autour de nous, par la puissance muette des ces murs défaits, par leur éternité.

— Tu y crois, toi, aux fantômes ? lui ai-je demandé. Hein, Mansuetu, tu penses que l'endroit est hanté, non ?

— Il y a un trésor ici, les vieux le disaient. Il y en a qui l'ont cherché. Ils ont pioché, fouillé dans les trous, les grottes. Peut-être qu'ils l'ont trouvé un jour… Ils disaient qu'il y avait de l'or.

— Alors s'il y a un trésor, Mansuetu, il y a aussi un esprit qui le protège, non ?

— Ils tuaient un enfant, ou un innocent, après lui avoir fait creuser la fosse pour cacher l'or. Ils lui tranchaient la gorge et le fantôme gardait les lieux. Pour l'éternité. C'était comme un gardien, tu comprends ?

C'était le milieu de l'après-midi. Un mince nuage traversait le ciel et assombrit le soleil un instant. Puis il disparut comme il était venu, dévoré par l'immensité d'azur, signe qu'il y aurait du vent dans les prochains jours. Le soleil réapparut, souverain, altier, mais il commençait à décliner sur les monts : il fallait partir. Les derniers rayons résistaient et venaient mourir contre la forteresse, faisant se parer la pierre d'un éclat rouge d'une beauté étourdissante. Il me semblait atteindre le moment de la plus haute quiétude, une heure de solennité, et c'était sans doute vrai. J'aurais voulu que cette paix fût celle de toute ma vie, qu'elle se maintînt à jamais. J'aurais voulu que cette harmonie s'éternise, que, pensant à ce jour-là, je pusse, à l'avenir, la ressentir encore, qu'elle me fût un viatique pour ce qui allait suivre. Ce qui allait suivre ? L'enfer. Je le sentais. Quelque chose me le disait.

— C'est quoi ces murs, Mansuetu, tu le sais ?

— Mmh… de vieux enclos ? On y enfermait les animaux dans le temps, quelque chose comme ça. Peut-être qu'on y restait, dans des habitations, à l'époque de mon arrière-grand-père ou même avant ?

— Non, mon ami, c'est un très vieux *casteddu*, une forteresse. D'une époque beaucoup plus ancienne. Où vivaient peut-être nos ancêtres, oui en un sens : nos ancêtres d'il y a des milliers d'années. Mansuetu, il y avait des gens ici, ils y vivaient, c'est la vérité. Qui sait ce que ces montagnes ont entendu de rumeurs, d'éclats de voix, et du bonheur de ces gens ou de leur désespoir. Ces murailles que tu vois, ce sont des fortifications, elles ont été bâties pour la défense. C'étaient peut-être nos ancêtres, ou peut-être que nos propres ancêtres les ont attaqués et vaincus pour envahir leur territoire. Qu'est-ce qu'on peut en savoir ? La mort est venue les prendre, tous, et il y a longtemps. Mais c'était un endroit de vie, où on trimait et où on s'agitait. Sûrement qu'ils plantaient des céréales dans le creux du vallon, qu'un point d'eau, aujourd'hui asséché, leur permettait d'étancher leur soif. Le fantôme que j'ai aperçu ? Oui je l'ai peut-être vu ce fantôme, celui d'un monde ancien qui a disparu un jour, avec ses éclats de voix et sa façon de conduire les bêtes. Et tous les peuples, tous les accents, toutes les mœurs des hommes vieillissent un jour et disparaissent. Il en a toujours été ainsi. Pour les autres et pour nous, tous autant que nous sommes.

Le berger haussa le menton, l'air sérieux, et son regard noir semblait embrasser les espaces maintenant assombris de l'endroit où nous nous trouvions. Comme pour comprendre quelque chose, il interrogeait les éléments et les vestiges, attentif et serein à la fois, à la manière de quelqu'un qui doute mais cherche, malgré tout, à porter son regard toujours plus loin. Il me dit enfin :

— Je te le dis, l'endroit est gardé. Gardé pour toujours.

8

La fille de la boutique – Un PMU *à l'entrée de la ville – Quatre Portugais – Apéritif au Malapaga – Bringue au Flamingo Beach – Une bagarre… ou presque – Tapis dans l'obscurité*

Elle est entrée dans le bar et s'est commandé un café accompagné d'une eau minérale. Elle ne faisait rien de particulier, elle attendait l'heure d'ouverture de sa boutique. Et comme pour signifier à tout le monde qu'elle vendait des bijoux fantaisie, elle s'en était couverte, au cou, aux poignets, aux oreilles. Elle avait les ongles laqués d'un vernis sombre, une sorte de bleu provocant ; beaucoup trop maquillée aussi, les lèvres, les yeux. Elle portait parfois ses ongles à la bouche, mais plutôt pour mâchouiller les petites peaux mortes, autour, soucieuse de ne pas abîmer un vernis si précieux. Elle était venue s'asseoir sur la première chaise d'une table de quatre, juste à côté du passage des serveurs et de celui des clients se rendant aux toilettes. En passant ou en s'asseyant à une table voisine, on pouvait voir ses jambes et ses bottes de cuir, et aussi la jupe noire plissée retombant sur ses genoux.

Don Pierre s'est assis à la table d'à côté. Il a commandé un café lui aussi. Tout en s'amusant à cogner avec son trousseau de clefs contre le bois de la table, il croisait et décroisait ses jambes, appuyé au mur de la salle orné de marines et de vieilles affiches de tourisme des années 1950, quand il ne se décollait pas du mur pour interpeller le serveur et commenter les matchs de football de la soirée précédente, sauf qu'il bafouillait et avalait la moitié des mots et qu'il était difficile de comprendre immédiatement ce qu'il voulait dire. Puis il a dit à la fille quelque chose qu'elle n'a pas saisi et il a donc répété : "Tu es d'ici ?" La fille a répondu qu'elle était originaire de Nice mais qu'elle avait d'abord vécu à Bastia où elle avait ouvert une boutique de bijoux dans la rue principale.

Elle voulait bavarder et lui aussi, mais si elle était heureuse qu'il y eût quelqu'un qui s'intéresse à elle, c'était parce qu'elle ne voulait pas perdre de temps et qu'elle cherchait à se lier avec les gens du coin, non qu'elle se sentît seule mais pour obéir à la règle commerciale qui recommande de connaître les gens et de savoir ce qu'ils font de leurs journées. Il lui a dit qu'il s'occupait d'un café à l'entrée de la ville, un PMU populaire, qu'il travaillait jusque tard le soir mais que c'était une belle affaire, les clients étaient nombreux, issus des milieux populaires, ils jouaient beaucoup.

Il lui a demandé si elle voulait reprendre un café, elle a répondu que oui, elle était en pleine quête de *relationnel*, bien décidée à changer de mode de vie, prête à prendre son destin à bras-le-corps ; puis ils ont parlé des gens du coin qu'elle connaissait déjà, ils se sont découvert des connaissances communes, évoquant les histoires et les caractères des uns et des autres au fil de la conversation, et, tandis qu'ils bavardaient ainsi, Don Pierre fixait le bas-ventre, cherchant, chaque fois qu'elle changeait de position, à deviner si elle se rasait, pendant qu'elle, gênée, lui parlait sans vraiment le regarder en face.

Plusieurs fois elle lui fit reprendre ses phrases parce qu'il parlait trop vite en avalant les mots, et il se vexait, ou il faisait semblant, disant : “Mais tu es sourde, vous êtes tous sourds vous, les Niçois ?” Et elle riait en répondant que non, qu'elle était la seule fille sourde de tout Nice, que l'accent d'ici était particulier, non qu'il s'exprimât mal mais il fallait s'habituer à l'accent, surtout qu'à Bastia aussi l'accent était à couper au couteau et puis ils se sont un peu moqués des Bastiais.

Il lui a demandé pour finir qui elle fréquentait et, puisqu'elle se faisait chier, il lui a proposé de passer un soir au PMU pour aller faire la fête après, en lui précisant sans détour qu'il n'était pas le dernier quand il s'agissait de faire la bringue.

Pourquoi pas, a-t-elle répondu, un jour – elle ne savait pas vraiment quand, alors Don Pierre l'a charriée lui disant qu'une belle fille comme elle qui ne faisait pas la fête allait finir par s'encroûter là, qu'il ne fallait pas se laisser aller car ce pays faisait vieillir les gens très vite. Elle était d'accord, elle préférait les gens qui vivaient à fond et s'amusaient, elle aimait danser alors qu'ici les gens étaient coincés, les femmes aussi, puis elle s'est mise à rire en disant que c'était certainement un problème de *bassin méditerranéen*, elle riait de son bon mot, lui riait moins, mais il disait, c'est vrai, ils sont coincés, les gens, et toi, tu la fais pour de bon la bringue ?

— Moi, tu rigoles ! J'arrête pas, je m'éclate. J'aime boire, vivre à fond, j'aime bouger.

— Du chichon de temps en temps ?

— Ah… ça, il faut pas le dire !

Il a fait mine en riant de se tapoter la narine et de renifler de la poudre.

— Et ça, un peu, non ?

La fille a rigolé, sans répondre, avant de déclarer : “Tu es vraiment un sacré numéro, toi, tu me fais marrer, tu es un vrai phénomène.”

Il fallait qu'elle parte ouvrir sa boutique. Elle a pris son sac à main en cuir, s'est levée et lorsqu'elle est passée près de lui il lui a dit qu'il viendrait voir ce qu'elle vendait, un après-midi.

— Je t'achèterai un bracelet, ou une bague, ou une paire de boucles !…

Ils ont ri ensemble encore une fois quand la fille lui a demandé si c'était pour lui et qu'il lui a répondu : “Mais bien sûr, il ne manquerait plus que ça, j'ai bien une tête à porter une boucle d'oreille !” Il n'avait vraiment pas une tête à porter une boucle d'oreille.

Pendant qu'elle sortait du bar, il a regardé son cul et ses bottes, il s'est palpé sous la ceinture et en déglutissant légèrement. Avant de disparaître, elle s'est retournée pour lui adresser un joli sourire accompagné d'un clin d'œil. Il lui a répondu par une étrange mimique qui devait ressembler vaguement à un sourire mais il ne pensait qu'à l'étrangler et lui ouvrir le cul à coup de rasoir.

Avant de partir, il a serré la main du patron, un type sec d'humeur inquiète, mais sans lui témoigner la moindre affection. Les Arabes qui se tenaient au comptoir se sont poussés lorsqu'il s'y est fait une place et ont continué à suivre les courses en essayant de ne pas trop le calculer. Deux d'entre eux l'ont tout de même salué timidement et il les a salués en retour, car il connaissait bien les prénoms de chacun. Il a écrasé un mégot de cigarette avec sa chaussure tout en commandant une bière, puis a fait un signe de tête au patron qui l'a rejoint cependant qu'une gamine aux lèvres traversées d'un piercing et vêtue d'un tee-shirt laissant voir son nombril le remplaçait au service. Ils ont bu un verre ensemble, avec le patron. Plein de respect, l'homme sec ne cessait de répéter mécaniquement à la gamine : "C'est pour moi", pendant que ses yeux furetaient de tous les côtés et que les rides de son front se faisaient toujours plus profondes. À un moment, Don Pierre a dit au patron de bien l'écouter et l'autre a penché la tête : Don Pierre lui a parlé à l'oreille, un long moment, et le patron semblait effrayé, il ne disait plus rien, mais Don Pierre se penchait vers son oreille sans interrompre son long discours. Peu après le patron s'est un peu repris, il s'est défait de cette étreinte et a indiqué sa poitrine comme pour dire : "Moi ? Moi ?" mais Don Pierre l'a ramené à lui en l'agrippant par la nuque et a recommencé à lui parler à l'oreille les traits durcis et toutes les veines de son cou gonflées, et, pendant ce temps, les Arabes regardaient les courses et parlaient comme si de rien n'était. Enfin Don Pierre et le petit homme se sont mutuellement tapé sur l'épaule et le patron est passé derrière le comptoir, il a ouvert la caisse, en a sorti quelque chose et il est retourné près de Don Pierre, ils se sont serré la main et le patron en a profité pour lui donner ce qu'il venait de prendre dans la caisse. Ils se sont alors embrassés, comme dans une dernière étreinte affectueuse. Don Pierre est sorti du PMU pour sauter dans sa voiture et il a mis le contact, direction le village.

Sur la route, il s'est retrouvé derrière une voiture de Portugais : quatre jeunes aux chevelures lissées au gel, à l'exception de quelques mèches ridicules, figées par leur gel à la con, et leur voiture avait la couleur de la merde et Don Pierre, qui avait laissé sa vitre ouverte, pouvait entendre la musique que ces quatre abrutis avaient poussée à fond. Une vague de violence lui est remontée des tripes parce que les Portos se la pétaient et ça, ça ne lui plaisait pas. Profitant d'une ligne droite, il a accéléré et les a dépassés, et lorsqu'il a longé leur véhicule les Portugais l'ont vaguement toisé, tout ça parce qu'ils étaient quatre, musique à fond, et qu'ils roulaient des mécaniques. Il les a regardés à son tour mais d'un regard privé d'expression, et une fois devant eux, il a ralenti autant qu'il le pouvait, forçant les Portugais à ralentir eux aussi. Il les observait dans le rétroviseur sans baisser le regard et voyait que les Portos ne faisaient plus les malins. Sortant la tête de la caisse, il s'est délesté d'un énorme mollard, tout en jetant encore un œil dans le rétroviseur pour constater que, derrière lui, personne n'avait réagi, puis il a accéléré brusquement pour atteindre les 90 km/h à l'entrée du village tandis que les Portugais continuaient à rouler lentement car c'était l'allure qu'il leur avait imposée.

C'était l'heure de l'apéritif. Il a pénétré dans le Malapaga où Andria l'attendait. En passant sur la terrasse, il a pu remarquer que les tables étaient déjà remplies de touristes, il a serré les mains d'une bande de types aux tronches renfrognées qui descendaient des verres de pastis, assis à la première table dans l'entrée. Il a fait semblant de ne pas voir le journaliste et le libraire assis à la table voisine pour ne pas avoir à les saluer – il avait pour eux une antipathie instinctive et les considérait comme des sous-merdes. En entrant dans le café, il a dû courber la tête pour embrasser Andria car ce dernier était ridiculement petit, et maigre comme un fil de raphia.

— Grosse soirée au Flamingo Beach, a dit le maigrichon.

— OK, on ira.

C'est alors que la fille de la boutique de bijoux fantaisie a fait son entrée et est allée s'assoir à la même table que celle qu'elle avait occupée dans l'aprèsmidi. Elle venait très probablement de fermer sa boutique, elle commençait à prendre ses habitudes au Malapaga. Il lui a fait servir un verre de muscat, et de loin, la fille l'a levé pour le remercier afin de montrer qu'elle était, malgré tout, distinguée. Une autre fille l'a rejointe à sa table, vêtue d'un pantalon qui laissait voir le haut de ses fesses ainsi que la cordelette de son string, et d'une chemise largement échancrée aux épaules qui découvrait dans son dos un joli tatouage semblant figurer un idéogramme chinois. La fille de la boutique avait les cheveux longs, blonds et très lisses, la fille au tatouage portait, au contraire, les cheveux coupés très courts, presque ras, mais ça lui allait bien car elle avait une jolie nuque et un cou gracieux. Ils se sont rapidement retrouvés tous les quatre à la même table, les filles hurlaient de rire et discutaient sans aucune gêne, on voyait bien qu'elles n'avaient pas froid aux yeux et que le fait de se faire payer à boire ne leur posait aucun problème. Don Pierre et Andria parlaient fort eux aussi, ils les taquinaient, faisaient parfois semblant de s'engueuler et les filles se marraient comme des idiotes. Tous s'étaient ensuite lancés dans une discussion sur le rapport hommes/femmes, puis sur le cul et la bite, et elles avaient ri de plus belle, elles commençaient à s'échauffer, et après s'être entendus sur l'idée qu'il fallait profiter de la vie et faire la fête, ils ont passé la soirée ensemble et, au sortir d'un restaurant du port où l'on proposait des poissons et des sushis, se sont immédiatement rendus au Flamingo Beach pour continuer à profiter de la vie et faire la fête.

Le long comptoir sur la plage était envahi de clients et des gens dansaient sur la piste, Corses et touristes confondus. Les enceintes vomissaient les vieux standards les plus kitsch et tous se déchaînaient "sur de la musique pop". Andria faisait sa vie de son côté et s'en allait périodiquement se perdre dans l'obscurité de la pinède avec des clients qu'il connaissait et qui revenaient cinq minutes plus tard pour aller se jeter dans la foule qu'éclairaient des lampions suspendus entre les pins et la tonnelle de la paillote. Quelques abrutis se déshabillaient sur le sable et se jetaient à la mer en criant, la saison commençait à peine et l'eau était toujours froide la nuit. Tandis qu'Andria vaquait à ses affaires, Don Pierre gardait les filles et les faisait boire, et rire, et les surveillait même de loin lorsqu'elles allaient danser, mais elles revenaient toujours à l'abreuvoir car c'était lui qui payait les bouteilles de champagne et il semblait, de plus, passer ici pour quelqu'un d'important. Elles sont revenues et la fille de la boutique se rapprochait de plus en plus de Don Pierre et lui parlait de plus en plus bas, en fermant presque les yeux lorsqu'elle portait à ses lèvres sa coupe de champagne qu'elle lapait en dardant le bout de sa langue. La Tondue se tenait elle aussi à côté, engloutissant ses verres de champagne. Elle buvait comme un trou creusé dans le sable, sans marquer aucun temps d'arrêt. Elle avait l'habitude et ça se voyait. Andria l'enlaça et lui chuchota une proposition à l'oreille, elle acquiesça et ils partirent cinq minutes du côté des toilettes. La Tondue dansait maintenant au comptoir comme une cinglée.

Un client qui se trouvait à côté d'eux s'est alors mis à danser lui aussi en regardant la Tondue dans les yeux et en lui souriant. Déchaînée, elle s'accroupissait devant lui jusqu'à se mettre presque à genoux puis se redressait pour bien mettre en valeur ses belles fesses, la cordelette du string captivait tous les regards et toute l'assistance masculine aurait volontiers tringlé cette fille tondue. Alors le type est devenu plus hardi, de temps en temps, tout en continuant à danser, il passait une main caressante sous le menton de la Tondue. Andria lui a tapoté l'épaule en agitant l'air de sa main comme pour lui dire "Maintenant tu t'arrêtes". L'autre s'est rebiffé, il ne comprenait pas, il a cessé de danser et il s'est tenu planté comme un piquet devant lui à le provoquer du regard. Il était beaucoup plus grand qu'Andria et ne semblait pas avoir envie de s'arrêter. Andria lui a dit que la fille était avec lui, il lui a répondu que ce n'était pas écrit sur son front, qu'ils s'amusaient et qu'il n'y avait pas de mal à ça. Andria lui a répété, maintenant tu te calmes et tu me sors du milieu, le type s'est avancé vers lui pour lui dire non c'est toi qui va te calmer. Ils ont commencé à se bousculer, jouant des mains et cherchant à trouver la bonne distance pour se battre. Ou le courage. C'est alors que Don Pierre s'est interposé, poitrine contre poitrine avec le client, les yeux dans les yeux, leurs fronts se touchaient, et qu'il a entrouvert un pan de sa veste pour laisser apparaître la crosse du revolver qu'il portait sur lui. Le type a blêmi. Don Pierre lui a dit que non seulement il allait se calmer mais qu'en plus il n'était qu'un enculé et une grosse pédale. "Tu veux crever ici ?" Le type a reculé sans rien dire, Andria en a remis une couche, “Fous le camp, espèce de pédale de mes deux !” et il lui a mis un violent coup d'épaule. Le type est allé se perdre dans la foule au milieu de la piste, sans demander son reste. Le patron de la paillote est venu demander si tout allait bien. Don Pierre a répondu oui, tout va bien. Il lui a tapé amicalement l'épaule puis il a dit, buvez la mienne, il a fait servir une bouteille et il est retourné à ses affaires.

Don Pierre a proposé quelque chose à la blonde, elle était d'accord. Ils se sont éloignés vers l'obscurité de la plage, Don Pierre a sorti un sachet de poudre et ils se sont fait une ligne sur le dos d'un carnet que la fille gardait dans son sac à main. Elle a demandé si elle pouvait en avoir encore, il lui a répondu qu'il pouvait lui offrir tout ce qu'elle désirait. Puis il l'a attrapée par les cheveux et lui a fourré sa langue dans la bouche, elle fermait les yeux et faisait voltiger sa langue comme une experte. Il l'a poussée à s'agenouiller, elle l'a débraguetté puis a extrait sa bite toute enflée et tendue, un véritable prodige, il fallait la tenir à deux mains. Elle l'a caressée et léchée pour qu'elle soit bien ferme puis l'a engloutie, sa langue continuant à voltiger de manière savante surtout lorsqu'elle prenait son gland en étau avec ses lèvres. Il a joui et tandis qu'il se soulageait sur son visage, il lui tirait violemment les cheveux, elle criait et semblait prendre son plaisir simplement à se faire brutaliser et jouir dessus. Et comme il était vidé, il l'a fait se mettre à quatre pattes, lui a ôté son pantalon et a commencé à lui entrer le poing dans la chatte, elle remuait son cul et hurlait de plaisir et de douleur, il est même parvenu à faire entrer le pouce tandis que de son autre main il agrippait ses fesses et les baffait brutalement. Enfin, la fille a gémi et s'est laissée tomber sur le sable, vaincue. Elle haletait, tout son corps frémissant des derniers spasmes du plaisir. Elle disait que personne ne l'avait jamais fistée comme ça, elle parlait avec difficulté, elle s'abandonnait à la moiteur du sable et à la nuit. Debout, surplombant le corps étendu, Don Pierre lui disait : "Tu es une salope, une sacrée salope, je le savais, j'avais compris que tu étais une traînée, bonne et chaude, je savais que tu aimais te faire tringler, que tu aimais la came, que tu te ferais baiser pour une ligne de poudre, je le savais." Tandis qu'il parlait, son regard se troublait, un dégoût haineux grandissait dans sa poitrine, de la colère aussi. Fouillant le sable dans cette nuit profonde, il tâtonna alors dans l'obscurité en quête d'une grosse pierre et finit par mettre la main sur un joli galet tout rond et bien lisse. Il ne désirait plus qu'une seule chose, lui ouvrir le crâne et voir gicler la cervelle de cette jolie tête blonde. Il voulait lui en offrir davantage.

Il a refermé sa main sur le galet et ses muscles se sont tendus au maximum. Il recommençait à bander, mou, mais il en était content. Il a entendu Andria qui l'appelait, dans le noir, et la Tondue qui ne tenait plus debout sur ses talons, tous deux riaient en s'approchant. "Vous faites quoi ? Ah… vous êtes là… Tout va bien ?" Et ils riaient toujours et Andria s'est écroulé dans le sable avec la Tondue puis ils se sont tus pour s'embrasser et s'étreindre en respirant bruyamment. Don Pierre s'est relevé. Il n'avait plus rien à la main. Il a arrangé son pantalon et il est retourné sous les lampions de la paillotte, laissant derrière lui une blonde épuisée et les deux autres qui commençaient à foutre.

9

Dans la clairière – Le feu ennemi – Un homme à demi enterré – Un sauve-qui-peut nocturne – Des blessés sous une tente

Le bataillon se retrouva dans une petite plaine. La végétation s'éclaircissait et il fallait traverser un pré et avancer vers un promontoire plus élevé. Une bonne position pour attendre l'ennemi. Les premiers rangs s'ébranlèrent, suivis par l'ensemble de la troupe. Au milieu du pré, les officiers s'étaient réunis et regardaient leurs soldats en ordre de marche, le mouvement semblait les rendre heureux et fiers. Paganelli arracha une fleur du pré et se la mit dans la bouche. Il se tourna vers Marc-Antoine et lui fit un sourire comique. “Tu n'as que ça à foutre ?” dit Cianfarani.

Ils entendirent le bruit de la première salve d'artillerie, on aurait dit que toutes les bouches à feu du monde venaient de tirer en même temps, que le ciel bleu et clair se mettait à tonner sans raison. De dangereux sifflements venaient de la colline en face, à peine le temps d'entendre la salve que déjà les premiers obus tombaient au milieu du pré. Le coup mortel frappa d'abord les officiers rassemblés sur leurs chevaux. Un obus éclata parmi eux. Ils virent les corps déchiquetés des chevaux et des hommes s'éparpiller et se répandre. Le bruit que faisaient les obus était intolérable. Ils striaient le ciel avant de soulever la terre en libérant un feu dévastateur, une fumée qui empestait la poudre et brûlait les narines. Soudain, ce furent dix, vingt, cinquante obus tombant en même temps et tous les rangs du bataillon se débandaient. Les hommes se jetaient par terre, ils se cachaient comme ils pouvaient dans les touffes d'herbe. Ils s'écrasaient contre la terre pour se faire plus petits, mais les obus tombaient quand même, celui-ci au loin, celui-là plus près, et un autre encore plus près. L'air vibrait de cris. Il y avait des blessés. Marc-Antoine Cianfarani se risqua à jeter un coup d'œil vers un endroit d'où s'élevait un hurlement, il vit un homme qui se roulait à terre, en tournoyant comme un oiseau blessé, il lui manquait un bras, et toute l'épaule, et il poussait des râles d'épouvante comme un porc qu'on saigne. Il entendait les cris et le fracas des canons, des explosions de tous les côtés, il chercha Paganelli. Paganelli était allongé près de lui, les mains tremblantes sur le fusil qu'il ne réussissait pas à armer. Ils entendirent la voix du sergent Colombani, il criait de courir vers la droite, vers les arbres les plus proches. Des dizaines d'hommes se redressèrent d'un seul coup et se mirent à courir comme l'ordonnait Colombani, suivant le sous-officier vers le bois. “Allez ! On court !” dit Marc-Antoine à Paganelli. Ils se levèrent tous les deux et coururent avec les autres. Mais d'un coup, de ce bois vers lequel ils couraient, éclatèrent les terribles rafales des mitrailleuses. Des rafales continues tandis que les balles volaient vers eux à une vitesse inimaginable. Les hommes tombaient comme des mouches, coupés en deux par les balles, et les obus tombaient toujours.

La plaine et le pré, et les bois alentour, étaient remplis des bruits de la guerre, l'explosion des obus, le sifflement des balles qui s'engouffraient dans les corps, brisaient les os, faisaient éclater les crânes, les cris des soldats blessés, des hurlements de désespoir absolu, pas un homme du bataillon n'avait pu tirer un seul coup de fusil, et le pré était déjà jonché de cadavres, de blessés qui rampaient, de soldats qui couraient en tous sens. C'est alors qu'ils entendirent le clairon sonner le sauve-qui-peut, ce qui voulait dire tout abandonner, sacs et fusils, et courir se mettre à l'abri n'importe où. "Fuyez, les gars ! Sauvez votre peau !" cria Colombani, et Marc-Antoine vit le sergent courir, et puis il le vit s'effondrer, se redresser dans un sursaut de désespoir, et retomber sur ses genoux et s'affaler sur le sol. Il avait perdu Paganelli de vue, et il courait dans la direction de la plaine d'où ils étaient venus. Un groupe d'hommes courait avec lui, peut-être Paganelli était-il parmi eux ? Autour de lui, il voyait les hommes de son groupe tomber l'un après l'autre. Il voyait le sang gicler des gorges, des reins, des jambes, et celui qui était touché tombait, parfois pas tout de suite, mais cinq mètres plus loin, encore porté par son élan, et puis il tombait le visage dans l'herbe. Tout en courant, Cianfarani entendait les balles des mitrailleuses passer près de lui, il les voyait même, devant lui, se ficher dans la terre sous ses pieds, jamais il n'atteindrait les arbres, il le comprenait, il vit un trou d'obus et il s'y jeta. Il ne chercha pas à lever la tête pour voir ce qui se passait dans le pré, il entendait seulement les explosions et les coups de mitrailleuses qui semblaient hacher la terre au-dessus de lui. Soulevée par les balles, la terre pleuvait sur lui. Un mitrailleur l'avait certainement repéré quand il s'était jeté dans le trou, et maintenant il ne le lâchait plus, il voulait le tuer, lui, lui en particulier. Il s'aplatit au fond de son trou, redoutant de laisser dépasser un pied ou son dos. De ses ongles, il se mit à creuser comme un chat pour approfondir la cavité. De plus loin lui parvenaient les grondements d'autres coups de canon et de fusil, et même dans la forêt, tout au fond, la mitraille paraissait monstrueuse. Il comprit que le régiment tout entier était pris sous le feu ennemi. Pas seulement son bataillon. Alors il pensa qu'il n'y avait plus rien à espérer. Ils devaient tous être en train de se faire tuer comme ici, dans le pré. Ce serait leur fin à tous. Ils étaient venus jusqu'ici et, sans même tirer un coup de fusil, ils s'étaient fait massacrer. Pas même le temps de voir la gueule d'un Boche et tout était déjà fini. Puis il entendit des coups de fusil qui partaient du côté de la forêt d'où ils étaient venus. Les mitrailleuses ne leur tiraient plus dessus mais semblaient désormais répondre à ces coups de fusil. Il se risqua quand même à sortir la tête de son trou, les obus tombaient maintenant à l'orée de la plaine mais les coups de fusil continuaient. C'étaient les siens qui tiraient, ils répondaient enfin à l'attaque ennemie. Ceux qui s'étaient sauvés tenaient une position dans le bois, ils se cachaient derrière les arbres, derrière les troncs que les canons avaient abattus et ils tiraient comme des démons. Mais lui, que pouvait-il faire ? Il était là au beau milieu du pré, caché dans son trou, dans le champ de tir ennemi, et il n'avait plus rien en main pour défendre sa vie, il avait perdu son fusil pendant le sauve-qui-peut. S'il essayait de sortir à découvert pour courir vers la forêt, on l'abattrait comme un chien. Il assistait à la bataille, il était même en son centre, et il ne pouvait qu'attendre le moment où il se ferait tuer.

Les tirs et les coups de canon se poursuivirent jusqu'à la nuit. Et puis, d'un seul coup, ils cessèrent. On n'entendait plus que les râles misérables des blessés qui appelaient à l'aide dans le crépuscule. Quand l'obscurité fut complète, il entendit qu'on piétinait l'herbe près de lui. Il ne pouvait plus faire un geste, il était terrorisé. Il pensa que les Boches venaient achever les blessés et occuper le terrain perdu par les Français. Le visage d'un type se penchait vers lui. Ce visage le regardait et dit quelques mots à voix basse à quelqu'un d'autre un peu plus loin. Enfin, le premier infirmier lui effleura l'épaule. *"Si tu n'es pas blessé, rampe jusqu'à la lisière. Ils ne tirent plus**.*"* Il répondit, lui aussi à voix basse, qu'il ne comprenait pas le français. L'autre, allongé par terre comme lui, désignait les arbres du doigt et pendant qu'il indiquait les positions françaises, la peur faisait trembler son doigt. *"La lisière, connard, les arbres. Va ! Va ! T'as rien, ça s'voit. Va j'te dis. Sauve ta peau**.*"* Puis, essayant de parler italien, il ajouta : *"Vai ! Vai !"*

Mètre après mètre, Marc-Antoine se traîna sur le pré, s'arrêtant de temps en temps. Il écoutait la nuit. Rien. Il avançait. Il se heurta à une forme molle, comprenant à l'odeur que c'était un cadavre. Il continua ainsi un temps infini, en rampant, et puis il vit qu'il était près des arbres. Il entendait des voix sous les frondaisons. Il cria de ne pas tirer, qu'il était français et il répétait tant qu'il pouvait le mot *français** *!* et une voix répondit : *"Allez viens on ne va pas tirer**.*"*

On l'emmena dans la forêt : un campement y avait été dressé et les infirmiers arrivaient avec les blessés.

* Les mots ou phrases en italique et suivis d'un astérisque sont en français dans le texte.

On lui procura un nouveau fusil et on lui servit un bol de soupe, avec des morceaux de bœuf dedans, et du pain. C'était bon. Il mangeait et reprenait des forces, et il parlait avec les soldats et ils étaient tous assommés par ce qu'ils venaient de vivre. Dans un coin, il y en avait un assis contre un baril et qui pleurait. Tous les autres, leur repas avalé, s'allongeaient sur le sol et dormaient. Il parla avec les uns et les autres, demanda des nouvelles de Paganelli. Si personne ne l'avait vu. Mais personne ne répondait. Et puis, à un moment, le séminariste de Bastia passa, accompagné d'un groupe de sous-officiers, dans les rangées d'hommes allongés. "Caporal, je ne vois pas Paganelli. Je le cherche et personne ne sait rien..." Le séminariste réfléchit en se grattant la tête avant de répondre : "Tu veux qu'on aille voir chez les blessés ? Toi, ils te laisseront pas entrer mais peut-être qu'avec moi..." Et ils se rendirent jusqu'aux tentes des blessés pour pénétrer dans la plus grande d'entre elles.

Sur des lits de camps, les hommes étaient étendus, sans aucun confort, aucune intimité. Certains étaient nus, tout couverts de sang et de pansements. Il y en avait de muets et d'autres qui poussaient des râles de souffrance en se retournant sans arrêt sur leur matelas. Les infirmiers et les médecins s'affairaient dans tous les sens, ils s'occupaient d'abord des plus touchés, des plus mutilés, de ceux qui souffraient le plus. Mais d'autres brancardiers arrivaient encore, laissant les nouveaux blessés où ils pouvaient, sur les civières, ou par terre sur une couverture. Il y avait deux espaces dissimulés par des rideaux mais ne pas voir était peut-être pire car on devinait aux bruits et aux hurlements ce que faisaient les chirurgiens, les jambes qu'ils sciaient, les bras, les bouches qu'ils recousaient, la gaze qu'ils enfonçaient dans les cratères de chair à vif. Plusieurs blessés ne criaient même plus, ils avaient arrêté de pleurer ou de geindre, parce qu'ils étaient inconscients, parce qu'ils venaient de mourir. Alors les infirmiers les traînaient dehors pour libérer un lit. Perdus, désarmés, Cianfarani et le séminariste avançaient parmi les corps. Et puis ils ont vu Paganelli.

Le jeune homme gisait sur un tas de couvertures, dans un coin sombre de la tente. Il avait la poitrine nue et toute recouverte de pansements. Son visage était exsangue. Il ne criait pas, et de temps en temps il respirait avec difficulté et fermait très fort les yeux et se mettait à tousser. Mais il ne pouvait pas bouger, seules la poitrine et les épaules, et la tête, étaient ébranlées par les quintes de toux, malgré lui. Marc-Antoine s'est mis à genoux à côté de lui et l'a délicatement pris par le cou. "Oh, gars ! C'est moi, Marc-Antoine… Tu me reconnais ?" Mais Paganelli n'a pas répondu. Il le regardait mais ses yeux ne semblaient pas le voir. Il essayait de donner un sens à ces formes penchées sur lui, de comprendre ce que voulaient ces voix. "C'est moi, mon ami, il y a le séminariste avec moi, le caporal…"

Paganelli s'est laissé prendre la main, et ses doigts sans force ont essayé de serrer. Mais il ne pouvait pas. Les pansements sur sa poitrine étaient trempés de sang : malgré l'intervention du chirurgien, il se vidait. Les balles lui avaient déchiré les poumons, et maintenant il transpirait et devenait tout gris dans la semi-obscurité de la tente. Il a fini par bouger les lèvres pour dire quelque chose. Mais eux ne le comprenaient pas. Alors Cianfarani a baissé la tête. "Qu'est-ce que tu dis, mon ami ? Tu veux me dire quelque chose ?" Les yeux de Paganelli se sont ouverts d'un seul coup, il a fait un ultime effort pour redresser la tête, tout son corps tremblait. “Doucement, Dominique… Doucement… Doucement, mon ami…” Alors un son est sorti de sa bouche à l’agonie, un son étouffé, et ces yeux perdus ne semblaient plus rien voir de ce lieu, la tente, les blessés, les médecins affairés, ces deux camarades accablés près de lui, mais jusqu’où voyaient-ils donc, ces yeux baignés du dernier éclat de la vie, où s’en allait-elle, la mémoire de Paganelli, au moment précis de rendre le dernier souffle ? “Je te reconnais…” avait-il dit et il n’avait plus rien dit d’autre.

Sa voix si faible s’était tue pour toujours. Marc-Antoine sentit le cou peser plus lourd sur son bras, et la tête du jeune homme vint se caler contre sa poitrine, comme s’il avait cherché un endroit calme où s’endormir. De sa main libre, Marc-Antoine lui ferma les yeux. Il avait un regard clair comme de l’eau, pétrifié, un regard plein de terreur, une terreur qui venait de s’inscrire dans l’infini. Et sous la tente, des dizaines et des dizaines de blessés râlaient de désespoir, et on les recousait, et ils ne sentaient plus les os de leur visage, et ils exhibaient leurs tripes à l’air, et ils poussaient des cris, et le manège des infirmiers et des médecins était infernal, et derrière les rideaux, là-bas, c’était épouvantable. Le caporal tira Cianfarani par la manche, viens, lui dit-il, viens, maintenant, partons d’ici, ce n’est pas un lieu pour les vivants. Et ils sortirent de la tente, en titubant, et ils laissèrent Paganelli, dix-huit ans, qui gisait sur un tas de couvertures souillées.

10

Les touristes arrivent – La librairie désertée – Universalisme – L'avocate – Les gros souliers – Une espérance et une mission – Un entrepreneur – Fermeture annuelle

L'été était là et je faisais précisément le contraire de ce que chacun fait : je fermai la librairie. Un problème ? C'est vrai que les premières grappes de touristes avaient débarqué et que, depuis deux mois déjà, le pays avait été repris d'un frémissement. C'est vrai que, du jour au lendemain, des véhicules immatriculés dans l'Europe entière avaient envahi les rues et les parkings. Que les supermarchés s'étaient mis à ronfler comme jamais, ouverts de l'aube au crépuscule sans interruption. Au début, ça m'allait bien : je pouvais faire quelques courses entre midi et trois heures, pendant que la librairie était fermée, sans avoir à attendre tard le soir pour repartir vers les Sarconi. Mais il me semblait bien que les touristes eux aussi avaient pigé le coup et qu'ils étaient tous affairés à leurs courses aux mêmes heures que moi, et tu sais le plaisir que je peux avoir à me trouver en leur compagnie.

Des Allemands à la tronche rougeaude qui passent une heure à examiner une salade, d'immondes *pinzuti* au verbe haut qui vitupèrent contre les prix pratiqués dans ce pays scandaleux qu'ils ont choisi pour leurs vacances (mais qui les y oblige ?), des richards parisiens venus retrouver leur luxueuse résidence pour une quinzaine de jours et qui naviguent dans les rayons en cherchant à se faire discrets, moi-même enfin, me faisant chier, tout fiévreux, parmi cette faune. Plus les masses de touristes débarquaient, plus les boutiques de fringues estivales et autres bouis-bouis où se vendent toutes les merdes du monde ouvraient leurs portes, et plus je sentais la dépression s'installer en moi. Je n'avais jusqu'à présent cessé de me réfugier dans mon univers loin de tout, et il me fallait chaque jour descendre en ville pour ouvrir ma librairie raffinée et prétentieuse à l'intention des amateurs de livres et de littérature, tandis que défilaient devant moi des êtres vulgaires, les plus vils de toute la race humaine, dont il n'est, bien sûr, nul besoin de préciser que pas un ne s'arrêtait chez moi. Je ne propose en effet ni paninis, ni cartes postales, ni bobs ou maillots de bain, je vends de la marchandise pour la cervelle or tous ces connards se contrefoutent de leur cervelle, ce qui les préoccupe c'est le hâle de leur cul. La pizza du soir est une chose importante. La glace dégustée en terrasse à la tombée de la nuit, voilà ce qui compte.

Pourtant je faisais un effort. Je ne m'étais pas encore résigné à capituler. J'insistais parce qu'on m'avait conseillé de le faire, même toi tu me l'as conseillé, et à la mi-juin j'étais toujours ouvert, encore décidé à jouer le jeu et à faire comme si j'avais eu un travail sérieux et honnête. J'avais la tronche blanchie d'un cadavre, planté derrière ma caisse à attendre que quelqu'un entre, qu'un espoir naisse et qu'une passerelle s'abatte enfin entre moi et ces gens si abjects, si étrangers, si lourds, si humains, si banalement humains.

C'est alors qu'il y a eu l'affaire de l'avocate. Au moment où je me prenais à penser que cette librairie devenait la dernière annexe du désert de Gobi, au moment où même les gens du coin ne semblaient plus intéressés par le moindre petit recueil d'haïkus, oui, au moment où la terre entière m'avait oublié, et même toi Baptiste, à ce moment précis l'avocate est entrée dans la librairie.

Rien qu'à raconter la chose, je suis remonté comme une pendule. Mais c'est comme ça. Et ça commence à bien faire. Et puis, je m'en fous de ce que tu peux me raconter, toutes tes conneries sur ce qui se passe en ville je ne les entends même plus, la chronique de cette existence minable et sans intérêt que tu rédiges chaque jour dans le journal, je m'en branle à deux mains.

Et celles-là, de chroniques, celles de mon ennui, tu crois qu'elles intéressent du monde, vraiment, tu y vois quelque chose d'universel ? Tu crois que le mec qui vit là-bas, à New York, et qui se lève chaque matin pour aller se perdre dans le grouillement de ces rues impitoyables, saturées de corps et de mouvements, et qui entend qu'on parle de la Bourse, et qui s'inquiète de l'évolution positive de ses actions, qui lit dans le *NY Times* les dernières nouvelles tragiques venues d'Irak, tu crois que ce type va s'émouvoir de mon enlisement merdeux, ici, au centre de cette Méditerranée en retard de je ne sais combien de guerres ? Ce type-là, vois-tu, ou cet autre type, en Indonésie, qui regarde, rempli de désespoir, les ruines de sa demeure qu'un tsunami vient de balayer avec toute sa famille à l'intérieur, ces types, tout comme moi, ils vivent sur terre au début du

XXIᵉ siècle, tout simplement ; ou ils y vivaient, jusqu'à ce qu'ils soient emportés par un déluge ou pulvérisés par une bombe islamiste. Mais ce qui est pire que tout, pire que ces catastrophes qu'on peut lire dans la presse, pire que ces conflits qui exterminent la moitié de la planète et dont on voit les images à la télé, pire que les sempiternelles lamentations sur les dysfonctionnements de cette lointaine humanité, c'est que, précisément, il y a, au loin, quelque chose qui fonctionne ; loin de moi, ici, loin de ma vie médiocre et de mon enlisement dans l'attente qu'un improbable touriste daigne m'acheter un livre, il y a, sois-en sûr, bien loin de moi et de mes menus espoirs, il y a de la vie, tout bêtement ça : de la vie. Comment tenir le coup ici, Baptiste, en sachant que dans les étendues peuplées de ce continent, en Espagne, dans les villes d'Italie si proches, dans la froide Moscou ou la Londres embrumée, il y a des masses de gens qui *vivent* !

Et pendant ce temps-là je crève ! À compter mes sous et à devoir supporter la tronche de ces types meurtris par le désespoir et abrutis par leur clôture mentale.

Mais tu veux savoir pourquoi je suis vraiment remonté ? C'est à cause de l'avocate, rien d'autre, celle qui tient un cabinet en face de la librairie. Je t'en ai déjà parlé une fois, voilà un bon moment que je la guette. Il faudrait naître eunuque pour ne pas être sensible à un charme pareil. Et moi, c'est tous les jours qu'elle passe sous mon nez, on ouvre presque aux mêmes heures, elle son cabinet et moi ma librairie, et le soir c'est aux mêmes heures qu'on ferme. On ne se connaît pas mais on se salue et je la trouve vraiment attirante, même si, au premier abord, elle a l'air un peu froide, mais il faut connaître d'abord les gens avant d'en parler. Alors, je préfère me dire que ça n'est qu'une façade, un style qu'elle se donne et qui va avec son métier.

Et puis voilà que l'autre jour, alors que je ne m'y attendais pas et que je me livrais à un décompte désespérant (54 Allemands, 87 *pinzuti*, 13 Italiens et 29 gens du coin étaient passés devant ma vitrine sans même la regarder), voilà, disais-je, que, après m'avoir lancé un simple bonjour, l'avocate entre dans ma boutique et se met à examiner mes rayons, laissant flâner ses yeux sur les romans avant de s'arrêter au rayon poésie d'où elle retire deux ou trois livres qu'elle étudie avec attention. Elle se tenait bien droite, habillée d'un tailleur strict mais élégant, ses jolies jambes gainées de collants noirs, je ne voyais plus qu'elles et le galbe de ses mollets, et ses pieds si parfaits chaussés d'escarpins noirs vernis. Même si mon travail est de conseiller les clients, je n'osais pas la déranger dans son hésitation : pour te dire la vérité, j'étais un peu intimidé alors j'ai pris prétexte de remettre en ordre une pile de livres pour me rapprocher. Elle était penchée sur une version bilingue de *Leaves of Grass* de Walt Whitman et j'ai cru bon d'encourager son intérêt.

— Un précurseur, le père du vers blanc, peut-être le premier poète moderne… À lire sans modération.

Elle m'a regardé en souriant, sans rien dire, puis elle est retournée à sa lecture, et moi, à ce moment-là, je me sentais le dernier des nains, comme tu peux t'en douter.

Je suis retourné tranquillement vers ma caisse, j'ai plongé le nez dans mes factures, vérifié mes commandes sur mon écran, bref, j'ai cherché à m'occuper pour ne pas avoir à rester planté là, en plein milieu, comme un piquet, sans autre chose à faire qu'éponger son silence, sa pesante absence d'intérêt pour ma minable personne. Enfin, elle s'est approchée de la caisse : elle s'était décidée pour le Whitman et avait pris également une traduction récente des nouvelles de Jack London – parmi lesquelles figure la géniale *Peste écarlate* – ainsi que *La rivière du sixième jour* de Norman Maclean. La gonzesse parfaite, ai-je pensé.

— Vous avez vu le film ? Bien, non… ? Mais le livre aussi, c'est un sacré morceau, ces types reclus dans le Montana, pêcheurs de truites… L'histoire de ce mec éperdu, pris entre sa passion du jeu et celle de la pêche… Le désespoir d'un père presbytérien confronté aux égarements d'un fils dévoyé. La Corse presque, enfin, si on se hasarde à des comparaisons…

Cette fois-là non plus elle n'a pas pris la peine d'embrayer sur mes paroles. Son sourire était toujours là, légèrement hautain et moqueur. Je me suis dit qu'elle prenait plaisir à me laisser m'embourber, à jouir de mon trouble, de mon besoin irrépressible d'attirer l'attention, de susciter son intérêt. Elle était toujours aussi froide, malgré son sourire – son silence, surtout, était glacial. De plus, elle semblait me toiser des pieds à la tête et moi, assis à ma caisse, les jambes croisées laissant apparaître une chaussure sur le côté du meuble, je me sentais encore plus petit, plus nabot encore qu'avant.

C'est là qu'elle m'a balancé :

— Vous avez chaussé vos gros souliers de montagne ?

J'ai répondu à côté de la plaque, comme souvent, en me noyant dans des explications fumeuses comme quoi je vivais à la montagne et qu'il était tout naturel pour moi de porter ce genre de chaussures. Le dernier des abrutis, vraiment… et un abruti mal fringué, en plus. N'importe quel type un peu fin aurait répliqué : "Et toi, t'as enfilé tes chaussures de princesse ?", de sorte que la discussion aurait tourné au jeu. Mais non, moi je me suis mis à raconter la montagne, ma maison tout là-haut, comme pour me justifier, pour m'excuser de porter de telles chaussures. Le bœuf absolu, le degré zéro de la finesse d'esprit. C'était bien la peine de crâner avec Whitman et Maclean… Je pense qu'elle m'a pris pour le dernier des ploucs, et qu'elle devait se dire qu'il était impossible que je sois le propriétaire de cet endroit – plutôt un employé un peu simplet que le véritable patron – homme intelligent et aux choix littéraires affirmés – avait posé derrière cette caisse pour lui rendre service, presque par pitié. Toute dépitée, elle a quitté la librairie pour retourner vers son cabinet de l'autre côté de la rue. J'ai tout de même lancé un "bonne journée" qu'elle m'a renvoyé de la façon la plus formelle qui soit et ce fut tout. À peine était-elle sortie que je me mordais la lèvre, me traitant de tous les noms d'oiseaux, me frappant la cuisse avec rage, m'écrabouillant les chaussures aussi. Et voilà comment, mon gars, je suis passé pour un gros nul, noyé dans son désir et qui finit la queue derrière l'oreille.

Et deux jours plus tard, ce matin même, vois-tu, je me suis ressaisi. Comment te dire ? Je l'ai vue passer, légèrement en retard pour aller ouvrir son cabinet. Elle marchait dans la rue, belle comme jamais, ses jambes splendides si haut perchées et sa jupe légère laissait voir ses genoux. Elle pressait une serviette de cuir contre sa poitrine et il me semblait voir en elle, plus qu'une avocate allant engager sa journée de travail, une jeune étudiante de la Sorbonne. Elle était allée chez le coiffeur et avait changé de couleur et de style. J'ai alors senti naître une érection – de ces érections brûlantes du matin – et je me suis rendu compte que mon cœur battait un peu plus fort. Toute la journée, j'ai fantasmé comme une bête, obsédé par cette vision matinale. J'écoutais de la musique en lisant des livres que personne ne venait m'acheter mais elle seule occupait vraiment mon esprit. Je me suis mis à écrire quelques poèmes, l'inspiration venait bien : je connais ces moments lorsque l'écriture vient d'elle-même, que l'énergie est là, c'est comme une transe, et il te semble que ta plume est guidée vers un but, il te semble que tu pourrais enfin trouver une personne de valeur pour lui faire lire ce que l'étendue de ton talent peut produire. C'est ça, lorsque tu écris et que tu es possédé : tu te dis que tu as pour mission de conjurer une bonne fois pour toutes cette saloperie de destin. J'ai beaucoup gambergé, Baptiste, toute la sainte journée, j'ai pensé à ce spleen qui m'envahit toujours à cette période quand ces crétins de touristes commencent à se pointer, j'ai réfléchi à l'inutilité de ma vie, à ma solitude, aux dettes et aux nuits blanches, aux maux de tête et même au Doliprane, et soudain tout ça m'a paru de peu d'importance. Je venais de prendre une décision, et cette décision concernait bien entendu l'avocate si attirante et si hautaine.

Ce soir, j'ai fermé la librairie un peu tard, j'ai eu la tête dans l'encre et le papier tout l'après-midi et le temps était passé à une vitesse folle. J'étais – comment dire ? – soulagé et satisfait. Le sens de ma mission avait évolué, oui, je parle du sens de cette mission que j'entrevois lorsque je suis en verve comme aujourd'hui et que je parviens à écrire. Ces moments deviennent si rares, les désillusions à la chaîne et les fiascos successifs rencontrés par mes ouvrages, les difficultés à trouver un éditeur de qualité ou, simplement, auquel on peut faire confiance, l'absence de lecteurs susceptibles de me dire que je suis une divinité descendue parmi les vivants pour leur apporter la Lumière, et ce boulot aussi, et ces stériles bavassages de bistrot avec notre stupide engeance locale, tout cela a contribué à éteindre la foi que j'avais dans la mission de l'écriture – mais cette foi, j'avais réussi à la retrouver, et ce soir, au moment d'aller rejoindre ma voiture, je me sentais plus léger, je me croyais capable de conquérir le monde entier, et même de l'obtenir pour de bon, ce prix Nobel.

J'ai démarré le moteur et j'ai quitté ma place de parking en pensant à ton invitation, je me rappelais que je devais me rendre chez toi car tu m'avais parlé d'une bouffe tranquille, à la maison, et je me disais que même s'il était un peu tard j'allais trouver une bonne bouteille à l'épicerie fine. C'est alors que je l'ai vue, une trentaine de mètres plus bas, au milieu des passants qui se dirigeaient vers la place. Elle a marqué un arrêt comme si elle avait attendu quelqu'un ou réfléchi à quelque chose, puis elle a repris sa marche et je me suis dit que c'était mon heure, l'occasion de corriger la fâcheuse impression que je lui avais laissée la semaine précédente.

Arrivé à sa hauteur, je m'arrêterais et lui proposerais de l'accompagner là où elle se rendait, car je ne pouvais tolérer qu'elle soit obligée de marcher. Sur le trajet, je me montrerais attentionné et bien élevé, je jouerais au mec qui sait maintenir une distance, je dissimulerais mes appétits, et, dans le cas où je ne parviendrais pas à glisser une invitation à boire un verre ou à déjeuner, je serais toujours en mesure de lâcher quelques traits d'esprit afin de transformer la perception négative qu'elle devait avoir du nullard de la librairie en un début de curiosité pour ce poète subtil, délicat – et si respectueux – qui l'avait raccompagnée jusqu'à chez elle sans rien lui demander. Arrivé à sa hauteur, je ralentis et m'efforçai de transformer ma tronche troublée et flippée en visage serein et souriant. J'étais en train de poser mon doigt sur le bouton pour faire descendre la vitre quand une énorme voiture a déboulé sur ma gauche me coupant la priorité et m'obligeant à freiner brusquement. J'ai reconnu au volant, cette crapule de Gambarelli, tu sais, l'entrepreneur, celui qui est bourré de fric et qui rackette la moitié de la planète, comme chacun sait ; et qui, en plus, lime toutes les plus belles filles de la région. Un bel enfoiré, ce Gambarelli, et d'un orgueil pas possible, je sais que tu es d'accord avec moi. Eh bien, le Gambarelli, je l'avais juste devant moi, il venait de me couper la route et voilà qu'il s'arrête – je ne pouvais pas le croire – à la hauteur de l'avocate. Et qu'il se penche pour lui ouvrir la portière, ce vieux cul grisonnant, certainement bourré de Viagra. C'était son bouc, je l'ai compris, la mort dans l'âme.

Je l'ai vue grimper dans la voiture, avec le sourire de satisfaction – toujours si hautain – de la fille qui voit son amant débarquer, ponctuel, lorsqu'elle sort du boulot. Et moi j'étais derrière, je broyais du noir, planté là à attendre qu'ils finissent de se bécoter pour pouvoir reprendre ma route. J'ai même pu assister au spectacle de sa grosse langue de raclure qui pénétrait dans sa bouche, il la tenait par les cheveux, à *la sauvage*, et je pouvais voir briller sa montre de milliardaire, et je me disais que cette rage qu'ils mettaient à faire voltiger leurs langues baveuses sans se préoccuper de moi n'était qu'un avant-goût de la soirée qu'ils se promettaient ; je ne doutais pas une seconde qu'après le restaurant cette saloperie irait faire entrer autre chose dans son corps gracile et délicat d'avocate sensuelle. Et qu'après, épuisée par une baise haletante, elle se collerait tout contre lui, nue, et s'endormirait contre cette poitrine velue de mâle expérimenté et protecteur. Et voilà, pendant que je suis là, à écouter tes platitudes et tes conneries de journaliste local tout en observant cette saucisse putride qui dégoutte de graisse au-dessus des braises – et qui va me rester sur l'estomac, en plus – elle est peut-être en train de se faire piner sur le sofa de ce vieux bouc bourré de pilules et de fric, en hurlant son plaisir de femme parvenue et corrompue, tout heureuse parce que reconnue par la haute société – à tel point qu'elle se la réceptionne, bien solide entre ses jambes écartées, la haute société ! Oui, l'objet de mon désir, la noble cause de mon retour à la vie et à ma mission est, à l'heure où nous parlons, en train de se faire mettre par l'entrepreneur Gambarelli. Et tu voudrais que je ne sois pas hors de moi ? Mais le pire, je vais te le dire, le pire ! Qu'elle se fasse mettre par ce macaque, bah, on en a vu d'autres. Non le pire, ça m'est revenu ensuite en mémoire, à la lumière de ce que j'ai vu plus tard et de ce que je peux deviner à présent, c'est que j'ai compris que le jour où elle m'a parlé de mes gros souliers, à la librairie, ce n'était pas du tout pour entrer en rapport avec moi ni pour initier un quelconque processus de séduction que j'aurais sabordé, non : si elle m'a parlé de mes pompes, c'était bien pour se foutre de moi et ça, très cher, je l'encaisse pas. Et puis d'avoir fantasmé ensuite, et de n'avoir pas compris ce que son sourire dédaigneux me disait, de n'avoir pas vu ce qu'un enfant de cinq ans aurait vu, voilà ce que je n'encaisse pas non plus, et maintenant ma soirée est gâchée, complètement gâchée.

La librairie ? Non, mon pote. Elle est fermée jusqu'au mois de septembre. J'irai demain faire un peu de ménage et vérifier que je n'ai rien laissé dans la caisse. Mais ça m'étonnerait. Ça fait un bail qu'elle est vide.

11

Le vieux carnet – Souvenirs de femmes – Une Roumaine – Préparatifs pour la chasse – La fête patronale – Le territoire – Réveil – Rendez-vous pour la battue – Un continental – Une lettre à un ami – Les chiens lèvent – Rencontre dangereuse

Après avoir décidé de faire retraite pendant que la frénésie estivale asphyxiait le littoral, j'ai été gagné par la paresse. J'ai pu ainsi réfléchir, considérer ma vie et reprendre l'écriture. Les femmes. C'était en fait le sujet qui me titillait sans que je sache comment l'aborder. Comme j'avais du temps, j'ai mis le nez dans de la vieille paperasse cachée dans une malle et retrouvé ce que je cherchais : un vieux carnet noir à l'intérieur duquel figuraient les noms des femmes que j'avais fréquentées. Les noms de celles avec lesquelles j'avais partagé un morceau de vie côtoyaient ceux des autres, sans aucun commentaire. En réalité, il y avait d'abord une liste des femmes que j'avais baisées et une autre, bien plus longue, constituée de femmes avec lesquelles je n'avais échangé que quelques baisers ou caresses, des femmes avec qui il ne s'était pas passé grand-chose mais dont j'aurais pu espérer davantage. La première liste ne dépassait guère les soixante-dix noms mais en l'additionnant à la seconde je parvenais à en dénombrer près de cent cinquante. Un échantillon représentatif, un panel de la gent féminine telle qu'elle peuple nos sociétés sur trois décennies. D'aucuns pourraient s'exclamer : "Cent cinquante femmes ! Quel privilège ! Celui-là, au moins, il a été heureux !" Je vous rassure. Tout d'abord, c'est en faisant une estimation large que j'ai pu parvenir à ce nombre. Ensuite j'y ai intégré les femmes avec lesquelles la relation relevait davantage du jeu de séduction que d'autre chose. Enfin, si l'on compte celles avec qui j'ai, comme on dit, "consommé", nous voici à moins de soixante-dix.

À première vue, je pourrais passer pour un véritable tombeur. C'est une fausse impression. J'en connais dont le palmarès est bien plus riche que le mien. De plus, à bien y réfléchir, que sont soixante-dix partenaires ? Si je compare ce chiffre aux centaines de nuits passées à errer solitaire, il devient presque ridicule. D'autre part, j'ai commencé à chasser assez tard. Je me suis réveillé à l'âge adulte et j'ai perdu un temps incroyable à l'époque où j'étais, pour ainsi dire, marié. En somme, rien de bien extraordinaire : mon carnet n'est donc que de peu d'utilité dans la perspective de la rédaction de mes précieuses mémoires. Par ailleurs, si je devais ôter de cette liste les putes, le total diminuerait encore. Ceci dit, je ne suis pas comme certains qui pensent que l'on ne peut pas comptabiliser les putes dans la mesure où j'estime qu'elles ont souvent été les meilleures relations que j'ai eues. Sûrement les meilleurs coups. Certaines ne simulaient même pas. J'en mettrais ma main au feu. Et puis elles, au moins, ne me prenaient pas le chou avec leurs ardeurs féministes ou des cinémas de ce genre. S'il existe des femmes avec lesquelles nous autres les hommes savons à quoi nous en tenir, ce sont bien les tapins. J'ai de merveilleux souvenirs de certaines qui étaient de vraies bonnes femmes dont je pouvais à tout instant tomber amoureux. Leurs histoires, leur personnalité, ça ne se voit pas tous les jours, ce sont des choses qui vous marquent au fer rouge et qui donnent la matière de votre travail d'écrivain.

Je me souviens, par exemple, d'avoir partagé durant toute une soirée une conversation géopolitique avec une pute vénézuélienne dans un bouge barcelonais. J'en ai davantage appris avec elle sur cet immonde porc de Chavez et sur la misère en Amérique latine qu'avec tous les altermondialistes que j'ai croisés par la suite. C'est ainsi. Elle ne se faisait aucune illusion à propos du Che ou de Fidel, celle-là ! Elle ne fantasmait pas davantage sur l'émergence d'un nouveau *lider maximo*, à la fois icône de toute cette infection bobo occidentale et tortionnaire impavide d'un peuple auquel est refusé l'accès à la clarté du jour. Aucun révolutionnaire ne l'avait jamais sortie de sa misère. Bien au contraire ! Son gagne-pain, c'étaient ses fesses, ce dont elle retirait de la fierté car celles-ci lui avaient sauvé la vie comme elles avaient sauvé celle de sa famille. Je lui ai même envoyé des fleurs, à cette merveille de la nature ! Et durant une éternité, nous avons échangé nos vœux de nouvel an. Et puis le monde l'a engloutie. Je pense qu'elle a dû rencontrer un richissime prince, un magnat du pétrole ou un homme d'affaires aux cheveux grisonnants. Comme elle était loin d'être stupide, aucune chance qu'elle ait fini dans le caniveau.

Je pense aussi à Fabiana, une prostituée roumaine rencontrée dans un caboulot de chez nous. Elle n'avait plus vingt ans et tout le monde se payait sa tête. Elle passait de bras en bras et il arrivait que des types lui balancent des glaçons sur la gueule. Ces types n'étaient pas des agneaux, certains en avaient même fumé deux ou trois, et le proxénète n'osait pas intervenir. Puis, avec deux bouteilles de champagne, Fabiana passait dans l'arrière-salle et les types lui faisaient sa fête. Elle en ressortait lessivée. Je lisais dans ses yeux une fatigue profonde et un dégoût évident. Peut-être ne désirait-elle plus vivre. Il nous arrivait de boire un verre ensemble et elle réussissait alors à me vider les poches. Ce n'était pas une pute très intelligente mais comme elle m'était sympathique, je laissais faire. Au fil de ces rencontres, j'avais compris qu'elle était complètement cabossée. Dehors comme dedans. Elle m'avait surtout parlé de sa fille laissée là-bas, en Bucovine. Si elle faisait *ça*, c'était uniquement pour sa fille. J'ai souvent entendu de telles histoires et vu les photos des morveux que ces filles laissaient au pays. Sa gamine était sa raison de vivre mais aussi son talon d'Achille car les voyous de chez elle utilisaient ce moyen odieux pour faire pression sur elle. N'ayez jamais la faiblesse de croire, braves gens, que nous vivons dans un monde où la morale et les belles croyances signifient quelque chose car c'est dans un monde de chiens que nous vivons ! Je sais, pour l'avoir lu dans ses yeux, que la vie de Fabiana avait commencé à mal tourner bien avant le jour où je l'avais rencontrée dans ce caboulot. De Bucovine jusqu'ici, elle avait sûrement suivi un parcours de damnée, on l'avait probablement violée un paquet de fois afin de briser sa résistance. Peut-être même traînait-elle quelques cadavres dans sa mémoire.

Un jour, elle a bénéficié d'une "permission" pour retrouver son enfant en Roumanie. Je lui avais promis un cadeau pour sa fille mais j'avais oublié de l'acheter et elle était donc partie les mains vides. En revanche, quand elle revint, elle m'offrit un livre de Mihai Eminescu, une espèce de poète admiré là-bas, dans son pays. J'ai imaginé Fabiana – qui par ailleurs devait bien se moquer de recevoir un cadeau pour sa fille ou qui faisait semblant ou qui croyait peut-être que je le lui avais réellement offert – chinant dans les librairies de Bucarest et se disant qu'elle allait me ramener une œuvre de chez elle, quelque chose de symbolique et de sympathique. Elle semblait apprécier particulièrement ce poète. Le problème est que je ne comprends absolument rien au roumain. En proie à une espèce de fantasme quant au rayonnement de notre langue de chèvres, certains imaginent naïvement une possible intercompréhension entre les Roumains et nous. J'ai essayé de lire Eminescu. Rien de rien. En fait, je crois que c'est un classique et que, par conséquent, il ne peut certainement pas être l'auteur d'une œuvre de génie, mais le geste m'a touché. Eh oui, bande de dégénérés, j'ai un cœur, vous savez ? Alors, pour ce qui est de Fabiana, j'espère qu'elle s'en est tirée, qu'elle s'occupe de sa fille désormais pour lui éviter de finir sur le trottoir. Mais je ne m'aventurerai pas à parier un centime là-dessus tant cette vie peut être pourrie.

Bah, il n'y avait quand même pas que des putains dans ce carnet ! Il y avait aussi des femmes… normales. Il y avait, surtout, un concentré de ma vie à travers ce que l'on pourrait appeler mes aventures sentimentales. Les deux ou trois fois où j'ai failli me marier – inutile de s'attarder là-dessus – puis les coups d'un soir, les vieux coups réchauffés et les coups manqués. Les coups vite faits et les malentendus, les belles histoires d'une semaine ou d'un mois, les orgies insensées avec deux ou trois exaltées, et puis les affrontements violents avec certaines hystériques que je n'aurais jamais dû rencontrer. Voici donc un misérable résumé de ma vie, sûrement le plus important, dans ce petit carnet de cent cinquante noms. Toutes ces rencontres, toutes ces étranges créatures forment un défilé de cultures, de pays, de langues, dont émergent quelques curiosités, comme cette femme splendide montée comme un cheval, ou cette autre qui boîtait ou une autre encore qui jouissait en me voyant faire l'amour avec sa compagne, ou cette vieille dans le soutien-gorge de laquelle je glissai des billets de banque dans un moment de perversion absolue. Quelques femmes mariées, aussi, comme celle qui, au bras de son mari sur la place du village, faisait semblant de ne pas me connaître, avant de se retourner discrètement en me lançant un clin d'œil. J'en ai appris beaucoup sur les gens comme sur moi-même et sur ce que j'étais capable d'assumer ou de surmonter juste pour le plaisir de coucher avec une femme – voire, disons-le, par amour. J'en ai appris aussi sur ce que j'étais capable de faire ou d'inventer dans le seul but d'éviter les balles d'un mari jaloux. Et j'ai compris que je n'étais pas un héros, non, pas vraiment. Finalement, ce parcours de vie tel que le relatait ce carnet, me ramenait au triste bilan de tout ce chemin accompli, à ma propre solitude. Je ne me sentais pas en état d'écrire là-dessus : alors j'ai pris le carnet et je l'ai jeté. Puis l'été a passé sans que j'écrive quoi que ce soit, sans inspiration aucune. Comme souvent.

Pour une fois, c'est Bastien qui est venu me sortir de ma léthargie. Il faut dire que, l'été, les Sarconi sont un peu le lieu de rendez-vous de toute la famille. Ma mère vient y passer quelques mois comme la plupart des citadins sensés qui fuient la frénésie estivale et le reste de la famille la rejoint peu de temps après tantôt pour une simple demi-journée tantôt pour deux jours de repos complet. Les Sarconi ont le remarquable pouvoir de vous tranquilliser l'esprit et de régénérer en vous je ne sais quelle énergie, le temps d'un été pour la majorité des gens, et d'un bout de l'année à l'autre pour ce qui me concerne. En fait, de même qu'à la lointaine époque des bergers transhumants, le hameau est envahi deux mois durant, confisquant ainsi ma sacro-sainte liberté.

Je descends peu au centre du hameau. Ma maison est en hauteur, excentrée, et ça me va très bien. Je peux dominer pleinement les quatre maisons insignifiantes qui font office de voisinage ainsi que cette plaine infecte et corrompue par le tourisme et la débauche qui s'étend à l'horizon. Une fois l'an, je fais l'effort de communier avec ceux de mon village, ces cousins éloignés d'en bas, si bienheureux qu'ils ont fini par s'oublier au fond de leur trou, d'une génération à l'autre. À l'origine, nous étions bien de la même tribu, visages et patronymes remémorent ce terreau originel collectif mais désormais les rapports se font rares, ce qui est parfait, et chacun reste chez soi en compagnie d'Internet et de la télévision. Je ne crois pas que ces vieilles attaches nous manquent réellement. Nous sommes bien ainsi, à la fois proches et étrangers, épargnés par l'hypocrisie et les faux-semblants. Si l'on excepte ce rendez-vous annuel qui correspond à la Sainte-Marie, la fête patronale : la place du village se voit alors investie par des tables, une piste de danse et surtout un comptoir destiné à satisfaire tous les ivrognes de la région. Dès quinze heures, la sono commence à régurgiter l'intégrale des chansons de la Star Academy, puis quelques airs des Muvrini et enfin quelques *paso doble* en prélude à la folie de la soirée qui s'annonce. En haut, de ma maison, alors que j'essaie désespérément de faire la sieste, j'entends un speaker improvisé bourdonner dans le micro quelque chose que la sono pourrie rend incompréhensible : une longue suite de voyelles déformées qui rebondissent sur les rochers, se dispersent dans la pinède et font déguerpir les criquets et les lézards. Malgré tout, je m'y pointe, le soir venu, avec Bastien et mes neveux histoire de marquer la présence de notre famille, embarquant deux ou trois bouteilles et embrassant les joues des derniers vieillards qui se souviennent encore de nous. C'est aussi l'occasion de retrouver Jean-Baptiste, Trajan et Mansuetu qui viennent de la plaine ou des Stabbia pour y perpétuer la vieille amitié entre les différentes tribus. *Hugh,* ai-je dit à Jean-Baptiste en l'embrassant. "Va au diable !" m'a-t-il rétorqué comme à son habitude. Nous nous attablons et commençons à picoler. Bastien entame la conversation avec deux chasseurs que nous accompagnerons le lendemain à l'aube pour une battue. Je ne l'ai pas mentionnée, mais voici l'idée géniale que Bastien a eue pour m'extraire de mon sommeil : m'emmener à la chasse pour l'ouverture et me faire profiter des derniers souffles de nos vieilles coutumes et des délices oubliés de la vie en communauté. Pendant qu'ils parlent et se disputent afin de préparer un terrible plan de guerre destiné à piéger les sangliers et à tous les exterminer en une seule matinée, je m'évade pour m'abîmer dans la contemplation d'un concours de karaoké qui vient de débuter. Une vieille idiote chante *Alexandrie Alexandra* et vit un vrai moment de gloire. Dans vingt ans, quand ce gros tas sera mort et enterré, la mémoire collective se souviendra de sa grandiose prestation.

Je sais, d'aucuns vont dire que je ne respecte rien. Mais c'est tout le contraire. J'ai déjà expliqué que je vais à la chasse seul ou avec les deux frères des Stabbia. Je n'ai rien contre la chasse, je n'ai pas été élevé dans la stupide détestation des chasseurs, mais la chasse en groupe me fatigue, cette chasse qui est devenue un passe-temps, un sport, la chasse en 4x4 et tenues flambant neuves et toute cette litanie d'âneries concernant la défense des terres de chasse, alors que le territoire tout entier est abandonné aux promoteurs, aux touristes ou aux quads. Et aussi ces autres bêtises à propos des équipes rivales qui veulent s'imposer chez nous et ont tué un sanglier en douce, ce qui pourrait provoquer une guerre, alors qu'à la première occasion nous invitons le premier pique-assiette ou maharajah venu et lui laissons le meilleur poste de tir. Sans parler des puissants et autres nababs effrontés à la recherche d'un bon coup de fusil et auxquels nous léchons les bottes, ou de notre complexe de colonisés que nous traînons après nous, tout en nous gargarisant de discours sur le maintien de nos traditions avec l'illusion d'être intègres. Me fatigue aussi cette obligation d'être en troupeau, les plus nombreux possibles, de manière à entrer en conflit tous les dimanches dès lors que nous avons mis le pied dans une horde de chasseurs au même titre que toutes ces stupidités consistant à nous faire croire que nous sommes une armée parce que nous sommes vêtus de treillis et chargés de fusils et de munitions. Et puis cette idée de performance que nous nous sommes mise en tête et qui nous conduit à tirer avec précision et à toujours atteindre la cible, à tirer de nombreuses fois et à tuer à coup sûr, à tuer beaucoup, plus que l'équipe d'en face, comme si ce stupide esprit de groupe avait une raison d'être au-delà du dimanche, ou que du nombre de sangliers tués dépendait notre destin collectif alors que nous privilégions une vie mercantile et individualiste, que nous sommes des fonctionnaires, des libraires ou encore des agents immobiliers qui lèchent les culs des milliardaires fraîchement débarqués. J'oubliais aussi cette idiotie insensée des trophées et des peaux de sangliers accrochées sur les ronces ou sur les clôtures – pour défier qui ? Nos ennemis ? Sommes-nous en guerre ? Allons-nous nous tirer dessus pour du gibier ou un misérable rocher qui bornerait notre territoire ? Allons-nous nous assassiner pour un champ qui ne nous appartient même pas ? Un passage de merles ? Pour avoir le privilège de brûler deux caisses de cartouches et avoir l'impression de perpétuer de vieilles coutumes à chaque massacre et croire que, dans la barbarie, nous sommes fidèles aux valeurs d'un monde ancien dont nous serions les héritiers alors que nous n'y comprenons plus rien ?

Malgré tout, Bastien a su me prendre par les sentiments comme à chaque ouverture de la saison de la chasse. Il m'a parlé du Vieux qui serait content de me voir là avec notre équipe de toujours et, pour être sûr que je vienne, il a même invité Baptiste et les deux Chirgoni. Je me suis donc fait piéger une nouvelle fois. Alors, vers minuit, nous nous sommes éclipsés de la fête, avons salué ceux que nous devions saluer et ignoré cordialement ceux qui méritaient de l'être. Nous sommes tous rentrés chez nous afin de nous reposer un peu avant le lever à l'aube. Je me suis blotti dans mon lit cherchant vainement à trouver le sommeil. En bas la sono continuait à cracher ses tangos insupportables. Puis il y a eu une série de slows, une jeune femme qui, dans un mauvais anglais, chantait une chanson de la Nouvelle Star, tandis que certains allaient baiser dans les bois et que d'autres concluaient leur soûlographie par une bonne baston. Moi, j'ai essayé de m'endormir enfoncé dans mon traversin comme ce con de Proust et à l'évidence, j'y suis parvenu.

À quatre heures, Bastien a frappé à la porte de ma chambre. "Allez !" Une fois debout je ne comprenais même pas où j'étais. J'ai dévalé les escaliers à me rompre les os et je me suis jeté sur le café bouillant. La première chose que j'ai vue, c'est le piercing que mon neveu Corentin portait au sourcil. Il me regardait complètement ahuri sous sa tignasse blonde et gominée. Romuald, tout chassieux, était avachi sur un fauteuil et son père le secouait sans ménagement. "Ce morveux est rentré de la fête il y a à peine une heure ! Allez, Romuald, réveille-toi ou je te laisse ici !" Le café brûlant est descendu dans mon estomac et je me suis précipité aux toilettes pendant que les autres s'activaient. De retour, j'ai avalé un autre café et allumé ma première cigarette. J'ai craché mes poumons et Sébastien m'a fait un geste en me demandant de faire moins de bruit car ma mère dormait encore dans la chambre d'à côté. Enfin, j'ai enfilé un vieux pantalon usé et une paire de godillots qui avait fait la guerre, j'ai pris le fusil et la cartouchière et nous avons rejoint nos voitures où Sébastien avait fait monter les chiens bien plus tôt. Ils avaient largement eu le temps de péter et de déféquer : l'odeur à l'intérieur du véhicule était telle qu'il y avait de quoi vomir tripes et boyaux. C'était insupportable. Bastien s'est époumoné contre les chiens, je me demande bien pourquoi, et la mouscaille a fini de réveiller sans ménagement les jeunes qui devaient monter derrière et n'avaient pas l'air fier. Au moins, ils étaient maintenant prêts pour le rituel guerrier qui les attendait.

Nous avons retrouvé le reste de l'équipe au beau milieu de la pinède, sur un terrain de football, lieu habituel de nos rendez-vous. C'était une vraie meute avec pas moins de trente-cinq fusils. Déjà je sentais la rage m'envahir mais si j'étais là, c'était bien pour accepter les règles. En sortant de la voiture, j'ai essayé d'identifier quelques gueules familières, mais je ne connaissais la plupart des participants que de nom ou de vue. Bastien avait vu large et invité la moitié du département. J'ai serré la main de ceux que je pensais connaître et de ceux qui plus simplement étaient sur le chemin. À leur accent et à leur accoutrement de Tartarins en route pour un safari, j'identifiai très vite les deux habituels continentaux de la bande. J'ai étreint Trajan et Mansuetu comme si je les retrouvais après une interminable séparation et j'ai demandé à Mansuetu ce qu'il pensait des deux zèbres et qui les avait dénichés. "Arrête, Majesté, arrête-toi !" m'a-t-il répondu et nous nous sommes contentés de pouffer de rire dans nos barbes. Puis, Jean-Baptiste est arrivé, en retard et encore bourré de la veille selon sa bonne habitude. Puisqu'il était le dernier, nous nous sommes mis en route, dispersés en trois ou quatre compagnies pendant que les propriétaires des chiens s'apprêtaient à lâcher leurs bêtes. Comme je connaissais les lieux et que Bastien lâchait ses chiens, je me suis retrouvé à la tête d'un groupe entre autres composé de membres de ma famille, que je devais conduire en direction d'une crête. Il y avait mes neveux Corentin et Romuald, Jean-Baptiste, les frères Chirgoni et, cerise sur le gâteau, l'un des deux continentaux qui avait avec lui un fusil qui semblait davantage convenir à la chasse au buffle ou au rhinocéros en Afrique. Pendant que le jour se levait, nous nous sommes faufilés sur le sentier qui menait à la crête. Je me suis arrêté au premier poste, qui était en fait un poste à lézards, et je me suis retourné vers le continental mais avant même que je ne parle, Baptiste m'a fait signe. Complètement imbibé, il ne parvenait plus à marcher.

— Dis, Baptiste, je pensais poster machin ici, comme ça il n'aura pas l'occasion de tirer !

— Laisse courir, je suis mort de fatigue, ici je vais pouvoir dormir !

— D'accord, alors bonne sieste !

J'étais un peu navré de l'abandonner là parce que donner un poste hors de la battue à un étranger est un usage que je respecte. Mais l'état de Baptiste ne me laissait guère le choix. Alors j'ai décidé de faire les choses convenablement sans pour autant laisser Tartarin trop loin de moi afin d'avoir un œil sur lui. J'ai ensuite posté avec précision tous les tireurs sur le passage du gibier et j'ai emmené le type avec moi. Après l'avoir placé, je suis malgré tout resté un moment avec lui afin de lui expliquer le déroulement de la battue, qu'il ne la gâte pas en faisant n'importe quoi et surtout qu'il reste concentré et qu'il évite de ronfler sur un rocher car les chiens risquaient de lever le sanglier rapidement. À chacune de mes injonctions, il hochait la tête et me regardait, les yeux écarquillés, comme si une voix divine s'adressait à lui. Quand j'ai été certain qu'il se tiendrait convenablement et qu'il avait compris qui était le patron, je l'ai laissé et j'ai rejoint le dernier poste situé sur un promontoire au pied d'une paroi infranchissable.

De là, je pouvais surveiller toute la crête ainsi qu'une partie des postes. Juste en face j'avais sous les yeux le cirque où dormaient les sangliers et, plus loin, au milieu des pins, l'endroit où on lâcherait les chiens. Dans mon dos, un immense précipice de roches et de bruyères avec des pins qui surgissaient de nulle part.

Au loin la mer argentée et le soleil qui commençait à apparaître. Je me suis assis sur mon rocher, le fusil chargé posé sur mes genoux et j'ai allumé une cigarette pour évaluer la force du vent. Il était comme il devait être, la fumée volait légèrement vers l'horizon et se dissipait face au soleil. En cette matinée naissante, on n'entendait pas même le murmure d'un oiseau. La sérénité absolue. À peine troublée, un instant, par le bruit d'une voiture, étouffé par la forêt. J'ai jeté un coup d'œil à droite puis à gauche au cas où un sanglier surgirait. Rien. Tout semblait dormir.

Quand je suis comme ça, planté en pleine campagne, je ne peux m'empêcher de penser au Vieux. C'est là, pendant ces moments de solitude complète, seul face à la supériorité des éléments, que je ressens le plus sa présence. Ce rocher sur lequel je suis assis fut le sien. C'est lui qui m'a fait découvrir les postes par lesquels je venais de passer et c'est lui encore qui, à l'époque, m'avait fait les recommandations que je venais moi-même de donner. Ce fusil aussi était son héritage et mon bien le plus précieux. En fait non. La maison des Sarconi m'était bien plus précieuse. Il était parti et m'avait légué un toit et ma librairie qui valait sûrement plus que ce fusil. Il s'était tué à la tâche et m'avait assuré un endroit pour gagner ma croûte à mon tour. Et ce fusil, pourquoi me paraissait-il si important ? Pourquoi le sentais-je si proche et si lié à moi et à mon destin ? Et cet endroit, combien de pas d'hommes armés avait-il eu à supporter depuis des siècles ? Avant le Vieux, il y avait eu son vieux à lui, ce grand-père que je n'avais pas connu mais dont je portais le nom. Lui aussi s'était assis là pour fermer la battue. Et peut-être que mon père avait pensé à lui exactement au même endroit et dans les mêmes conditions, se sentant lié à lui de la même façon, le fusil chargé posé sur les genoux, le regard perdu. Ce matin-là, en attendant le sanglier, j'ai pensé au Vieux ainsi qu'à Marc-Antoine l'ancien, quand il n'était pas encore un vieux. Le fusil contre moi, j'ai pensé à eux, à leurs sacrifices et à leurs combats. À ce fil qui nous relie. Je me suis souvenu à quel point ils étaient durs et ce qu'ils avaient dû endurer pour être comme ça. Je ne crois pas que j'avais ce fusil entre mes mains pour montrer ma force ou affirmer ma virilité, je ne crois pas qu'on doive faire le malin parce qu'on est armé, toutes ces foutaises. C'était une manière de montrer ma reconnaissance à ceux qui m'avaient précédé et n'avaient jamais fait les malins avec un fusil. Ma présence sur ce rocher qui m'usait les fesses n'était autre qu'un hommage, un témoignage de fidélité. La battue et les sangliers, je n'en avais rien à faire ! Ma présence n'était qu'un acte de respect et d'amour, comme quand, dans le temps, j'écrivais un livre juste pour envoyer un message d'amour au Vieux.

J'ai lu une phrase de Peter Sloterdijk disant que les livres sont des lettres envoyées aux amis. Sloterdijk tenait lui-même cette phrase d'Heidegger que je n'ai jamais lu par flemme. L'ami à qui j'écrivais mes livres était donc mon père. Le Vieux, comme on dit avec Bastien. Qui n'était pas si vieux quand il a décidé de faire sa valise, un jour de décembre à l'hôpital d'Ajaccio, antichambre de la mort. Maintenant je sais. Quand mes fils improbables me conduiront au même hôpital, ce sera pour que j'en ressorte les pieds devant. *Lasciate ogni speranza voi ch'intrate*... Ce jour-là, qu'on me gave de morphine ! Que je sois suffisamment assommé pour ne pas avoir à regarder la faucheuse en face. Je suis trop lâche face à la souffrance physique, la vraie.

J'ai demandé au médecin la manière dont les choses allaient se dérouler. Pour combien de temps en avait-il ? Je voulais être prêt, anticiper l'échéance et m'insuffler du courage. Cette pouffiasse, impassible et glaciale, m'a envoyé promener ! Je voyais bien que je lui cassais les pieds, avec mes questions. Elle m'a dit qu'elle n'en savait rien et qu'on ne pouvait jamais rien prévoir. Sans cacher son ennui et son exaspération. Elle n'était à l'évidence pas là pour dissiper mes angoisses existentielles, elle ne mesurait pas que la mort de celui qui m'avait permis d'exister me plaçait face à ma propre mort. Elle se fichait éperdument qu'il fût question de l'ami pour lequel j'écrivais mes livres. Pour elle, tous les condamnés qu'elle accompagnait vers la mort dans cet hôpital où elle trimait étaient les amis, les pères ou les mères de quelqu'un. C'est ainsi que cette bourrique incapable de prévoir quoi que ce soit m'a fait manquer la mort de mon père. Il a fallu rentrer d'Ajaccio au village et préparer les funérailles. Je suis donc revenu pour tout mettre en œuvre, ou pour m'échapper, et, jusqu'au cimetière, je ne me souviens même plus de ce que j'ai fait. Cette nuit-là, j'ai apporté les dernières retouches à l'essai sur le suicide collectif que j'écrivais précisément à ce moment-là, j'ai éteint l'ordinateur et je suis allé me coucher. J'étais content de moi. Assez fier. J'étais heureux de penser que le Vieux aurait été fier de me voir achever cet essai. Ça lui aurait remonté le moral avant de mourir. Si je pouvais, je lui en lirais un passage. C'est toujours agréable de s'entendre lire une histoire de suicide avant de mourir.

Avec le Vieux, nous procédions de la sorte : quand j'achevais un texte, je le lui laissais. Nous parlions peu. J'arrivais à la maison et je lui disais "Tiens, jette donc un coup d'œil là-dessus, qu'il n'y ait pas des fautes de langue". Les fautes de langue, je m'en fichais : c'était son avis qui m'intéressait. Il devait s'en douter. Il prenait son temps, lisait le texte et me le rendait. Alors nous parlions. Il me lançait "Eh bien, mon fils, cette fois-ci tu as fait fort, c'est puissant, il y en a qui vont se le prendre dans les gencives, ce livre". Moi, j'étais fier comme un paon, alors il me suggérait quand même : "Vérifie, ce mot-là ne s'écrit pas exactement comme ça ! Là, tu t'es trompé, le sens de cette expression, c'est pas bon !" Et moi je ne retouchais rien en me disant mais pour qui il se prend ? C'est quand même pas un ponte ! Il voudrait peut-être m'apprendre à parler corse ! Nos rapports étaient ainsi faits. Nous nous aimions énormément et nous nous étions détruits à n'en plus pouvoir jusqu'à l'ultime réconciliation sur son lit de mort. C'était pourtant bien lui qui m'avait transmis cette langue. Je sais que si je me suis mis à écrire et particulièrement dans cette langue, ce fut pour donner une vie à ses mots à lui, pour tenter de m'approcher de la richesse des expressions qui étaient les siennes. Mais j'étais trop orgueilleux pour lui concéder une victoire, pour reconnaître la puissance de la figure paternelle. J'aimais l'idée de m'être élevé tout seul, d'être un homme indépendant, de ne rien lui devoir, mais c'était son avis qui, à la fin, comptait par-dessus tout. Lui, connaissant tous ces sentiments contraires qui m'animaient, sachant la violence de notre dualité, se sentait fier d'être mon premier lecteur, la seule personne qui, dans l'intimité, pouvait réellement me dire ce qu'il en pensait. Jamais il ne se gênait pour m'égratigner, mais toujours sur des questions de langue car, sur ce sujet, il se savait supérieur, et c'était indiscutable, même si j'essayais de donner le change. Jamais il ne me critiquait sur le fond, me gratifiant, au contraire, de son approbation et me procurant la force nécessaire pour jeter mes textes impertinents à la face du monde entier. Il me donnait la force d'un père.

Que les trois ou quatre lecteurs qui ont lu cet essai publié à compte d'auteur sachent qu'il fut achevé le jour de la mort de mon père – je ne vois d'ailleurs pas comment ils pourraient trouver un intérêt à une telle révélation, mais c'est ainsi. Ce texte fut la dernière lettre d'amour envoyée au Vieux. J'ai fini mon livre, satisfait, et quand j'ai éteint l'ordinateur, mon père, certainement satisfait lui aussi à l'idée que j'avais porté cette œuvre à son terme, s'est éteint lui aussi, là-bas, à Ajaccio, sans attendre que je vienne l'embrasser une dernière fois. Son œuvre à lui était également achevée.

Quand je suis retourné au village pour préparer ton enterrement, je me suis souvenu de notre dernière étreinte et aussi de la dernière chose que tu m'aies dite. Tu voulais que je récupère les stylos et les cahiers dans la chambre d'en haut où tu écrivais. Toi aussi, tu voulais écrire. Tu avais toujours quelque chose à dire. Tu ne voulais pas encore mourir. Tu ne voulais pas que ce soit pour demain. Écrire était ton ultime combat. Il te restait un dernier message à envoyer mais le temps t'a manqué. Écrire en guise de geste ultime pour triompher de la mort.

J'ai entendu les chiens qui venaient de lever, là-bas dans la pinède, et les cris des rabatteurs et les coups de fusil. Je reconnaissais les braiements de Bastien, je l'entendais une fois à un endroit, une fois à un autre, il courait pour couvrir le plus de terrain possible, faisant un travail admirable. Je pouvais dire ce que je voulais sur ses invitations débiles et sur ses façons détournées de procéder, mais pour ce qui est de chasser, il en connaissait un bout. Puis plus rien, plus un bruit. Un silence profond, en pleine battue. Soudain les aboiements ont recommencé, encore plus furieux. J'ai compris qu'on tirait vers les premiers postes et que viendrait bientôt le tour de mes neveux et des frères Chirgoni. Aux aboiements, on comprenait que les chiens faisaient remonter les sangliers. Puis il m'a semblé entendre un coup de fusil, lointain et sourd, mais je n'étais pas sûr que ce soit les rabatteurs. J'attendais que me parvienne des postes le fracas de l'apocalypse, des tirs comme à Verdun. Mais j'ai entendu les chiens qui continuaient d'aboyer après avoir franchi la crête. J'ai alors cru avoir fait une erreur dans le placement de mes tireurs, mais non, je les connaissais bien, ces postes, même si je ne venais pas chasser ici tous les dimanches. En fait, bien pla cés ou non, les sangliers étaient passés malgré tout sans aucun coup de fusil, rien. Maintenant j'entendais la bande de sangliers dans le ravin en contrebas et les aboiements disparaissaient peu à peu dans les Terres. Pas terrible. On était cuits. D'instinct, pendant tout le temps où les chiens avaient couru, je m'étais mis debout, m'apprêtant à tirer, même si, à première vue, ce n'était pas à moi de le faire. Quand il a été certain que les chiens étaient sortis de battue, je me suis rassis, tranquillement. J'ai craché entre mes dents et j'ai voulu allumer une cigarette mais je me suis retenu. J'ai imaginé qu'un sanglier égaré pouvait toujours surgir, mais sans trop y croire. J'ai pensé à la déception de Bastien, et à celle des deux gamins qui avaient dû croire qu'ils allaient pouvoir tirer. Bah ! Un coup, on gagne, un coup, on l'a dans le cul, c'est la vie !

Et j'ai vu cette tache claire qui se détachait sur un buisson de bruyère. La tache a commencé à bouger, à s'animer, sans faire le moindre bruit. La tache est devenue plus imposante pour n'être plus qu'une tête, puis un tronc et enfin un corps entier. Le mouflon est apparu dans sa totalité, jaillissant sur une sente que je n'avais pas remarquée. Il s'avançait sereinement, avec lenteur, sans être particulièrement troublé par le raffut qui s'était déchaîné auparavant. Il venait vers moi ou, plus exactement, il allait être à portée de fusil d'ici peu, juste au-dessous de mon poste. Il s'avançait, insouciant, et levait la tête avec un air étourdi, cherchant le vent, mais ne sentant rien, il se déplaçait calmement, dans ma direction. J'ai cru qu'il allait me voir, mais il ne voyait rien et l'on aurait vraiment cru que ma présence l'indifférait complètement. Il y avait dans son attitude comme l'expression d'un défi arrogant, une manière quasiment vexante d'envoyer balader le monde entier. Arrivé au pied de mon rocher, il a choisi la dalle la plus visible, à moins de vingt mètres de moi et enfin s'est arrêté. Alors j'ai épaulé mon fusil. Je l'ai visé un long moment. Je l'avais en ligne de mire, impossible de le manquer. C'était un mouflon de cinq ou six ans, vigoureux, avec des cornes splendides. Un trophée extraordinaire. Il redressait le buste, hautain et sûr de sa puissance, maître absolu et majestueux de la forêt, le soleil matinal faisait presque luire ses cornes, son pelage tacheté, marron et blanc, était d'une clarté alezane. Un être bienheureux, l'harmonie faite animal. Au bout de je ne sais combien de temps, il a enfin tourné la tête. Je distinguais bien ses cornes dessinées sur fond de verdure, il me regardait.

La force et la beauté entremêlées. La vie solennelle et la grâce. Nous nous sommes observés comme ça près de deux minutes durant. Lui avec ses yeux d'animal et moi avec mon arme, prêt à faire feu. Deux minutes interminables durant lesquelles, dans un rêve criminel et sanguinaire, je l'ai vu de nombreuses fois se coucher, le cou perforé par les balles, ses muscles se raidissant et ses cornes venant heurter la roche avec une violence inouïe. La mort, la mort associée à la beauté suprême, l'harmonie rompue de cet ensemble, pins altiers et massifs rocailleux, à la fois étincelants et brunis, les buissons de thym mouchetés, les cimes violacées au loin, les ruisseaux chaotiques qui cherchent une brèche fragile, et lui au milieu, comme une divinité, sauvage et malicieux, juvénile et impétueux, doux et primitif. Je le regardais, partagé entre le vieil instinct du tueur et l'admiration jalouse, conditionné par l'affût et plein de gratitude face à ce sommet de grandeur, désireux de dompter son irrévérence et dilacéré par sa liberté. J'ai baissé le fusil. Quelque chose en moi s'était démêlé. "Va, va-t'en vite !" ai-je murmuré. Au moment où j'abaissai le fusil, son corps a été parcouru d'une sorte de convulsion nerveuse. J'ai pensé qu'il allait bondir mais il est resté là, continuant à me fixer, inquiet et intrigué, comme s'il avait attendu quelque chose de moi, le coup de grâce ou je ne sais quelle révélation. "Pars ! ai-je insisté, je te laisse vivre, va !" Il s'est élancé du rocher, incroyablement agile, sautant d'un roc à l'autre, disparaissant derrière un buisson puis réapparaissant à nouveau avant de se perdre à jamais dans les fourrés.

12

Don Pierre souffrant – Un gecko – La junkie tatouée – Préparatifs avec Andria – Cachés dans la résidence – Une affaire réglée – Les chasseurs abandonnent les postes – Jean-Baptiste récupéré – Discussion de chasse

Don Pierre s'était levé et s'était dirigé vers la fenêtre. Il faisait une chaleur à mourir. Il s'appuya contre le rebord, en quête d'un peu d'air. Quatre étages plus bas, dans la ruelle, déambulaient encore quelques noceurs, ivres morts, qui parlaient haut et donnaient des coups de pied dans des ordures. Le dernier restaurant de la rue fermait et un serveur balayait la terrasse sans leur prêter attention. Plus haut, en direction de l'église, on pouvait voir passer une voiture de gendarmes, lentement. Il leva la tête comme dans l'espoir qu'une bouffée d'air allait daigner descendre de l'obscurité qui régnait au-dessus des toits. Rien. On aurait dit qu'un marteau cognait dans sa cervelle. Des larmes de douleur jaillirent de ses yeux. Il aperçut un gecko qui cherchait à se faire oublier dans un coin de la fenêtre, à moins d'un mètre de sa tête. Le gecko se trouvait précisément à l'intersection de l'ombre et de la lumière, se croyant invisible.

Il sentit la nausée qui montait et évacua tout d'un coup. Le dégueulis alla se perdre dans le vide pour s'écraser sur le bitume de la ruelle avec un bruit répugnant. En bas, le serveur s'était arrêté de balayer. Sans mot dire, il s'engouffra dans son restaurant. Le corps de Don Pierre vomissant était secoué de spasmes. Quand il se sentit un peu mieux, il se mit à grelotter de façon étrange, comme pris de fièvre. À nouveau, il tourna son regard vers le gecko. Il ne s'était pas échappé. Du plat de la main, d'un geste d'une violence agile, il l'écrasa contre le mur. Il sentit le corps mou et froid qui se désagrégeait sous sa paume et regarda la forme blanche qui allait se perdre, elle aussi, dans l'obscurité de la ruelle.

Il revint dans la chambre. La petite était étendue en travers du lit. Il regarda son sexe toujours rougi et enflé. Il l'entendait respirer bruyamment, fortement, elle ronflait presque. La gamine avait vidé la bouteille de rhum qui gisait sur le sol. Elle avait, tatoué sur les reins, une sorte de serpent qui descendait ensuite le long de la jambe jusqu'à la cheville. Elle dormait et transpirait en même temps. Par terre, à côté de la bouteille, il y avait aussi des préservatifs souillés et le sachet de poudre vide. Il saisit sans délicatesse la cheville tatouée et la secoua. "Dégage, pétasse, tu sors d'ici !" La morveuse ouvrit un œil sans paraître comprendre où elle se trouvait. Elle devait s'imaginer être toujours dans le boui-boui où elle avait bu et dansé en début de soirée et à présent tout était brumeux autour d'elle, les murs semblaient valser dans tous les sens. Il lui balança un coup de poing dans la cuisse. "Allez lève-toi ! Fous-moi le camp de suite !" La saisonnière hurla de douleur en portant la main à l'endroit où le coup avait été donné. Elle remua son corps frêle comme elle pouvait pour se redresser. Elle se mit à gueuler. "Mais t'es dingue ! T'es complètement dingue, comme mec, en fait !" Il la saisit brutalement à la gorge et la plaqua contre le mur de la chambre. Il serrait les dents tout en appuyant son poing bien fermé contre ses lèvres. "Quand je te dis de foutre le camp, tu t'en vas, tu as compris, espèce de pute ? Et tu arrêtes de gueuler ou je t'éclate contre le mur !" La petite avait les yeux remplis d'effroi, elle ne comprenait plus rien, sauf qu'il n'était plus temps de chercher à comprendre ; elle était enfermée avec un animal et la meilleure solution était de fuir cette chambre au plus vite. Quand il l'eut lâchée, elle rassembla ses affaires et se rhabilla à toute vitesse, profitant qu'il soit comme ça, sur le lit, à se tenir la tête et, saisissant ce moment où il ne prêtait plus attention à sa présence, elle se rua dans l'escalier. Arrivée dans la ruelle, elle courut un bon moment avant de se retourner pour reprendre son souffle et l'insulter, pour évacuer toute cette peur et cette colère et se laver de cette merde qu'elle venait de vivre mais lui ne pouvait pas l'entendre. Ça valait mieux.

Il s'est étendu sur le lit, nu, tenant toujours sa tête entre ses mains. Il a éteint la lumière pour se trouver dans une obscurité complète, pour ne plus être agressé par une lumière artificielle. Peine perdue, c'est du fond de sa tête que vient l'agression. Il a toujours l'impression d'un nœud dans sa poitrine et se sent oppressé par une force maligne mais il s'endort enfin, plus assommé que véritablement libéré de la douleur. Une heure plus tard environ, il a entendu qu'on frappait à la porte. Il s'est levé comme un spectre et est allé ouvrir. Andria est entré. C'est l'heure, a-t-il dit. Don Pierre s'est glissé sous la douche, froide, il a laissé couler l'eau un bon moment puis, quand il s'en est senti capable, en est sorti pour se préparer. Il a ensuite ouvert une armoire et farfouillé quelques instants à l'intérieur. Il a sorti une boîte de cartouches et un fusil de chasse, et aussi un revolver qu'il a donné à Andria. "Comme je t'ai appris, tu es en couverture au cas où les choses se passeraient mal." Ils ont descendu les quatre étages par la cage d'escalier pour déboucher dans la ruelle. Le fusil était caché dans le sac de sport que portait Don Pierre. Ils ont traversé deux ou trois rues puis ont grimpé dans le 4x4. Ils ont roulé et sont sortis de la ville. Ils ont rejoint en pleine campagne une piste de terre où attendait une autre voiture qu'ils avaient volée deux soirs plus tôt. Cette fois, c'est Andria qui s'est mis au volant puis ils sont retournés vers la ville. Ils ont suivi la route du bord de mer, tous feux éteints, et ont longé le mur d'une résidence. Là, ils se sont garés, dissimulés par une haie de lauriers, la voiture positionnée dans le sens du départ. Ils ont tiré deux cagoules du sac pour les enfiler. Ils sont sortis de la voiture et ils ont à nouveau longé le mur de la résidence à pied jusqu'à atteindre le portail d'entrée. Il y avait un parking où étaient garées une dizaine de voitures. Ils se sont mis en quête de la plus isolée pour bénéficier d'une plus grande obscurité et se sont postés derrière. De là, ils pouvaient nettement voir en face d'eux la porte d'entrée d'un immeuble récent mais comme ils en étaient trop loin, Don Pierre a dit à Andria de rester où il était, que c'était un bon poste de couverture. Quant à lui, il a trouvé à se cacher derrière une autre voiture plus proche de l'entrée du bâtiment. Il a chargé le fusil avec des chevrotines, cinq cartouches, puis s'est accroupi en position d'attente. Le mal de tête était toujours là mais il s'efforçait comme il pouvait de résister à la douleur. Il se concentrait pour surveiller l'entrée de la résidence, bien caché, même au cas où une voiture surviendrait. Tout était tranquille, on pouvait entendre les vagues qui venaient mourir sur la plage, derrière les bâtiments. Vers les cinq heures, une brise s'est levée et s'est mise à souffler dans les platanes et les lauriers de la résidence. C'était exactement ce qu'il fallait pour couvrir les bruits suspects qu'ils pourraient faire. Vers les cinq heures et demie, le jour s'est montré, timidement, mais le ciel s'éclaircissait. Trop, a pensé Don Pierre. D'instinct il s'est recroquevillé un peu plus derrière la voiture. Ce n'était pas le moment de se faire voir. Enfin à six heures, comme prévu, le hall de l'immeuble s'est éclairé. Ils ont entendu une porte s'ouvrir et un homme est apparu dans la lumière. Marc-Ange a franchi le portail du bâtiment et s'est retrouvé à l'extérieur. Vêtu d'une chemise d'été sans manches, légère et bigarrée, et d'un pantalon-short, il jouait paisiblement avec ses clefs tout en avançant en direction des véhicules. Il a mécaniquement levé la main pour appuyer sur la clef automatique afin de déverrouiller sa voiture à distance, comme il le faisait chaque matin à la même heure avant de partir rejoindre le snack qu'il tenait sur la marine. Don Pierre s'est dégagé de derrière la voiture qui le cachait, s'exposant à son regard tout en épaulant brusquement son fusil. Marc-Ange s'est arrêté net, saisi, comme un animal, et n'a pu qu'écarquiller les yeux d'effroi et pousser un cri strident et pathétique. L'homme cagoulé ne lui a pas laissé le temps de meugler davantage, il a appuyé sur la gâchette et le premier coup est parti. La moitié de la tête de Marc-Ange a éclaté, comme si sa boîte crânienne s'était ouverte d'elle-même afin de révéler les éléments d'une monstrueuse anatomie. Le corps s'est écroulé de tout son poids sur le bitume, dans un mouvement grotesque. Le sang jaillissant de la blessure a commencé à glisser sur le sol comme une rivière. Il était déjà mort, bien entendu, mais les muscles étaient agités d'un tremblement étrange, les mains et les jambes surtout remuaient de manière démente. Don Pierre s'est approché à deux mètres du corps convulsé, il a tiré un second coup dans ce qui restait de la tête et il n'en est resté presque plus rien, une misérable bouillie de viande et d'os hachés. Il a tiré un troisième coup dans la poitrine de Marc-Ange ; le corps ne remuait plus du tout.

Aucune lumière ne s'était allumée dans l'immeuble. Don Pierre, prêt à tirer, vérifia que personne ne s'était mis à la fenêtre. Mais, malgré les volées de plomb, nul ne semblait vouloir montrer sa gueule. Andria s'était rapproché et visait Marc-Ange avec son revolver, sans s'être le moins du monde rendu compte qu'aucun danger ne viendrait plus de cet amas de matière inutile. "On y va, on y va tout de suite", dit Don Pierre, mais, après quelques pas, Andria, soudain, revint près du cadavre pour, sans raison, lui tirer trois coups supplémentaires dans la poitrine avant de se tourner vers Don Pierre comme s'il ne comprenait plus ce qu'il devait faire. "On y va, je t'ai dit, suis-moi." Ils sortirent de la résidence et se mirent à courir en direction de la voiture. Les clefs étaient sur le contact. Don Pierre n'attendit pas qu'Andria retrouve ses esprits pour se mettre au volant et démarrer. La voiture déboula à toute vitesse sur la route nationale et prit la direction de la campagne. Arrivés à l'endroit où se trouvait le 4x4, ils s'assurèrent que personne ne les guettait. L'isolement était parfait. Ils ôtèrent enfin leurs cagoules et replacèrent les armes dans le sac de sport. Ils éloignèrent le 4x4, déversèrent deux bidons d'essence sur la voiture volée et mirent le feu au véhicule. Tandis qu'ils regagnaient la ville, Don Pierre remarqua que ses maux de tête avaient étrangement cessé.

À peine le mouflon s'était-il dérobé à mes yeux que je me suis rendu compte qu'il était en train de prendre la direction du poste du *pinzutu*. Je l'ai épargné et voilà qu'il part se faire tuer là-bas, me suis-je dit. De mon poste je pouvais apercevoir le guignol sur son rocher. Si je le vois épauler et viser, je hurle pour lui dire de ne pas tirer. Je l'ai guetté longtemps, mais à aucun moment il ne m'a semblé en position de tir. J'ai compris que le mouflon l'avait baisé.

Il n'était même pas dix heures quand j'ai abandonné mon poste et, tout en redescendant la crête, je récupérais les tireurs l'un après l'autre. Tartarin d'abord. Je ne cherchai nullement à savoir ce qui s'était passé puisque je l'avais eu dans mon champ de vision toute la matinée. Je savais qu'il s'était emmerdé trois heures durant sur son rocher. Mais lui voulait commenter son aventure.

— *Vingt dieux, j'ai bien cru qu'on y était au tout début, quand les chiens z'ont levé. Tu crois qu'ils étaient après le cochon ?*

— *Non. Y a pas de cochons ici. Y a que des sangliers.*

— *Ouais, c'est c'que j'veux dire, le cochon c'est le sanglier, quoi !*

— *Mmh ? Le cochon c'est le cochon. Et le sanglier c'est le sanglier. T'es d'où, toi ?*

— *J'suis de la Moselle. Dans l'Est.*

— *Ouais ?*

— *Ouais.*

— *C'est bien**.

Voilà la plus intéressante des discussions que nous eûmes ce jour-là. Et, de ce moment, je n'adressai plus la parole au *pinzutu*, je ne prêtai plus la moindre attention à sa présence. Parvenu au poste où se trouvait Romuald, le jeune homme m'expliqua qu'il avait entendu les chiens passer derrière une butte. Il avait attendu, espérant tirer mais, au dernier moment, les chiens avaient bifurqué. Il ne comprenait pas pourquoi Trajan n'avait pas tiré alors que lui se trouvait derrière la butte. Il avait néanmoins entendu un coup de feu, bien plus loin. Nous avons rejoint Trajan qui nous a expliqué que les sangliers étaient passés dans l'épais maquis, hors de sa portée. À aucun moment il n'avait eu l'occasion de viser. Il n'avait pas non plus réussi à empêcher les chiens de franchir la ligne des postes. Nous examinâmes les lieux un moment et convînmes que le maquis était trop dense et qu'il était impossible de tirer vers l'endroit où étaient passés les sangliers.

— Il faut débroussailler ces postes, dit Trajan, sinon même le meilleur tireur ne pourra rien faire. À moins de tirer à l'aveugle.

— Oui, en principe il faudrait les débroussailler. Autrefois, l'endroit où ils sont passés n'était pas hors de portée.

— Dis, Trajan, tu n'aurais pas entendu un coup ? demanda mon neveu.

— Oui, très loin, mais un coup pour rabattre.

Nous arrivâmes ensuite à l'endroit où se trouvait Corentin puis rejoignîmes le poste de Mansuetu. Le gamin était convaincu qu'un coup avait été tiré. Mansuetu n'avait rien entendu.

— Tu l'as rêvé, ce coup de feu, Corentin, ai-je dit.

— Mais non ! Je croyais que c'était Mansuetu qui avait tiré. Mais c'est peut-être Baptiste.

— Laisse courir, c'est les rabatteurs que tu as entendus. Ils ont tiré je ne sais combien de coups. Le plus proche c'était sûrement Bastien qui longeait la route.

— Non, le coup venait de plus près, je suis sûr que c'est Baptiste.

— C'est peut-être lui, dit Trajan, il était tellement bourré que le coup a pu partir seul… Mansuetu, tu as vraiment rien entendu ?

— Rien.

— Toi aussi tu dormais ?

— Arrête !!!

Il était temps, à présent, de gagner le dernier poste, enfin plus exactement de rejoindre le coin pourri où nous avions laissé ronfler Baptiste. Avant que nous nous fassions voir, j'ai crié :

— Ne tire pas ! C'est nous ! Réveille-toi, vieux ! Réveille-toi, c'est l'heure !

En nous approchant, nous avons vu la tête de Baptiste qui émergeait d'une touffe d'herbes sur laquelle il s'était étendu pour dormir. Il avait suspendu le fusil par la sangle à une branche, au-dessus de lui. Lorsqu'il s'est levé de son terrier, tout brumeux et les cheveux en bataille, on aurait juré voir un homme de Filitosa. Il s'est redressé tant bien que mal, tout cassé et dépoitraillé, et nous a adressé un large sourire d'ivrogne.

— Ah, comme j'ai bien dormi ! Vous avez fait quelque chose ?

Nous avons expliqué comment la battue s'était déroulée, que les sangliers avaient franchi le poste de Trajan sans qu'il puisse tirer.

— Vous êtes bidon ! plaisantait Baptiste. J'étais en train de dormir, moi, et les aboiements des chiens m'ont réveillé. J'ai compris qu'ils montaient, alors je me suis allongé dans l'herbe mais je recommençai déjà à piquer du nez. Et voilà que j'entends des branches s'agiter dans la petite bruyère là-devant. Il en est sorti un monstre… Je vous dis pas ! J'ai tiré… Allez quand même voir, il y est peut-être encore. Tout de suite après, je me suis rendormi.

Corentin est allé vérifier dans la bruyère indiquée par Baptiste. Nous l'avons vu remuer dans le maquis quelques instants puis il s'est baissé pour saisir un petit sanglier par la patte et l'a traîné vers nous en riant.

— Un monstre, il a dit ! En tous les cas, il l'a bien eu.

Nous avions donc bien entendu tirer même si personne n'aurait pu penser que ce coup fût tiré du poste de Baptiste. Tout soûl qu'il était, il s'était quand même tué son petit sanglier, même si ce n'était pas un monstre.

— Et moi qui voulais te mettre là pour que tu dormes…

— J'ai dormi ! Mais bon, il y avait ce rat qui voulait se faire tuer.

— Au moins on aura fait quelque chose, parce que avec ces sangliers qui ont sauté derrière les postes et ce mouflon que je n'ai pas tiré, on faisait rire.

— Oh ? Tu as vu un mouflon ? a demandé mon neveu Romuald.

— Oui.

— Et alors ?

— Et alors quoi ? Alors rien.

— Tu l'as raté.

— Comment ça je l'ai raté ? Je l'ai pas raté. Je ne tire pas sur les mouflons. On s'est observés un moment puis je l'ai laissé partir. Je lui ai fait un geste de la main et il s'est échappé.

Ils me regardaient tous sans dire un mot. C'est bête à dire mais je me demandais si, vraiment, ils me comprenaient. Mansuetu a été le seul à dire quelque chose. Je ne m'y attendais pas.

— Tu as bien fait. Nous les hommes, on est des assassins. Les derniers des derniers.

Nous avons attaché le sanglier et Corentin l'a porté sur ses épaules jusqu'au point de rendez-vous avec les autres chasseurs. Ils étaient presque tous là, à boire des cafés et des pastis dans une sorte de paillotte sous les pins, plantée là pour plumer les touristes qui venaient visiter les cascades. Et il y avait d'ailleurs tout un essaim de touristes qui photographiaient les dépouilles de nos sangliers. Les tireurs postés sur l'autre crête en avaient tout de même pris trois. L'un d'eux avait été tué par l'ami de Tartarin. D'où nous étions nous ne pouvions entendre les coups qu'ils avaient tirés. Les sangliers étaient étendus dans une mare de sang, les chasseurs étaient assis derrière et les touristes prenaient des photos. Une grosse femme aux cuisses nues, cramée par le soleil, est même venue s'assoir au milieu des chasseurs tandis que son mari les photographiait. Les touristes parlaient fort, ils étaient impressionnés par le sang et les blessures qu'avaient occasionnées les balles. Les chasseurs donnaient le change en jouant les Indiens de service. La grosse femme singeait leurs gestes et imitait grossièrement l'accent corse.

Quant à moi je m'étais isolé à une table avec les deux frères et mes neveux. Bastien est venu s'asseoir près de nous suivi de deux ou trois autres types des Sarconi. Jean-Baptiste était déjà reparti chez lui pour dormir. Les commentaires sur la chasse de la matinée ont débuté. Ils étaient tout de même contents de cette ouverture. Il était vraiment malheureux que les chiens aient franchi les postes de notre côté, nous aurions pu faire du chiffre, nous aussi. Nous avons plaisanté sur le tir de Baptiste émergeant de sa soûlerie juste le temps de tuer son porcelet. Puis Romuald a expliqué comment j'avais épargné un mouflon. Mon frère m'a regardé comme s'il était témoin d'un phénomène étrange venu du ciel.

— Il était beau ? m'a-t-il demandé sans aucune animosité.

— Vraiment beau, une merveille.

— D'accord mais un mâle ou... ?

— Un mâle, oui. Avec de ces cornes... et un poil qui semblait briller.

— Et tu n'a pas tiré.

— Non, je n'ai pas tiré.

Bastien a ri avec ses fils et les autres chasseurs, ils parlaient des uns et des autres, de la manière dont ils avaient agi, de ce qu'il y avait à retenir de la battue puis il a fait descendre une gorgée de pastis. Toujours animé par la plus grande affection de la terre, il a laissé tomber sa sentence sur l'affaire du mouflon :

— Toi aussi tu t'es laissé prendre par ces âneries de *pinzuti*, m'a-t-il dit.

— Oui, ai-je répondu, je me suis sûrement laissé prendre.

Tout en prononçant ces mots, je regardais Tartarin et son ami qui étaient venus s'asseoir à une table près de nous. Bien que je me sois abstenu de demander à mon frère qui les avait invités, il a certainement compris ce que j'en pensais. Il a immédiatement replongé son nez dans son gobelet de pastis et nous avons continué à rire. Les touristes qui passaient par là pour aller voir les cascades s'arrêtaient, éberlués par le spectacle des sangliers qui gisaient en plein soleil. Ils photographiaient. Ils photographiaient même les grosses mouches vertes qui commençaient à envahir les trous sanglants de la chair déchirée.

13

Retour en ville – Diversité sociale chez le médecin – Rencontre avec trois connasses – Au Malapaga, accompagné de Jean-Baptiste – Discussions sur tout et n'importe quoi – La boîte de vieilles – À propos des bonnes manières – Une bagarre… ou presque

Septembre, je m'exhume après la bataille… Je me suis enfermé chez moi, en montagne, tout l'été. Je ne suis descendu en plaine que deux ou trois fois au mois d'août, pour acheter des cigarettes, des journaux et faire de l'essence quand ça s'imposait ; et une fois encore parce que je m'étais chopé une saloperie dans la bouche et qu'il m'a fallu aller à la pharmacie récupérer un remède pour me rincer les gencives, une sorte de liquide orangé qui empestait la fraise. Je sais ce que vous pensez : où donc a-t-il pu fourrer sa bouche ? Qui a-t-il bien pu lécher pour être ainsi infecté ? Mais non, je suis resté chaste, ou presque, durant tout l'été, un vrai moine des montagnes, je me suis juste tapé deux ou trois vieilles marmites pour raisons d'hygiène – vieilles mais propres. Ça ne vient pas de là. Je ne sais pas comment c'est venu mais voilà qu'un jour, j'ai senti une douleur aux dents et me suis aperçu que la gencive suintait. Je me trouvais en poste sous un pin, fusil au bras, espérant tuer un geai pour le suspendre dans mon jardin puis j'ai commencé à cracher du sang et je sentais son goût dans la bouche. Une vraie merde.

Le lendemain je m'en vais voir un médecin, et je dois attendre une bonne demi-heure au milieu d'un groupe de patients avant d'être reçu. Il y a une grosse femme arabe avec un gosse de deux ou trois ans, une jeune fille que je connais de vue, d'un village voisin, mais on ne se salue pas, et puis elle est moche, avec un nez d'un autre monde ; il y a aussi un touriste allemand avec un pied sans chaussure couvert d'un gros pansement, je me dis que cet idiot a dû marcher sur un oursin en allant prendre un bain, il y a un autre Arabe, vieux, assis à côté de moi et je peux voir ses chaussettes qui ont été rapiécées. C'est le plus calme de nous tous, celui-là, une sorte de sage des campagnes venu se perdre ici pour travailler pour un entrepreneur négrier. Le vieux semble vraiment souffrir, ça se voit dans son regard, j'ignore le mal qui le fait souffrir, je pense à de violents maux de tête mais je ne suis pas médecin. Il y a enfin un couple de *pinzuti*, des Bidochon en vacances, l'homme porte des tongs avec des chaussettes et il semble perdre patience. Sa femme ressemble à un tonneau, avec des savates usées jusqu'à la corde. Le type ne tient plus en place, il est évident qu'il ne supporte plus d'attendre.

— *On s'en va, y en a marre,* dit-il.

— *Allez, arrête, Jean,* répond sa femme.

— *En plus j'suis sûr qu'y sait pas ce qu'y fait, çui-là, c'est un Indien !*

— *Arrête, Jean, calme-toi, parle moins fort**...

Est-ce que j'ai bien entendu ? Est-ce que j'ai bien compris la phrase que j'ai comprise ? De qui il parle ? Du médecin ? Je suis en train de me demander sous quel angle je vais pouvoir lui balancer un coup de pied, à ce foutu *pinzutu*, quand le médecin entre et me voit dans la salle d'attente.

— Monsieur Cianfarani, s'il vous plaît…, dit-il en dialecte indien.

Je me lève et traverse la salle sans éprouver la moindre honte vis-à-vis des autres patients. Le médecin est mon ami, je me doute bien qu'il n'a pas respecté l'ordre de passage. Arrivé à la hauteur du *pinzutu* je prends un air triomphant, il est noir de colère mais ne soutient pas mon regard. Il a perdu. Je pourrais le scalper si je le voulais, comme à Little Big Horn, sauf que nous sommes dans la salle d'attente d'un médecin, tout de même. Il me suffit de penser que ce mange-merde devra attendre son tour bien longtemps après moi, il est des privilèges qui tiennent à la solidarité entre les différentes tribus et c'est ce que ce con a du mal à avaler.

Dans le cabinet, on bavarde de tout et de rien, puis j'ouvre grand la bouche pour lui montrer le désastre à l'intérieur. Le médecin m'examine l'air effrayé, à la limite de l'évanouissement, et enfile des gants pour palper mes gencives. Il me déclare avec délicatesse que ma bouche a l'aspect d'un conduit d'égout, puis il me fait immédiatement une ordonnance pour aller récupérer antibiotiques et bain de bouche en ville.

Trouver un endroit pour se garer est un vrai chemin de croix, la ville est envahie par les vacanciers avachis, ça pullule de tous les côtés, assommés par le soleil ils infestent les rues, les trottoirs, les routes. Ils semblent errer. J'ai l'impression de voir les morts-vivants du film de Romero. Pour atteindre la place centrale je mets une bonne dizaine de minutes. Planté au beau milieu de la rue, me tournant le dos, un connard en short prend une photo de la mairie. J'aimerais bien savoir ce que cet abruti trouve d'intéressant à prendre une photo aussi stupide. J'aimerais bien savoir aussi pourquoi je dois attendre comme un con qu'il finisse de traînasser. Je lui balance alors un coup de klaxon rageur et ce guignol s'écarte en sautillant comme un cabri apeuré.

Je jette ma voiture sous la mairie, dans le parking privé de la municipalité, et je trouve une belle place à l'ombre. Il faut que je file rapidement à la pharmacie car les agents municipaux pourraient raccrocher la chaîne et je me retrouverais bêtement coincé dans le parking. Je passe donc au pas de course chez le pharmacien qui me prépare un mélange pour bain de bouche et me le donne, dans un gros flacon, avec le reste des médicaments. Il balance toutes ces saloperies dans un sachet et je retourne vers ma voiture. C'est là que le bouchon saute et que le contenu du flacon commence à verser. Je suis en train de me démener avec le bouchon qui ne veut pas tenir en place, quand, tandis que le liquide visqueux coule le long de mes membres, trois bordilles de vingt ou vingt-deux ans s'approchent à bord d'une voiture noire immatriculée dans le 76 – l'une d'elles laisse pendre de la portière son pied déchaussé, attitude qui peut me pousser très vite au meurtre.

— *Vous partez ?* interroge la putain au pied dehors.

— *Oui, mais là je suis un peu embêté avec ce flacon.*

Elles se garent sur le côté, attendant que je libère la place.

— *Vous n'auriez pas un élastique ?* demandé-je à cette va-nu-pieds.

— *Hein ?* répond-elle interloquée.

— *Un élastique, pour essayer de fermer cette bouteille qui coule de partout.*

— Véro, y demande si on n'a pas un élastique.

Elles me balancent un gadget pour attacher les cheveux avec lequel je m'escrime à maintenir le bouchon mais en vain. Jetant l'élastique dans le coffre, je me résous alors à retourner à la pharmacie pour qu'on me donne un autre flacon.

— *Désolé, il faut que j'aille vite à la pharmacie me faire changer la bouteille...*

— *Ouais*, dit la bordille qui me sert d'interlocutrice, *mais en attendant vous ne pouvez pas sortir votre voiture et la mettre sur le côté ? Comme ça, nous on se gare.*

Je n'arrive pas à le croire : elles me voient emmerdé avec ce flacon et le liquide qui coule de partout, mais c'est à moi d'enlever ma voiture et de me mettre sur le côté : les pauvres, elles perdraient de leur temps de vacances à attendre deux minutes, que je règle mon problème... !

— *Non, vous vous garez, vous, sur le côté et vous attendez que je revienne !*

Elles tirent toutes la gueule, un vrai regard de haine, qui dit à quel point elles sont satisfaites de se voir dicter la loi par un indigène, par un Indien, pour reprendre le terme du *pinzutu* de la salle d'attente, une saloperie d'Indien, un foutu indigène qui les empêche de prendre cette place tant désirée. Mais pour qui je me prends ? Pour leur égal, peut-être ?

— *Ouais, bon, et ben alors vous nous rendez l'élastique !*

Je retourne sur mes pas, ouvre le coffre, récupère l'élastique et le leur tends.

Les dents serrées, je lâche un *"Merci, trop aimable ! Vraiment* ! "* À mon regard froid et à la brusque tension des muscles de mes mains et de mon cou – je crois même avoir changé de couleur – elles comprennent que si elles disent un mot de travers, je leur fous deux baffes à chacune : elles reprennent leur élastique sans broncher, la bouche pincée, comme le fait toute bonne pétasse vulgaire voulant exprimer son mépris.

Je repars enfin vers la pharmacie et lorsque je reviens cinq minutes plus tard elles ont finalement garé leur voiture un peu plus loin, sur une place qui était libre depuis le début.

Je sors du parking municipal mais apercevant la chaîne à terre, je m'arrête pour descendre l'accrocher à la borne : deux ou trois tours bien serrés et j'emprisonne les trois truies avec la satisfaction du devoir accompli : maintenant je peux m'en aller.

Sur la route, je me prends encore la tête avec une voiture d'Italiens qui conduisent au ralenti et semblent perdus à chaque rond-point. Bien entendu ils ne se poussent pas pour me laisser passer. Au bout d'un moment eux aussi ont droit à leur coup de klaxon et je les double comme un sauvage. Je les vois gesticuler et ne peux m'empêcher de leur faire un doigt tout en regardant dans le rétroviseur, et je leur conseille même en criant d'aller se faire enculer, et j'ajoute *o lucchisò* pour faire bonne mesure.

Arrivé sur la route de montagne, je mets l'Arcusgi à fond – *Sò elli* pour être précis – et je me vois en train d'empailler tous les *pinzuti* et les *lucchesi* que l'été vient vomir sur nos côtes. Je me calme enfin et me dis que je ne suis plus fait pour ce monde-là et qu'il ne me reste plus qu'à attendre la fin du mois pour redescendre, car je risque de faire une vraie connerie et j'ai passé l'âge des conneries. Et c'est bien ce que je fais, jusqu'au mois de septembre, je reste à la montagne et j'écris, je m'occupe de mes tomates, j'assassine les geais pour organiser des processions d'épouvantails macabres dans mon jardin…

Septembre maintenant. Tous ces mange-merde s'en sont allés et ils me manquent déjà. La bouche va mieux, j'ai arrêté le traitement par antibiotiques. Je ressens le besoin de retourner un peu vers la civilisation, de boire un coup, de me prendre une cuite aussi, le corps le demande, le cerveau aussi a besoin de se remettre à fonctionner. Changer d'habitudes, m'adresser à un être humain et entendre quelqu'un parler en face de moi, entendre quelqu'un qui existe et qui parle. Voir un visage, deux yeux et des lèvres qui remuent pour produire des sons.

Arrivé en plaine, je passe un coup de fil à Jean-Baptiste, on se retrouve sur la place centrale au sempiternel Malapaga. De fait, il y a moins de touristes, il fait même un peu frais. Jean-Baptiste m'attaque immédiatement, à peine nous sommes-nous assis en terrasse de notre bar habituel, notre refuge hivernal.

— Alors ? La faim chasse le loup de sa forêt ?

— Quoi ? Qu'est-ce que tu racontes ?

— Je raconte que je te connais bien, tu t'es enfermé tout le mois d'août et maintenant tu commences à avoir des regrets, tu te dis que ton tableau de chasse cette année est un peu minable.

— Que tu es con ! Le pire, c'est que c'est vrai. Tu lis en moi comme dans un livre…

Michel, le serveur, arrive avec deux bières que nous n'avions pas commandées. Apparemment, il n'est même plus nécessaire de les lui demander : il voit nos tronches et les demis de bières surgissent sur la table comme par miracle. Notons toutefois que cette touchante attention montre bien que la saison est en train de s'achever. Michel, qui devrait se contenter de servir à boire, trouve malin de s'immiscer dans notre conversation.

— Ah ! Tu es descendu de ta montagne ! Tu rouvres la librairie…

— Est-ce que ça te regarde ?

— Bah ! Tu vois Marc-Antoine, je comprends rien à ce que tu fais, fermer ta boutique les deux mois où les gens sont là, au moment où tu pourrais vendre le maximum de livres.

— Justement imbécile, je vends des livres, pas des glaces comme certains connards de ma connaissance… Je conserve un peu de dignité, moi.

— Comme tu es médisant ! Pourquoi, ils ne travaillent pas, les autres ? Ils n'ont pas leur dignité, eux aussi ?

— Non. Vous êtes une bande d'êtres indignes, des vendus ajouterais-je. Vous êtes exactement dans la même logique que celle qui pousse les putes à vendre leur cul. Vous avez décidé de vivre du tourisme, de vous vendre et de vendre votre merde, et vous considérez en plus qu'une bonne raison de le faire c'est que vos clients ne valent pas mieux, vous n'avez aucune considération pour vos clients parce que vous savez que vous êtes des vendus et des producteurs de merde, vous ne leur portez aucune estime parce que vous ne pouvez pas vous estimer vous-mêmes à travers ce que vous faites, conclusion : pour moi vous êtes de vraies petites putes ! Je ne vois aucune différence entre ceux qui vendent des glaces et les putes.

— Ah ! Toi alors ! Tu en sors de bonnes ! Tu t'arrêtes plus quand tu démarres. Tu sais ce que j'en pense, moi ? J'en pense que tu es un mec frustré doublé d'un taré et que si tu restais ouvert tu vendrais des livres aux touristes aussi !

— Non, certainement pas.

— Comment ça, non ? Ils lisent pas, peut-être, quand ils sont sur la plage ?

— Non, ils ne lisent pas. Ils n'ont pas un cerveau qui leur permettrait de lire. Sinon ils ne seraient pas des touristes.

— Tu racontes n'importe quoi. Va voir la librairie qui est sur le port si elle ne tourne pas avec les touristes ! Tu parleras ensuite !

— La librairie du port vend des romans de plage écrits pour des enculés, et des saloperies de magazines qui ne seraient même pas dignes de servir de torche-cul. C'est bien ce que je dis, les livres que je vends, les touristes ne les achètent pas.

— Et pourquoi ? Pourquoi ils les achèteraient pas en fin de compte ?

— Parce que, justement, ce sont de vrais livres, qui demandent à être lus, écrits par des gens aguerris avec de grosses paires de couilles, ces gens que des types plus intelligents que toi appellent des *auteurs*, et qu'aucun touriste ou aucun imbécile de serveur ne pourra jamais lire.

Furieux, Michel tourne les talons et disparaît dans le bar en hurlant que c'est quelqu'un d'autre qui viendra nous servir la prochaine tournée.

Nous avons bu comme si de rien n'était et nous avons pris la route. Puis comme nous étions plutôt entamés et un peu chauds, nous sommes passés chercher Trajan qui nous a fait deux œufs au plat que nous avons accompagnés de plusieurs bouteilles de vin. Trajan avait alors pour lubie de goûter tous les vins de Bourgogne. Il avait un talent pour dénicher les bons vins. Nous avons bavardé et nous nous sommes engueulés à propos de Napoléon, pour lequel Trajan éprouvait une sorte d'admiration et que je considérais personnellement comme un enculé. Ensuite c'est à propos de Mitterrand et de De Gaulle qu'on s'est engueulés. Ne me demandez pas pourquoi, je ne m'en souviens plus.

Il a été également question durant la conversation d'un passé ancien, à travers l'évocation par Jean-Baptiste d'une de ses vieilles tantes qui grimpait encore sur les toits à quatre-vingt-dix ans. Après quoi je tentai de faire la paix avec Trajan lui rappelant que nos familles avaient toujours été liées et preuve en était que les Cianfarani marquaient jadis leurs bêtes avec le signe des Chirgoni.

— À cause de l'absence d'imagination des Cianfarani, dit Trajan, sincère et moqueur à la fois.

Je lui ai immédiatement suggéré d'aller se faire enculer par Napoléon et De Gaulle réunis et nous sommes enfin repartis vers la ville.

Nous avons pénétré dans une boîte de nuit qui venait de rouvrir, un endroit pour les plus de trente ans qui nous convenait tout à fait et que nous étions contents de retrouver. Trajan a offert un verre au Noir de l'entrée et s'est lancé dans une théorie sur le savoir-vivre et les bonnes manières que plus personne ne pratiquait de nos jours sauf nous, gens de qualité, qui étions les seuls à proposer quelque chose à boire au videur.

Je trouve stupides ces dissertations sur la morale et les bonnes manières, sur le fait de savoir comment se comporter dans la vie et tout le reste. À quel moment notre comportement est-il droit et à quel moment est-il dévoyé ? Quand avons-nous été courageux et quand avons-nous respecté les règles ? Sur quelle base peut-on dire d'une fille qu'elle est une salope ou d'un homme qu'il est un salopard ? On évoque les questions morales et le souci des bonnes manières tous azimuts, mais je voudrais bien que quelqu'un m'explique pourquoi Dieu nous a fichu des queues et des minous entre les jambes si ce n'est pas pour que nous nous en servions ? Il y a bien quelque chose de l'ordre du biologique, du mécanique dans toute cette affaire et pas uniquement du domaine moral, et, tout de même, je n'aurais pas été ce soir un criminel si le Noir n'avait pas bu sur mon compte.

Oui je sais, je gamberge trop sur la baise mais je ne peux décemment pas passer mon existence à m'observer la braguette en pensant à la joie que j'aurais à me palucher le soir venu !

Ce qui dans mon existence est injuste – je dis cela parce que je suis en train de regarder les charmantes personnes qui évoluent sur la piste de danse – c'est ma tronche. Nous vivons sous l'immonde dictature du beau mais je fais, quant à moi, partie des parias, des opprimés. Je sais ce que vous allez dire : que mesurer l'existence à l'aune de l'esthétique est le signe d'une civilisation avancée. Je n'en crois rien. Les canons modernes de la beauté ne me semblent pas relever d'une passion très sophistiquée pour l'esthétique. J'y vois simplement une sélection produite par l'esprit de consommation et la vulgarité. Ce qui, en soi, n'est pas un problème : je désire, moi aussi, devenir un simple produit consommable mais qu'on ne vienne surtout pas me gonfler avec le raffinement et la beauté. Qu'on ne vienne pas me dire que les putes que je vois sur mon écran de télévision sont autre chose que des parangons de vulgarité et de corruption, je voudrais simplement qu'elles viennent se corrompre un peu avec moi aussi ; n'allez pas me dire non plus que les éphèbes décérébrés qui peuplent les émissions de variété merdiques ne sont pas une bande de petits enculés, je voudrais juste ne pas avoir à leur ressembler pour obtenir le droit de baiser les belettes en question.

Ce qui est injuste c'est que, pour avoir l'impression d'exister, il me faut baiser des vieilles et qu'il me faut hanter avec Jean-Baptiste et Trajan les trous à rats les plus abominables. Mais bon… à la limite… Je connais une flopée de vieilles qui s'habillent comme des jeunes filles et qui sont toujours désirables. Le temps d'une nuit d'aveuglement. Si on fait abstraction du lard qui dégouline et de l'usure des chairs. Trajan prétend quant à lui qu'il y a une luminosité particulière qui permet de mettre une vieille en valeur dans une chambre. Mais je crois que, même dans l'obscurité, l'image d'une carcasse livrée aux corbeaux ne quitte pas votre esprit, et que les types comme moi, laids mais présentables – propres en tout cas – s'en iront en courant plutôt que de supporter le supplice des effluves de chair pourrissante. Peu importent les tartines de pommades qu'elles se balancent sur la tronche, et leur string coincé entre leurs fesses flasques, tout ce qu'on veut c'est avoir le droit de regarder dans d'autres directions.

Je sais, je pourrais me mettre à la place de ces vieilles peaux, j'aurais l'air moins misogyne. Mais que m'apporte de me mettre à leur place ? D'autant que je suis convaincu qu'elles sont aussi vénales et corrompues que les plus jeunes. Peut-être davantage encore, on ne peut leur trouver l'excuse de la candeur.

J'observe le manège dans cette boîte pour vieilles. À la moindre sonorité *mambo* ou au son d'une soupe *latina*, elles envahissent la piste et bondissent comme des criquets. Leur embonpoint déborde des collants et des ceintures, les bretelles de soutien-gorge apparaissent sous les chemisiers et s'engouffrent dans les masses adipeuses mais elles bondissent malgré tout. Elles sont entourées par une horde de ploucs aux sourcils velus et bas du cul, qui leur offrent une misérable danse. C'est une ronde pathétique qui sent la sueur et la mort, l'ultime tentative de séduction désespérée.

Me voilà planté là à les observer, un verre à la main, arrimé au comptoir de cette boîte pour vieilles. Personne ne daigne s'approcher de moi, j'ai dépassé le stade des ultimes espoirs, je n'irai pas danser, j'ai un balai enfoncé dans le cul depuis la naissance et je ne veux pas exhiber mon désespoir sur une piste de danse et remuer mes kilos en trop sur un rythme ridicule. Il en faut des efforts pour se faire aimer et obtenir une nuit de baise, des efforts qui constituent pour moi un obstacle infranchissable. Je pourrais essayer de jouer au jeune homme et me coiffer au gel pour essayer d'être beau moi aussi, mais j'aurais vraiment l'air d'un con. Je ne voudrais pas ajouter à ma décadence et à mon inadaptation à ce monde cinglé le fait d'avoir l'air d'un con. Inutile d'aggraver mon cas, il me suffit de passer pour un asocial et un mec puant – ce que je suis.

J'entends le bruit d'un verre qui se brise et les cris des clients, une échauffourée. Je me retourne et je vois Jean-Baptiste, torse contre torse avec un type à la tronche de travers. Dans un faux mouvement, Baptiste a fait tomber le verre du type et sa réaction a été de venir immédiatement se coller à lui de manière agressive. Je m'interpose, Trajan arrive aussi, Baptiste balance son bras par-dessus nos épaules mais ne parvient pas à attraper le type. Un ami à lui que nous n'avions pas remarqué, plus petit, essaie de mettre un coup de poing à Jean-Baptiste mais le manque heureusement. Trajan lui balance une énorme gifle et il part en arrière. On se retrouve tous dans une mêlée démente, Trajan, Baptiste, le type et moi ; le Noir de l'entrée est aussi venu s'interposer. Et maintenant il y a aussi je ne sais combien de personnes qui s'empoignent et qui s'aboient dessus.

Même si je n'ignore pas que la plupart des lecteurs qui prétendent toujours à quelque repos de l'esprit ne seront pas arrivés jusqu'ici et qu'ils auront balancé ce livre dans une poubelle depuis un bon moment, et même si je doute depuis le début que celui-ci prenne la direction d'un chef-d'œuvre, j'avoue pratiquer la littérature depuis quelques années. Parce que je tiens une librairie mais aussi à travers mes propres bouquins, pondus contre l'avis général et publiés à compte d'auteur. Ce sont eux qui ont fait venir vers moi des types comme Maroselli ou le Juif errant dont j'ai parlé tout à l'heure. Mais c'est ainsi, et j'essaie quand même d'être écrivain. Autant dire que je porte un double fardeau : celui de l'échec social et celui de la décadence morale. Sous ces cieux touristiques, un commerçant corrompu, un patron de discothèque ou un agent immobilier peuvent toujours être affectés d'une valeur, tandis qu'un écrivain présente, il faut bien le dire, moins d'utilité qu'un balayeur.

Cela dit, je ne me plains pas, et d'une certaine manière je vais conforter mes détracteurs dans leur jugement : si j'ai écrit des livres ce n'est pas par amour des belles-lettres, c'est simplement que je me faisais chier, que je m'ennuyais ferme. C'est l'ennui qui m'a poussé à écrire et à ouvrir une librairie, uniquement pour me rendre conforme à cette image d'inutilité que me renvoie le regard des gens d'ici. Il n'y a pas de fables dans mes livres, bien au contraire : j'y décris comment j'ai pu pourrir dans un lieu lui aussi pourrissant dans son absurdité perpétuelle. Les pires endroits de la terre peuvent produire des choses extraordinaires, comme cette sombre cité de Liverpool qui a vu naître les Beatles, mais ces pauvres terres-ci n'ont rien produit au fil des siècles. Du tourisme, des stations balnéaires et rien d'autre. La plupart de ceux qui sont nés et ont vécu sur ces maudites terres sont retournés au néant sans rien léguer d'important à la culture universelle. Et pourtant, on me considère ici comme la dernière des merdes. Je suis forcé de ramer comme un galérien pour tenter de satisfaire mon modeste désir de rencontrer quelqu'un qui soit comme moi, qui veuille partager mon existence, ou seulement quelques instants, un simple petit instant. Et non ! Je dois traîner ma carcasse dans des boîtes pour vieilles et me retrouver dans une échauffourée au milieu d'une masse de gens déchaînés, prêt à recevoir un coup de poing mal placé.

Avec l'aide d'autres videurs, le Noir à qui nous avons payé un verre est parvenu à chasser les grappes de pugilistes hors de la boîte. D'où l'utilité d'avoir été courtois et attentionné avec lui. La bagarre se poursuit maintenant à l'extérieur. Trajan et moi nous interposons afin d'éviter à Jean-Baptiste de perdre complètement la tête tout en empêchant les deux tarés d'approcher. Je vois que d'autres types sont là pour contenir le dingue dont Baptiste a renversé le verre. Ce sont des racailles que je connais de vue, des oiseaux de nuit. Je les entends qui essaient de le calmer : "Allez, Don, calme-toi !" lui disent-ils. Andria, ça suffit, ça suffit, dit un autre en contenant le plus petit des deux. Il y a un beau bordel sur le trottoir mais chacun semble enfin se calmer. C'est alors que le connard s'approche, nous les laissons parler lui et Jean-Baptiste pour qu'ils s'expliquent et fassent la paix, même si nous restons à proximité, prêts à intervenir en cas de remontée de fièvre.

Le type dit à Jean-Baptiste : "Tu t'es pas excusé.

— Comment tu voulais que je m'excuse ? Tu t'es jeté sur moi tout de suite.

— C'était ta façon de regarder, t'as pas à regarder comme ça.

— Mais qu'est-ce que tu m'emmerdes ?

— Oui, tu m'as regardé de travers.

— Je sais même pas qui tu es et tu te permets de venir m'agresser, alors fais attention…

— Je suis quelqu'un que personne ne regarde de travers.

— Je te regarde comme j'ai envie, t'as pas à venir me secouer.

— Moi je suis un type de la nuit.

— Tu es un pauvre con, oui.

— Les gens de la nuit, c'est ma famille.

— Eh bien occupe-t'en, de ta famille, et fous-moi la paix !

— La nuit, c'est ma seule famille…

Je tire Baptiste par la manche de sa chemise : "Tu n'as pas compris, c'est un type de la nuit, laisse-le tranquille maintenant, on va continuer notre soirée." Les deux combattants se séparent et, le regard haineux, s'éloignent l'un de l'autre. Les racailles s'attroupent autour du taré, l'un d'eux pose sa main sur son épaule, ils lui demandent ce qui s'est passé et tentent de l'apaiser. Nous rentrons dans la boîte, Baptiste est en furie. "Mais tu veux le croire, toi, mais tu l'as vu, ce cinglé !

– C’est bon, calme-toi, on a passé l’âge de se frotter aux cinglés.” Trajan a pris Baptiste par le bras. “Allez, c’est bon, viens, on va boire un coup.” En passant je constate à quel point le Noir de l’entrée est paisible. Il sourit et hoche la tête. Je lui claque la paume de la main comme dans les films américains.

14

Texto – Repas en famille – Débat avec Bastien – Lena – Soirée de solitude – Altercation avec un bouddha – Quelques vers

Un soir d'hiver, un temps à se brûler la cervelle. Abruti par l'alcool et la solitude je roule vers la montagne. Chemin faisant je peux me laisser aller à une pratique que j'affectionne : envoyer un texto à une fille à qui je suis parvenu à extorquer son numéro de téléphone. Depuis que j'ai commencé à manipuler ces foutus *textos* je suis passé par différentes phases pour ce qui est de mon approche des femmes et du jeu de la séduction dont les règles, faut-il le préciser, changent à chaque instant de ma putain de vie.

La première phase fut celle de l'espoir. La première fois que j'ai envoyé un message de ce genre je me suis pris pour l'inventeur du feu de Bengale. Je me suis dit : voilà bien l'accessoire qui manquait à mon arsenal de séducteur lâche. Je pense que le macaque qui inventa le marteau en pierre ne témoigna pas d'un enthousiasme égal au mien lorsque, pour la première fois, je compris que ce morceau de plastique pouvait me permettre de communiquer – masqué et protégé par la distance, de surcroît. J'envoie donc mes missiles et j'attends la réponse sans véritablement trépigner. Je laisse les méninges de ma proie ronronner avant d'en cueillir les fruits, à l'abri d'inutiles engagements sentimentaux. Honnêtement, le problème réel – et je sais que nombre de lecteurs masculins seront d'accord avec moi cependant que la majeure partie des lectrices me vouera aux tourments éternels de l'enfer – c'est que, durant la période de séduction non virtuelle, eh bien il faut parler et, surtout, subir la plus difficile des épreuves : écouter. Oui, il existe, dans la séduction, une règle fondamentale : parvenir à faire croire qu'on laisse l'autre s'exprimer et qu'on est capable de prêter une oreille attentive, chose, bien entendu, insupportable, surtout quand vous avez en face de vous une véritable cruche avec laquelle vous n'avez vraiment rien en commun sinon le désir de baiser. D'autant que, à ce stade, un nouvel effort est requis dans la mesure où la séduction dissimule souvent cette chose essentielle, à savoir que nous sommes affamés et que l'urgence d'assouvir nos besoins sexuels se rappelle à nous en se faisant de plus en plus intense et violente.

Bref, grâce à la méthode que je préconise – laisser parler et écouter – j'ai remporté d'innombrables succès. Et je me suis même constitué l'image d'un mec formidable et particulièrement attentionné. Pourtant, quand, en toute hypocrisie, il m'arrivait de laisser déblatérer l'une ou l'autre en acquiesçant à ses discours complètement creux, je ne cessais intérieurement de me dire que je devais passer pour une pastèque, ou pour un abruti incapable de s'exprimer. Eh bien pas du tout : mes conquêtes s'imaginaient entendre les mots que je ne prononçais pas, elles lisaient en moi comme dans un livre, m'assuraient que j'étais une personne peu commune, d'une originalité absolue, bref, elles voyaient, dans ce fantôme en face d'elles, ce qu'elles voulaient bien y voir et on finissait par baiser, ce qui était bien l'essentiel.

Mais en général toute cette entreprise, toute cette longue et hypocrite cérémonie de la conquête m'ennuyait plus qu'autre chose. Combien de fois m'est-il arrivé d'abandonner en songeant au temps – à la perte de temps – nécessaire pour parvenir enfin à la conclusion qui m'intéressait. Et dans ces cas-là, je ne tentais rien, n'engageais rien, me persuadant que, de la fille en question, m'insupportait jusqu'au son de la voix.

Telles sont les raisons qui m'ont poussé à la pratique du texto dont j'ai rapidement compris les bénéfices que je pouvais tirer. Quelquefois la lâcheté par texto interposé fonctionnait, d'autres fois pas.

C'est ainsi que, lorsque mes messages désespérés n'atteignaient pas leur but, j'ai pu expérimenter la deuxième phase du jeu : la culpabilité. La fille qui ne répond pas, qui prend mal la déclaration, qui lit de travers ou qui veut s'amuser elle aussi mais ne sait plus s'arrêter – combien y en a-t-il de ce genre-là ? – et, pour clore la liste, la fille qui vous met une veste encore plus violente peut-être que celle que vous vous seriez prise en direct. Qui vous renvoie, surtout, l'image du mec désespéré et affamé que vous êtes et qui vous laisse lentement confire dans le jus de votre échec – échec d'autant plus amer qu'il a été essuyé en dehors même de tout combat. Il faut le faire : vous êtes allé de vous-même vous ramasser votre gamelle, point final. Et ça fait mal. Sans compter qu'au moment où vous l'avez envoyé, ce texto funeste, vous vous croyiez pour de bon subtil et spirituel. La désillusion est exactement à la hauteur de vos espoirs. Et maintenant vous voici face à votre image, seul avec votre lâcheté qui dégouline de toutes parts, à vous dire que la meilleure des choses aurait été de ne pas naître et que vous vous seriez bien passé de toutes ces expériences qui constituent votre vie. À cet instant, vous seriez prêt à pulvériser votre portable à grands coups de crosse, et vous vous le promettez : jamais plus. Et la prochaine fois que vous serez éméché vous prendrez bien garde à ne pas avoir ce diabolique instrument dans une poche. Vous faites même le geste de le balancer à la mer, convaincu que, d'ici peu, le prochain à emprunter le même trajet ce sera vous, parce que finir bouffé par les murènes est un sort plus enviable que de se faire rembarrer comme ça, et par une connasse en plus !

Mais l'outil est beaucoup plus ensorcelant que ce que vous pouvez imaginer. Au moment de le précipiter dans les abysses, avant de vous y jeter vous-mêmes, vous reviennent à l'esprit quelques-unes des pêches miraculeuses du début, les improbables succès remportés avec des moyens aussi rudimentaires… Alors, vous vous dites : qu'importe ! Et : qu'elle aille au diable ! Vous êtes devenu un camé, enfin vous l'acceptez, tel était votre destin, celui d'un accro aux *textos* comme d'autres le sont à la cocaïne dès qu'ils ont plongé leur nez dedans.

C'est la troisième phase. La désillusion complète. Histoire de relativiser les choses, vous vous dites que ce morceau de plastique peut avoir son utilité, au cas où. On peut l'utiliser sans vraiment s'impliquer. De toute façon, cette personne qui, au loin, réceptionne le texto, elle n'existe même pas. Une entreprise de séduction qui en passe par le virtuel, elle n'existe pas non plus, et, dès lors, la veste, désormais, n'est plus une veste, c'est un jeu, un jeu à tous points de vue dérisoire. La seule chose qui existe, en chair et en os, c'est le poisson qui se laissera prendre à l'appât juteux, ce truc qui sonne et lui annonce qu'un message vient de lui être envoyé.

Deux sonneries, un texto, quelqu'un a quelque chose à me dire ? Qui me demande ? Combien sommes-nous, sur le marché, à pratiquer ce jeu de lâches ? Combien sommes-nous de consommateurs, n'ayant en partage que notre faiblesse et la peur de mourir seuls ?

Un vendredi soir, ma mère a réuni sa progéniture, à savoir moi-même et Bastien, venu – quel miracle ! – avec Romuald et Corentin. Il y a aussi ma tante Madeleine, la veuve de mon pauvre oncle Ange, le frère de mon père. Sont là également tous les enfants et petits-enfants de Madeleine. De temps en temps, ma mère et ma tante s'emploient à entretenir les liens familiaux, le remède, selon elles, à l'éparpillement des familles modernes étant, sans conteste, un bon repas. En quoi elles ont raison sauf qu'à force de nous diviser, nous comme les autres, et de nous séparer de nos épouses ou de nos compagnes, et d'élaguer les branches maudites de la parentèle, nous ne serons plus qu'une petite douzaine. Ce qui, au vu du contexte actuel, ne me paraît pas un chiffre si déshonorant, au bout du compte.

Plat du jour : sanglier en sauce – tué par Bastien – et *pettimorti*. Et, comme chaque fois que nous mangeons de la polenta de maïs, la discussion s'engage sur notre prédilection locale pour celle-ci, alors que la polenta de farine de châtaigne nous dégoûte, tous tant que nous sommes, nous les mâles, en quoi nous ne faisons, je crois, que reproduire l'aversion de notre père pour ce qu'il considérait comme de la nourriture pour les porcs. Mais c'est sans aucun doute le fait que la polenta de farine de châtaigne est plutôt un plat de Haute-Corse qui explique la répugnance paternelle. Ma mère, femme du Nord, proposait une autre interprétation, pleine d'indulgence pour les partis pris de mon pauvre père : "C'est ce que les gens mangeaient ici pendant la guerre, en temps de disette..." Mais oui, maman, bien sûr... Ce qui m'intéresse, moi, c'est de savoir pourquoi, lorsque nous sommes en famille, nous disons, pour parler de la polenta de maïs, *picchimorti* plutôt que *pettimorti* comme tout le monde, et mon cousin Simon de m'expliquer alors qu'il y a là un jeu de mot assimilant, par assonance, ce plat aux *bicchimorti*[1]. Évident. Sauf que ça faisait bien quarante ans que je qualifiais de *picchimorti* l'illustre préparation. Combien de fois m'était-il arrivé de taquiner et de charrier les gens qui prononçaient *pettimorti*, en les taxant avec un farouche mépris de ne pas savoir parler le corse.

Après le repas, nous nous sommes retirés près de la cheminée, mon frère et moi. Les autres s'attardaient à table autour de je ne sais quel dessert qui, pour notre part, ne nous attirait pas. Bastien avait besoin de parler. Il m'a offert un cigare, un véritable havane, un des rares caprices qu'il s'accorde de temps en temps, puis il s'est épanché. Il n'allait pas bien. La séparation d'avec son épouse, quelques mois auparavant, ne passait pas, il se posait mille questions sans trouver la moindre réponse. Il s'était décidé à entamer une thérapie. Bon courage au psy, ai-je pensé, en voilà un qui va devoir traverser un brasier ; avec mon frère, s'il ne sait ce que c'est qu'un maquis brûlé, il va l'apprendre.

1. Les *pettimorti* sont un plat à base de farine de maïs, tandis que *bicchimorti* signifie "croque-morts".

En fait il semblait que ce fut une journée où la thérapie était à l'honneur. Lors du repas déjà, tout le monde y était allé de son analyse. Chaque cousin avait apporté sa contribution à l'interprétation des maux qui nous accablaient, qui accablaient notre famille en particulier, et chacun faisait valoir son opinion quant aux origines du désastre. Ils avaient passé en revue toute l'épopée fondatrice de la famille, les vengeances de jadis, la course des anciens après leurs chèvres, le vol du terrain de *x* par *y*, bref, les maux éternels qui, d'après moi, n'expliquaient pas tout et n'expliquaient surtout pas la folie qui parfois semblait luire furtivement dans les yeux de Simon, et chez Bastien aussi, un peu, sans parler de mes neveux avec leur manière de rire pour un rien, ou de cette façon qu'avait ma tante Madeleine de parler très lentement, en prenant tout son temps et en s'attardant bizarrement sur les voyelles, accent qui, parfois, déteignait sur ma mère, même s'il faut dire qu'il se trouvait que les deux femmes étaient toutes deux originaires de Castagniccia et semblaient, lorsqu'elles bavardaient ensemble, renouer avec leur accent d'autrefois. Le fait même de s'interroger de la sorte sur la damnation immémoriale supposée avoir frappé notre famille depuis la nuit des temps m'apparaissait comme un symptôme de folie. Folie, également, l'attirance que j'éprouvais pour ma cousine Lena, avec laquelle je jouais au docteur dans les grottes des Sarconi lorsque nous étions enfants et qui était désormais devenue un vrai missile intercontinental, avec ses longs cheveux noirs qui lui descendaient jusqu'au milieu du dos et ses bottes de cuir à la dernière mode qui épousaient le galbe de ses jambes sublimes. Lena était encore à table en train de discuter avec ma mère de la meilleure façon de préparer le *fiadone*, mais je ne pouvais m'empêcher, entre deux bouffées de cigares et tout en bavardant avec Bastien, de lancer dans sa direction des regards enflammés de désir.

À présent, Bastien avait dans l'idée d'assassiner son épouse. Il ne supportait pas l'idée qu'elle se soit maquée avec ce connard de Marc-Marie Alibertini, un prothésiste dentaire du centre-ville. Pour mon frère, il s'agissait surtout d'une affaire d'ego et il me disait, complètement perturbé : "Tu te rends compte, si elle se fait baiser par ce pantin de Marc-Marie, ça signifie peut-être qu'elle nous trouve quelque chose en commun. Je pense que les gens attirent toujours dans leur giron les mêmes âmes errantes, ils quittent un enfer pour en retrouver un autre, un autre qui est exactement le même ! Autrement dit, lorsque je vois Marc-Marie, à savoir la pire sous-merde qu'on puisse croiser dans les parages, c'est mon propre reflet que je vois…" Et maintenant, ce n'était plus sa femme qu'il voulait assassiner, il voulait se tuer, lui. "Grand nettoyage", ajouta-t-il. Je tentai de le rassurer en lui disant qu'il n'avait rien à voir avec Marc-Marie et qu'ils étaient précisément opposés en tout, et que c'était pour cette raison que sa femme s'affichait avec ce type-là, pour le faire bouillir, pour se venger à la manière des femmes, que c'était comme ça depuis toujours et qu'entre nous autres et les femmes c'était une guerre éternelle, mille fois plus intense depuis la libération sexuelle ; je lui disais que les femmes, dans cette guerre, avaient fini par se comporter comme les mâles et qu'elles s'imaginaient plus malignes depuis qu'elles jouaient les sauvages capables de se faire culbuter par le premier venu – et si possible par le plus con, surtout – histoire d'avoir l'impression de diriger la manœuvre.

Je ne crois pas être parvenu à rassurer mon frère, et puis il était si évident que lui et Marc-Marie avait des choses en commun – dans leurs manières d'être et leur éducation – que quoi que je dise, il ne déviait pas de sa pensée.

C'est alors que Lena nous a rejoints près de la cheminée. Elle a caressé la nuque de Bastien en lui disant qu'il était contrarié et que ça se voyait, elle l'a embrassé sur le front puis il a souri. Et, comme je tirais la tronche, elle s'est tournée vers moi avant de venir s'asseoir sur mes genoux et m'a enlacé en riant : "Sois pas jaloux, toi aussi tu es mon cousin préféré" a-t-elle dit, en m'embrassant l'oreille, en y glissant même la langue et, j'ai frissonné d'une érection si brutale qu'elle l'a très certainement sentie contre sa cuisse. Et dire qu'il m'est interdit de couvrir une bombe comme ma cousine Lena !

Elle semblait pourtant tout faire à cet instant pour que nous arrivions à briser ce dernier tabou. Qu'est-ce qu'elle peut être bonne, me disais-je tout en pensant que son manège, ce feu qu'elle mettait en moi n'était de sa part qu'un jeu enfantin, que ce désir n'existait que dans ma tête, et qu'à moi aussi il fallait une thérapie, que nous méritions tous une thérapie de groupe dans cette putain de famille, ou alors un holocauste, pour parachever la désintégration qui nous frappait.

Mais cette langue dans l'oreille, nom de Dieu, je ne l'avais pas rêvée ! Alors j'ai cherché à renouer le fil de la conversation avec Bastien, histoire de faire fuir au plus vite le démon qui avait pris possession de mon corps : "C'est ça, mon pauvre frère, vas-y, pends-toi, je peux même t'indiquer une belle branche dans la montagne, tu ne risques pas de te louper !" Alors nous avons ri, d'un rire libérateur car Bastien lui aussi se sentait, je crois, quelque peu troublé par l'attitude de Lena…

Épuisé par les psychanalyses en tous genres et la tête en feu en repensant à la langue de Lena, je suis reparti vers ma montagne pour regagner ma tanière d'ours et m'y faire oublier – enfin m'y oublier tout court – le temps d'une bonne nuit de sommeil réparateur.

Mais je ne tardai pas à me mettre à faire les cent pas cependant que les gros flocons qui commençaient à tomber achevaient de me plomber le moral.

Je me suis préparé à la hâte, j'ai enfilé mes belles pompes italiennes, la chemise noire que j'avais achetée pour les besoins d'un enterrement, et je suis précipitamment redescendu en ville.

Mais on était en janvier, et le Malapaga était fermé pour deux mois : fermeture annuelle. Dans une ville dépeuplée, j'ai commencé à errer du côté d'endroits que je ne fréquente jamais d'ordinaire et où, bien entendu, aucun ami ne m'attendait. J'ai essayé d'appeler Jean-Baptiste mais il ne semblait pas vouloir me répondre. J'ai aussi appelé deux ou trois autres numéros de la dernière chance, tentant d'embrigader d'anciens compagnons d'arbalète dans le chaos de ma minable soirée, mais pas moyen d'en joindre un seul. Quant à Trajan, je ne songeai même pas à l'appeler : il n'a jamais eu de portable de sa vie.

J'en étais à trois ou quatre bières quand j'ai compris que cette soirée de merde était condamnée à se dérouler en solo. J'avais l'impression que le monde était en train de s'écrouler sur mes épaules : "Mais où est passée mon étoile", me disais-je, engloutissant ma bière en juif, "cette foutue étoile qui guidait mes pas autrefois lorsque je n'étais pas cette merde abandonnée du monde entier ?" Un serveur et un client un peu bizarre étaient en train de parler d'élections à venir, prédisant à notre maire un poste ministériel en cas de victoire de Sarkozy. Ce serait bon pour le pays, disaient-ils. Mais tout ce que j'entrevoyais, moi, c'était mon enlisement merdeux et ma solitude absolue au milieu de gens à ce point abrutis qu'ils imaginaient qu'ils donneraient leur voix à un futur ministre de la République.

J'étais plus seul que jamais ce soir-là et puis je me rendais bien compte que tous ces numéros enregistrés sur mon portable n'allaient plus me servir à rien. J'en avais déjà viré quelques-uns après une première sélection, durant une soirée du même tonneau, en particulier les numéros de ces filles qui ne m'appelaient jamais mais que je m'obstinais à gonfler avec mes *textos* stupides. Et maintenant je me demandais qui je pouvais bien appeler encore pour communier dans le désespoir. "Les filles te lâchent d'abord, les amis ensuite, c'est de la logique", ânonnai-je à l'adresse d'un bouddha de bronze posé sur le comptoir en face de moi. C'est à partir de ce moment que, tout en descendant une autre bière – accompagné d'un whiskey, histoire de jouer les Irlandais – j'ai commencé à bavarder avec le bouddha. "Mais comment se fait-il que les abrutis de ce bar, rustres et incultes au-delà du concevable, t'aient choisi, toi, pour décorer leur comptoir, toi, symbole suprême d'une civilisation raffinée et sophistiquée au plus haut point ?" l'apostrophai-je. "Sans doute t'ont-ils pris au piège pour ne plus jamais te lâcher, tout comme moi. Te voilà forcé de jouer les larbins ici, à rincer les verres et servir à boire à tous les dégénérés de ce pays, toi qui fus ce prince devenu ermite des forêts, toi qui répandis ta sagesse vers tous les horizons, des rives du Gange jusqu'aux plateaux élevés du Tibet, toi qui domptas le tigre et le serpent naja." Un instant, j'eus l'impression que le bouddha me répondait en me disant : "Mon chaton, le Nirvana est un état d'éveil absolu, une liberté intérieure faite d'une sagesse infinie et d'une compassion sans limite. Mais, pour en jouir, il te faudra procéder tout d'abord au plus grand des sacrifices : faire taire en toi tout désir." Faire taire tout désir ? "Mais espèce d'abruti, explique-moi d'abord, puisque tu es tellement malin : comment je fais taire tout désir quand je repense à la langue que Lena m'a fourrée dans l'oreille ? Ou à la douceur de ses cuisses et à ses bottes de cuir qui te mettent en nage rien qu'à les regarder. Lorsque je revois sa chevelure à *l'espagnole*, sa lèvre inférieure très légèrement rebondie, provocante, un véritable appel à la morsure violente quand sa bouche ne s'approche que pour un simple baiser affectueux. Lorsque je sens à nouveau ses seins bien fermes frottant contre moi cet après-midi même, quand elle était assise sur mes genoux pendant que les souvenirs de notre enfance venaient envahir mon esprit et que je me remémorais nos amusements coupables, quand nous jouions au docteur dans les replis rocheux des Sarconi. Explique-moi donc comment tu ferais, toi, saloperie de demi-portion indienne sadique ! Tu veux que je cogne, hein, tu veux te battre avec moi ?" "Reste zen, mon petit Marc-Antoine", me répondit le bouddha de bronze, "c'est vrai que cette Lena est une foutue bombasse, mais ce que je te raconte moi, c'est juste pour bavarder. Joue-la toi peinard, mon petit… *Nam myoho renge kyo*". Ah… mais quelles crevures, ces Chinois ! Faire taire le désir. Même ça. Je ne connais qu'un seul moyen d'éteindre le désir : une autre bière, et une lampée de whiskey derrière. Fort, moi ? Zen ? La maîtrise de soi ? N'y pensez même pas, mes agneaux ! Me revient alors à l'esprit une phrase de Greg Corso, jadis immortalisée par un chanteur français : "*La puissance ? Se tenir droit au coin d'une rue et n'attendre personne...* "

Me voilà, dans ce bar, et j'attends le tumulte dans l'attente la plus illusoire, rêvant d'une félicité des plus improbables où se conjuguent désir, reconnaissance, décharges de foutre ininterrompues sur ces filles blacks en train de danser sur l'écran de télé du bar avec leurs culs solides, leurs fesses extraordinaires, entre lesquelles s'engouffre la cordelette de leurs strings. Et l'autre, là, c'est même pas un bouddha, c'est Schopenhauer ! C'est ça ! Il veut m'émasculer, il veut me transformer en eunuque, il bande pas et il veut nous pondre des théories sur un univers privé de désir, d'envies, de bonheur. Un monde où, lorsque tu commences à être heureux, lorsque tu commences à entrevoir pourquoi Lena a rapproché son souffle du tien, tout doit retomber d'un bloc. Où tu dois débander avant même d'avoir joui. Comme dans les mauvais rêves, et comme dans la vie réelle aussi parfois, et tout ça parce que cet enculé de Schopenhauer était impuissant, tout le monde le sait, même les gosses de sept ans le savent !

À présent, tout s'embrouille dans mon esprit : les bières que bientôt je ne parviendrai plus à engloutir ; Angkor, les temples indiens et leurs fresques érotiques, les orgies des maharadjahs et toutes ces servantes couvertes de dentelles ; le whiskey et le souvenir du cul d'une Irlandaise dans un pub de Dublin, le bouddha de bronze arborant la tête hallucinée de Schopenhauer ; la chaleur des baisers de Lena, le regard triste de Diane avant notre séparation ; les conneries de

Jean-Baptiste et les folles prédications de Maroselli : "*Cher Maître, je ne peux vous laisser en liberté…*" ; les vaticinations de Gregory Corso et le son des guitares manouches qui joue avec mon âme ; les deux serveurs qui font semblant de comprendre quelque chose à la politique, et ce film dingue de Jodorowski où ces deux ploucs auraient été suppliciés sur-le-champ par un prêtre haineux ; *nam myoho renge kyo* ; un maharadjah de la fresque qui maintenant sodomise un âne ; Bastien qui veut trucider sa femme tandis que ma mère explique en détail la recette des *pettimorti* ; mes *textos* stupides et la route vers la montagne qui m'attend maintenant, longue, tellement longue.

Allez ! Prenons-la cette foutue route, peut-être aurons-nous la chance de nous échouer dans un ravin et de disparaître dévoré par les renards. Voilà qui ne sera pas une grande perte. En avant vers cette montagne, et demain il fera jour !

Ça y est, il est cinq heures et je suis à moitié cuit. Je repars vers la montagne, seul, et là-haut il y a une maison qui m'appartient, il y a un toit au-dessus de ma tête.

Mais je ne vais pas attendre qu'il fasse jour, le jeu de l'infâmie doit se jouer jusqu'à son terme.

Alors je pense à cette fille qui m'a laissé son numéro, c'était quand déjà ? Il y a un mois peut-être ? Elle me plaît bien celle-là quand même – un peu spéciale, d'accord, mais bon… Elle doit aimer la poésie, si je me souviens bien, à moins que ce ne soit mon fantasme. Je lui envoie donc un poème. Un geste bien lâche, de la part d'un mec très ivre, vis-à-vis d'une pauvre fille endormie. Mais qu'est-ce que j'en ai à branler, j'ai bien le droit d'être poète, et lâche, et ivre, non ? De toute façon, on verra bien, et puis ça ne va pas me coûter d'excessifs efforts intellectuels : c'est toujours le même poème que j'envoie.

Sì tù se u diàvuli
Voddu sapè sì tù mi scanti
in un chjirchju infirnali.

Sì tù se a saietta
Spieca sì u colpu in cori
mi sarà colpu murtali.

Sì tù se un ànghjulu
dì sì tù mi voddi in tondu
cù l'abbracciu di i to ali.[1]

Voilà, je peux aller me coucher avec le sentiment d'avoir fait quelque chose de ma nuit. Le résultat de l'envoi du *texto* ? Que dire ? Peu m'importe : ne vous ai-je pas déjà dit que je baignais dans la désillusion ? La troisième phase ? C'est un examen auquel on a tous droit, l'examen du texto poétique de cinq heures du matin. Je l'ai passé je ne sais combien de fois dans ma vie, presque toujours avec succès. C'est l'examen de mon existence, la tête dans le mur, chaque jour que Dieu – ou son cher ami Satan – accorde. "Peut mieux faire," me disent-ils ensemble, "avec un peu de

1. "Serais-tu le diable ? Je veux savoir si tu m'envoies dans un des cercles de l'enfer. Serais-tu l'éclair ? Parle et dis-moi si ce qui a heurté mon cœur sera pour moi un coup funeste. Serais-tu un ange ? Parle et dis-moi si tu m'emporteras en m'enlaçant de tes grandes ailes."

volonté". Appréciation ambiguë, en toute franchise, qui me tire autant vers le haut que vers le bas. Fort heureusement, il y a bien longtemps que j'ai envoyé ces deux profaillons se faire voir.

15

Avant l'offensive – Côte du Poivre, décembre 1916 – Dans la tranchée ennemie – Avis de décès – Dans l'appartement de Lena – À la recherche de l'étoile

Cyrniorum fortia bello pectora[1]

Il est comme l'oiseau que le chat va dévorer. S'il lève la tête, il voit les ombres qui s'avancent au loin dans la boue, et anticipe leur présence toute proche, conscient de tout le mal qu'elles peuvent lui infliger. Il est toujours en vie mais c'est la vie d'un rat au fond d'un trou d'eau, son souffle est trop court et quelque chose bat la chamade dans sa poitrine, c'est comme si la mort voulait s'introduire en lui, comme si quelque chose d'étranger lui imposait son emprise. C'est quand il est à genoux que cette emprise est la plus fulgurante, il est comme planté dans la tranchée, comme aspiré par la terre, et ses genoux le soutiennent encore, mais ils pourraient aussi bien le lâcher, il ne peut pas fuir parce que ni son corps ni ses articulations ne lui obéissent plus. C'est dans ce crépuscule écarlate qu'il est venu planter ses jambes dans la boue, et le fracas s'affaiblit,

1. "Les Corses au cœur intrépide au combat."

comme devenu lointain, il retombe comme tomberaient des flocons de neige, mais ce fracas demeure, au point qu'il pourrait lui déchirer les tympans, mais c'est justement plus qu'il n'en peut supporter, il n'est plus là pour l'entendre, il ne fait plus écho à rien, il sent seulement son corps comme s'il n'était plus le sien, il est assis à l'extérieur de son corps et il contemple ce corps pétrifié et incapable de bouger et incapable de courir et incapable de fuir. Il se baisse d'instinct quand la terre se soulève devant lui ou pour ne plus voir les ombres lointaines, juste un instant, ne plus entendre, ne plus rien voir d'autre que le parapet de la tranchée et les traces de la pioche qui l'a creusée, là sous ses yeux, et il rentre la tête dans les épaules, comme l'oiseau que le chat va dévorer.

Un ordre, les sifflets des officiers, il n'est plus lui-même. Il monte l'échelle et sort de la tranchée. En face de lui, l'étendue sans fin de la zone de feu. Et cette colline à prendre qu'on devine dans le crépuscule. Les mitrailleuses qui crachent soudain depuis la colline et rejettent dans la tranchée les premiers cadavres. Il ne reste plus qu'à courir. À chaque enjambée, il lui semble vivre une vie entière, s'il vit jusqu'aux barbelés, il sera déjà vieux. En courant, il a épaulé son fusil, il vise un lourd casque allemand au pied de la colline, il tire, une gerbe de sang et de cervelle jaillit du crâne fracassé. Il court et il se met à genoux, il vise un autre Allemand qui tire sur ses camarades. Il le touche à la poitrine, deux fois, et il le voit retomber à l'extérieur des sacs de sable.

Des centaines d'hommes sont maintenant parvenus aux barbelés. Les mitrailleuses allemandes crachent plus que jamais, elles tuent, elles épargnent, les obus éventrent la boue tout autour d'eux. Tandis que Cianfarani continue à tirer, les sapeurs, près de lui, coupent les barbelés avec de grosses tenailles. Ils ouvrent le passage. Le sergent Cianfarani se retourne et crie alors quelque chose à sa compagnie. On dirait une bande de sauvages, recouverts d'une épaisse couche de terre brune, le casque enfoncé jusqu'aux yeux, les barbes qui leur mangent le visage. Les peaux de chèvre par-dessus les uniformes bleu horizon, pour se protéger du froid. Ils se dispersent et s'enfoncent comme ils peuvent dans des trous de terre crayeuse et détrempée pour ne pas offrir à l'ennemi une cible trop facile à détruire. Les sauvages se relèvent en hurlant comme des loups, ils tirent comme des démons, et le même cri monte dans la troupe, "Du sang ! Du sang !" Deux ou trois soldats tombent sous les balles allemandes tandis qu'ils s'engagent en courant dans les ouvertures des barbelés, et se lancent à l'assaut de la colline. L'avant-garde lance ses grenades sur les flancs de la colline, un géant court, un fusil-mitrailleur à la taille et arrose les positions prussiennes. Un groupe d'ennemis est sorti de son abri pour défendre un avant-poste qu'ils devinent trop faible. Ils sont fauchés par les balles avant d'atteindre leur objectif. Les soldats qui passent en courant les achèvent d'un coup de fusil, une balle dans la tête pour chacun. Ils rechargent et ils tirent en direction de la crête, en espérant que les défenseurs vont se terrer. En vain. La défense tient encore, plus que jamais, et la côte est déjà recouverte par des dizaines de cadavres d'assaillants. Il y a un homme à genoux, plus rien au-dessus des mâchoires. Il y en a un qui vomit du sang, secoué de spasmes terribles. Un homme se met à courir vers l'arrière en hurlant comme un dément, un lieutenant lui brûle la cervelle d'un coup de pistolet lorsqu'il passe près de lui. L'homme tombe comme un pantin et son corps s'enfonce dans la boue. Ce ne sont que coups de fusils, détonations, fumée, hurlements et blasphèmes. Depuis leurs positions, les soldats des deux camps s'insultent, ils se provoquent avant de lancer une grenade ou de vider le chargeur d'un fusil-mitrailleur. L'artillerie allemande bombarde où elle peut, mais dans la fureur de l'attaque, les défenseurs se trompent de position et les obus tombent au hasard.

Un dernier élan furieux. La masse des assaillants arrive sur la crête. Les soldats sautent pieds en avant dans la tranchée ennemie en poussant des cris de rage frénétiques. En se voyant submergés, les trois quarts des défenseurs se mettent à fuir dans les boyaux de leurs tranchées. On dirait des fourmis épouvantées. Certains d'entre eux s'enferment dans les cagnas. Un homme ouvre la porte d'une d'entre elles et lance une grenade, refermant la porte sur les cris de désespoir des défenseurs. On entend une explosion tandis que la terre et les étais volent dans toutes les directions. Certains défenseurs se rendent, les bras levés, les mains sur la tête, ils sont assommés, à coups de crosses, à coups de poings, à coups de pieds. Les attaquants avancent toujours.

Marc-Antoine bifurque dans la tranchée, et tombe nez-à-nez avec un jeune soldat. Épouvanté à sa vue, celui-ci se met à trembler de tout son corps, il voudrait viser et se défendre mais il ne sait même plus tenir son fusil, il ne sait plus qu'en faire et s'en sert comme d'une protection ridicule. De sa baïonnette, le sergent transperce l'uniforme *feldgrau*. Le jeune homme s'affaisse contre la paroi de la tranchée, la pointe de la baïonnette lui est ressortie dans le dos et s'est enfoncée dans la terre. Il est tombé sur le côté, la pointe de la baïonnette dessine un demi-cercle rouge dans la boue. Marc-Antoine cherche maintenant à extirper sa baïonnette du cadavre, mais quand il la tire à lui, le mort vient avec la baïonnette, la chair adhère à l'acier et refuse de lâcher. Il s'appuie contre sa victime et tire de toutes ses forces, la chair finit par lâcher. Il marche sur le cadavre et continue à avancer.

Il voit quatre soldats agenouillés qui se rendent, les mains sur la nuque. Ils évitent de croiser son regard, ils l'ont vu tuer le jeune homme. Ils ne savent pas ce qui va leur arriver. Par terre, devant les prisonniers, des morceaux de cadavres, déchiquetés par les grenades. Et même une tête entière, les yeux blancs révulsés, bouche ouverte.

Des ombres s'avancent dans l'obscurité de la tranchée, venant d'en face. Cianfarani épaule et s'appuie contre une poutre pour se mettre à l'abri et tirer si nécessaire. Des compatriotes. Qui s'adressent à lui. Lui tapent sur l'épaule. Il en reconnaît deux qui sont de son bataillon. Ils lui disent que la tranchée a été nettoyée, que la position a été prise.. Qu'il y a beaucoup de prisonniers. Qu'ils ne savent pas quoi en faire et qu'ils attendent les ordres. Ils voient les quatre Allemands à genoux. Deux soldats plus âgés s'approchent, serpe en main. Ils disent aux soldats de s'écarter, ce qu'ils font. Après quoi ils abattent leurs serpes sur le crâne des prisonniers. Pas un cri. Pas un regard, la résignation des prisonniers. C'était une possibilité, ils le savaient. Ils se font massacrer sans réagir, ils attendent que ça passe et qu'il n'y ait plus rien.

Marc-Antoine avance encore. Beaucoup de soldats dont certains le saluent, le prennent dans leurs bras. L'un d'entre eux est des Terres et lui donne une tape amicale sur la joue. Ils attendent ses ordres. Il dit de tenir la position et de se débarrasser des cadavres.

Quelques hommes retournent une mitrailleuse en cas de contre-attaque allemande. Il y a bien encore quelques tirs isolés mais plus grand-chose. Des cortèges de soldats ne cessent d'envahir la position, ils commencent à remettre les fortifications en état. Le colonel en personne passe dans les rangs. Félicitations à tous les combattants. Des mots d'encouragement. Nous l'avons fait, dit-il, nous l'avons fait...

Oui, ils l'ont fait : la côte du Poivre est tombée le 15 décembre 1916, et le sergent-chef Cianfarani risque enfin un coup d'œil vers le flanc de la colline qu'ils ont gravie au milieu des barbelés et des tirs de mitrailleuses. Des centaines de corps recouvrent le terrain entre les deux positions ennemies. Des centaines d'hommes jetés à terre, brisés, réduits à néant. Et il voit aussi le va-et-vient des brancardiers, il voit la fumée, les feux allumés par les explosions, et les blessés qui rampent, et les trous d'obus, et les troupes de renfort qui montent en file comme des insectes pour rejoindre la crête. Il voit l'enfer qu'il a traversé, il voit les morts mêlés les uns aux autres dans un fleuve de sang. Il voit cet enfer, et il l'a traversé et il est vivant.

La nausée. L'incompréhension. Le sentiment d'injustice. L'épouvante. La culpabilité. Il est vivant. Combien de vies a-t-il pris au cours de cette journée ? Combien de camarades sont-ils tombés autour de lui ? Combien d'horreurs a-t-il vues ? Combien de crimes a-t-il commis ? Il est vivant. Depuis cette colline jusqu'à chez lui, combien d'avis de décès sont-ils déjà en route ? Combien de familles frappées et meurtries ? Et lui, vivant, insignifiant mais vivant, et fier soldat et sergent-chef, et témoin du chaos, vivant, mais pour le moment, jouet du destin, hier berger, aujourd'hui meurtrier de sang-froid qui a traversé l'enfer et qui en porte l'habit. Et déjà il lui semble entendre les cloches sonner le glas dans son village, les gens qui tombent de désespoir, qui se jettent dans le ravin, les enfants sans soutien. Il entend le glas sonner, qui fige les campagnes, et il voit les gendarmes arriver, tenant à la main les télégrammes bleus qui annoncent eux aussi la mort, la mort sans fin, et qui disent la boucherie de Dieuze, qui disent les massacres des Éparges, et qui disent le désastre de l'Argonne, et qui racontent les tueries de la côte 304 et du Mort-Homme, et le carnage de ce jour, et tous ces avis de décès envoyés vers sa terre lointaine, et qui lui parlent, qui lui annoncent la fin de tout, la fin d'un monde, et il est vivant, alors que tous les autres, tous ceux qu'il connaissait, tous ceux qui chantaient avec lui dans le train du départ, tous sont morts, Paganelli, mort, le sergent Colombani, mort, le séminariste de Bastia, tombé en Argonne, tous sont morts et ceux qui vivent encore sont en enfer et vont bientôt mourir. La fin, la fin est là. Et le glas qui sonne là-bas dans les Terres.

Per pudèlavi spiegà
Ùn vale carte nè penne
Lu sangue curria à fiume
Corsi è Alumani inseme

*

Le lendemain du repas en famille, et donc le lendemain de ma cuite avec le Bouddha, j'ai décidé de bouger, de me saisir de quelque chose dans ma pauvre vie et de le faire tenir debout. À la fermeture de la librairie, je suis passé chez ma cousine, Lena, dont l'appartement est en ville. J'avais dans l'idée de me faire offrir l'apéritif par ma si tendre et délurée cousine, et puis je me souvenais de sa langue fourrée dans mon oreille. Avec Lena, on a toujours discuté à cœur ouvert, et même, à force de confidences, on a fini par en connaître un paquet l'un sur l'autre. Alors comme ça, en descendant deux Martini, je lui ai raconté la soirée de merde que j'avais passée après le repas de famille et puis combien je me sentais seul, désormais, dans ce pays pourri.

Elle, elle me resservait, et elle m'écoutait, avec beaucoup d'attention, beaucoup de compassion, m'interrompant de temps en temps d'un : "Pas possible... J'aurais jamais cru... Mon pauvre..." Elle disait qu'elle m'avait toujours vu plutôt comme quelqu'un de fort, et elle ajouta que, dans la famille, c'est comme ça qu'on me considérait depuis l'enfance, une espèce de pilier, un roc que rien ne pouvait abattre, et que, pourtant, elle n'était pas étonnée de me voir souffrir à ce point, parce que c'était le privilège des êtres sensibles que de souffrir plus que les autres. Enfin elle m'avoua quelque chose qu'elle ne m'avait jamais dit, mais qui était "sincère" à un point que je ne pouvais imaginer : son admiration pour moi, pour mon travail, pour mes livres, et, tout en parlant, elle ouvrait grand les yeux comme pour illustrer le mot "admiration", de manière presque figurative, à la manière des acteurs de cinéma des années vingt.

Je lui ai dit qu'il ne fallait pas m'admirer, que je n'étais pas fort, j'étais, tout au contraire, un homme faible, qui avait raté sa vie, je lui ai expliqué combien j'étais rempli d'incertitudes, de frustrations, combien j'étais déçu de ce monde de merde, et incapable d'agir pour y changer quoi que ce soit, un faible authentique, avec toutes les faiblesses du monde qui le réduisaient en charpie, et je voyais bien, alors qu'elle ouvrait la bouche en me regardant d'un air fasciné, qu'elle en attendait davantage, qu'elle était prête à entendre ce qu'il pouvait bien en être de toutes ces faiblesses dont je parlais, de leur nature et de leur ordre. Alors j'ai parlé de tout ce putanisme, et des pulsions que je sentais en moi et contre lesquelles j'essayais de lutter, mais je ne contrôlais plus rien, elles envahissaient mes écrits parce qu'elles m'envahissaient aussi l'âme, et j'ai dit que d'une certaine manière j'étais devenu une sorte d'animal – elle a croisé ses longues jambes, avec ces bottes qui montaient si haut – et que les gens me prenaient pour un intellectuel mais que la bête avait maintenant vaincu l'esprit et que j'étais en train de perdre la partie, je le sentais bien – elle avait les cuisses nues sous sa robe légère – et puisque j'en étais là, sans compagnons, sans amis fidèles, sans même une amante, et puisque j'étais damné, je pouvais maintenant lui dire, à elle, que je voulais la baiser depuis toujours, que c'était une folie, mais que je voulais justement la baiser parce que c'était une folie et parce que c'était interdit, que c'était ça qui me torturait l'âme depuis si longtemps, le désir de savoir ce que ça pouvait faire de la baiser et c'est alors que ma cousine a cessé de me regarder de ses yeux écarquillés, qu'elle m'a attiré vers elle, sur le canapé et qu'elle a commencé à fourrer ses mains partout. En deux temps trois mouvements elle était nue et elle me disait que c'était pareil pour elle, qu'elle y pensait depuis toujours, mais qu'elle n'avait jamais eu le courage de le dire, mais maintenant nous étions prêts, nous étions grands, nous devions savoir, et elle voulait que je la baise sur-le-champ. Sans même avoir pris mes pilules pour bander, je me trimballais une trique de première classe, alors j'ai offert cette trique à ma cousine, et elle, elle l'a tenue dans sa main, a fait des commentaires, elle la trouvait belle, elle était vraiment fascinée et elle voulait l'avaler sans attendre. Ce qu'elle a fait. Je n'essaierai même pas de dire à quel point j'ai eu du mal à ne pas jouir dans l'instant. Je l'ai renversée sur le dos, tête pendante, dans un abandon complet, et là, je l'ai prise. Ray Charles chantait *Let the Good Times Roll*, et moi je tâchais de caler mes mouvements sur le rythme de la musique, instinctivement – pourquoi, je l'ignore. J'ai rarement vu une femme hurler son plaisir aussi vite, et je l'ai suivie à la seconde, je n'ai même pas laissé le temps à Ray d'attaquer la chanson suivante. Toute la soirée, je l'ai baisée, dans toutes les pièces de l'appartement. On changeait d'endroit, de position, on essayait tout ce qui nous passait par la tête, et, même quand j'ai commencé à lui mettre des claques sur les fesses, elle a bien réagi, tremblant de plaisir à chaque nouvelle invention. Nous nous abandonnions à tout, comme si quelque chose nous avait dit d'en profiter à fond, qu'il ne nous serait peut-être plus jamais donné de vivre une expérience pareille. Je la baisais et je me disais, c'est vrai, cet univers tout entier est mort, nous sommes vraiment dans un monde de merde, en perdition, sans plus de valeurs ni rien, un monde qui a perdu sa foi, mais putain de bordel à queue, qu'est-ce qu'elle est bonne, ma cousine Lena !

Dans la nuit, quand nous fûmes bien claqués, bien vidés, nous avons fumé une dernière cigarette sur le canapé et nous avons ri comme deux garnements qui viennent de faire une délicieuse connerie. Tellement ri qu'on n'arrivait plus à parler. Et puis je suis parti, et avant de partir je l'ai embrassée, et elle riait et me dévorait la bouche. À travers mon pantalon, je sentais sa cuisse qui me travaillait encore l'entrejambe.

Et puis elle m'a lâché, m'a dit de ne rien dire, de partir sans un mot de plus, et de ne pas chercher plus tard à mettre des mots sur ce qui venait de se passer, c'était bien, elle l'avait voulu autant que moi. Et puis elle m'a poussé dans le couloir, et elle riait toujours et elle disait non, c'est passé si vite, va-t'en ! Et je me suis retrouvé dehors et, de la rue, je lui ai envoyé un baiser du bout des doigts, pendant qu'elle me regardait disparaître en faisant non non de la tête et en me renvoyant mon baiser, depuis son balcon, et en riant.

En remontant à la montagne, j'eus, sur tout le chemin, l'impression d'avoir rêvé tout ce que je venais de vivre. Je me sentais léger et je devais sourire comme un abruti. Et puis l'idée de la solitude est revenue, le souvenir de cette soirée de la veille, en famille – mais ça n'avait plus aucune importance. Même le ciel s'était dégagé et les astres suspendus là-haut semblaient éclairer ma route. "Où es-tu, mon étoile ? Laquelle es-tu, parmi toutes celles-là ?" ai-je dit dans la nuit glacée.

16

Rencontre hivernale entre Maroselli et Marc-Antoine – Discours de départ – Un monde trop petit fait de rencontres – Médiocrité et corruption – Une nation

Le Malapaga, une soirée d'hiver de plus. Il est tard. C'est la réouverture du trou à rat après deux mois d'angoisse absolue. À part un serveur qui s'emmerde et qui espère tomber sur une émission de chasse à la télé, nous sommes les seuls clients, Maroselli et moi, déjà bien entamés après un apéritif d'un profond ennui et un dîner dans un resto italien qui nous reste sur l'estomac. Dehors c'est la nuit épaisse, il pleut des cordes depuis le matin. L'horizon est bouché. On y voit comme dans le cul d'une Sénégalaise. L'enfer. Maroselli déblatère sans discontinuer. Je crois que ce soir je me sens disposé à l'étrangler.

Maître, me dit-il, il faut que vous partiez d'ici. Et moi aussi il faudrait que je prenne la tangente. Non je ne vais pas vous ressortir le plan des nouvelles élites cultivées allant se greffer sur le corps nourricier de notre Mère italique. J'ai bien compris que c'était à moi seul d'aller renouer les liens rompus. Et je me plais à croire qu'ici personne ne saisit plus rien du récit d'une Italie qui serait nôtre. Et puis, même si nous nous retrouvions plongés dans les eaux originelles, aujourd'hui, disons-le avec clarté et franchise, ça servirait à quoi ? Nous serions perdus, étrangers à une société qui a évolué sans nous, esseulés auprès d'une langue qui a progressé dans son contexte propre, au ban d'une nation avec laquelle nous ne faisons pas corps. Cette histoire s'est faite sans nous, au moment où nous nous répandions en louanges à l'égard de nos dominateurs, singions l'accent de nos vainqueurs, allions servir dans leurs administrations coloniales. Supprimez nos grandes écoles, chassez nos préfets, éliminez les salutaires véhémences de la presse parisienne : que deviendrions-nous ? Nous serions le peuple le plus déconfit, nous serions seuls sur terre, emplis d'affliction, et nos monuments n'auraient plus aucun sens. Supprimez nos commémorations, nos touristes et nos grandes surfaces : nous déambulerions comme des zombies, nous nous vendrions au premier venu. Chassez nos potentats locaux, éteignez notre instinct partisan : que ferions-nous ? Nous nous découperions en morceaux pour des nèfles, chacun voulant se faire prince en sa région. Non, il m'est impossible de jouer la carte d'un nouvel irrédentisme. Nous sommes les laquais du Nord et cela nous convient. Car le Nord est riche, il nous achète nos terrains et nous sommes heureux de lui prendre son pognon, le Nord est dominant et moderne et nous aimons à lécher le cul bien propre d'un puissant qui pourrait condescendre à nous garder dans son orbite. Certes, nous ne sommes pas tous intégrés aux sphères du pouvoir, nous ne sommes pas tous concernés quand il s'agit d'encaisser l'argent issu d'un commerce de dupes, mais si l'un de nous parvient à pénétrer ces sphères, s'il réussit à se vendre, ne sommes-nous pas tous heureux ? Tous complaisants ? Et tous prêts à croire que nous pourrions être cet homme-là ? Mieux encore, tous taiseux et admiratifs de sa réussite ? N'est-ce pas ?

C'est pourquoi, je l'affirme, il faut que vous partiez parce que vos rêves n'ont pas leur place ici, pas plus que les miens.

Mes rêves, Maroselli ? Et qui donc vous a dit que j'avais des rêves ? Ce qui est sûr en revanche c'est que je vais m'en aller. Un beau jour, je vais abandonner ce paradis que vous venez de me décrire. Pas pour les chimères idéologiques dont vous m'avez parlé. Même si vous avez raison, me semble-t-il, mais, des raisons, tout le monde s'en branle. Non je vais m'en aller parce que j'ai aperçu Diane l'autre jour qui passait en voiture. Je la croise tous les six mois, c'est-à-dire à peu près le temps qu'il me faut pour ne plus penser à elle. Lorsque je suis parvenu à l'oublier voilà que le hasard nous fait rencontrer. Je me trouvais ici, j'étais en train de passer la porte du Malapaga après une journée de boulot à la librairie quand elle est passée devant moi en voiture. J'ai vu qu'elle me regardait, de loin, mais, arrivée à ma hauteur, elle a tourné la tête. Son visage était sévère et triste en même temps. C'était bien la seule image qu'elle pouvait me renvoyer, l'image de l'indifférence et de l'échec. Ça va, je ne cherche pas à vous faire pleurer mais c'est le bilan de notre idylle après toutes ces années, après toute cette vie. Je suis tout de même entré au Malapaga et je me suis bourré la gueule tout seul comme un grand, afin de noyer cette vision semestrielle et de m'abrutir pour oublier, une fois encore. Puis j'ai repris la route vers la montagne et j'ai envoyé je ne sais combien de *textos*, personne ne m'a répondu. Ça valait mieux car je n'aurais pas été très vaillant ce soir-là, je veux dire que j'aurais été totalement incapable de bander tellement j'étais frit. Eh bien voilà, c'est à cause de tout ça qu'un jour je m'en irai. Si l'amour est impossible et si ce pays vous rappelle tous les six mois la pertinence de ce postulat alors il faut s'en aller. J'ai baisé avec Lena, ma cousine germaine, vous l'ai-je dit ? Quarante ans qu'on se cherche et on a fini par se trouver. Et je vais m'en aller aussi à cause de ça. Car je ne crois pas que ce soit une bonne idée que de faire semblant d'être épris de ma cousine. Et ce ne serait pas bien vu. Si Lena m'accompagnait dans mon exil peut-être… mais non, mauvaise idée aussi, et puis je vous l'ai dit, ce n'est pas de l'amour c'est un désir archaïque, une manière de liquider un vieux fantasme et si cet endroit n'autorise plus aux quadragénaires que la liquidation de vieux fantasmes, c'est qu'il y a un grave problème. Vous me parliez de notre faute, d'une faute collective. En vérité, je ne crois pas qu'il y ait faute quelconque, nous sommes tout simplement un petit monde où tout se voit, se sait et se juge. Nous ne sommes pas passés à côté de notre histoire, Maroselli, mais c'est plutôt que, tous les deux ou trois siècles, un homme se pointe, un homme qui n'a pas compris à quel point nous sommes un petit monde, ou qui se refuse à l'accepter. L'histoire peut alors tressaillir, le temps que cet homme y imprime son pas, mais ensuite nous nous rendormons le temps qu'il faut, pendant plusieurs siècles, le temps nécessaire. Nécessaire peut-être au retour de cet homme. Mais si vous saisissez bien mes paroles, si vous comprenez à quel point il est absurde de vouloir réveiller des consciences qui n'existent pas, alors vous aurez compris beaucoup de choses et vous pourrez tracer votre chemin. Vous pourriez même éprouver de l'indulgence vis-à-vis de cette médiocrité qui nous étrangle. Vous pourriez pardonner cette vilénie car il n'y a plus d'enjeux, *de facto* il n'y en a plus. Tout a déjà été joué, les possibles sont derrière nous.

Cher Maître, l'hiver vous sape le moral. C'est cette absence de vie, ces villages désertés après la frénésie de la saison touristique, c'est cette place dépeuplée après le tumulte abrutissant de l'été. Nous avons tous été conditionnés à vivre à ce rythme-là, nous n'envisageons même pas qu'une autre voie soit possible. Mais que faire ? Après quarante folles années de bombes et de flingages, de compromission de nos révolutionnaires, tout ce qui nous reste c'est ce littoral à vendre, ce sont ces plages à céder pour qu'ils y bronzent leurs fesses de gros porcs, ce sont ces supermarchés dont je parlais tout à l'heure, pour y acheter la moindre merde à prix d'or et, entre un rayon de fromages au lait pasteurisé et un rayon de produits antimoustiques, tenter des approches érotiques sur des tromblons. Vous avez baisé avec Lena, votre cousine ? Vous ne vous en sortez pas trop mal avec vos vieux fantasmes à liquider. Car que reste-t-il aux trois quarts des gens ici ? Il leur reste un pays dégueulassé après une saison estivale, la piteuse cyclicité d'existences insensées, le règne des imbéciles portés au pinacle, les copains des stars, ce dernier refuge pour saisonniers éperdus et pour tous les va-nu-pieds en quête d'un nouvel Éden. Les connards venus de l'Europe entière débarquent ici et pensent y trouver le soleil, au lieu de quoi ils passent des hivers entiers à se geler les couilles et, nous, nous nous endormons – les trois quarts dont je parlais –, nous pionçons dans cette innommable purée, et nous ronflons, tout gonflés de notre fierté de décadents. L'Empire, cher Maître, l'Empire rénovera tout de fond en comble et il rebâtira à l'aide des forces nouvelles des élites éclairées…

Les élites éclairées, voilà Maroselli que vous rejouez la même partition. Que vous aussi, vous rechutez. Vous avez eu un éclair de lucidité mais à présent vous rechutez. Pour l'instant ce que j'observe c'est la corruption généralisée et la réussite instituée des médiocres, et les élites éclairées, mon pauvre ami, c'est nous, là, perdus dans ce boui-boui, vous-même vagabondant dans vos nuages et moi dans les froides montagnes des Sarconi. Bientôt les gosses nous jetterons des cailloux. La seule réussite que j'observe c'est celle de certains cancres qui occupent la position qui est la leur parce qu'ils ont fumé la carotte à d'autres personnes qui la méritaient davantage qu'eux, parce qu'ils ont bénéficié d'indignes appuis, de soutiens inavouables. C'est la règle chez nous, je le dis sans passion, malgré le dégoût que m'inspire le seul fait d'en parler. Je trouve absolument immoral, le comble de la corruption, qu'un individu de ce genre puisse se rendre à un entretien d'embauche avec un CV d'une honteuse indigence en étalant sa morgue et son ignorance tout en mâchouillant son chewing-gum en toute vulgarité avec la certitude qu'il trouvera un job quoi qu'il arrive parce que les cartes ont déjà été distribuées et que l'ignoble piston a déjà fait son œuvre. Tandis que, au même moment, des gens méritants seront restés sur le carreau. Celui qui est corrompu le sait, ça ne l'empêche pas de dormir, bien au contraire, ce savoir lui confère une espèce de surcroît d'arrogance, de cynisme, le conforte dans sa vérité selon laquelle les postes et les responsabilités s'obtiennent en s'adaptant à un système pervers et non par le talent et le sacrifice. Être intelligent, cela consiste simplement à connaître les bonnes personnes, à comprendre que la distance entre celui qui désire un appui et celui qui peut l'offrir n'est pas immense. L'intelligence, l'adaptabilité au système, c'est pouvoir estimer la juste distance de l'un à l'autre et saisir intuitivement la manière selon laquelle on pourra en tirer un quelconque bénéfice. D'aucuns appliquent la règle tous azimuts. C'est une vraie manière d'être. Je trouve par exemple insupportable que des parents d'élèves tentent de gagner les faveurs d'un examinateur la veille du concours auquel se présente l'étron qui leur tient lieu de progéniture, et ce avec un naturel désarmant, comme si rien, dans ce geste, n'était condamnable, comme si rien n'était hors la loi ou comme s'il ne s'agissait pas là de la pire leçon de vie qu'on puisse donner à son gamin. Quant à ces pétasses qui peuplent les guichets de toutes les administrations foireuses, des postes, des banques, des perceptions, des offices de tourisme, et qui s'y trouvent pour l'unique raison qu'elles ont un beau cul ou des cuisses accueillantes, elles jouissent du droit de vous toiser de leur regard bovin, de tutoyer jusqu'à l'insulte un travailleur immigré, de regarder le faible de haut tout en bénéficiant d'avantages pour leur épargne. Je vis comme une infamie collective la présence aux postes d'employés municipaux de tous les plus grands bourricots ayant chauffé les bancs d'école à mes côtés, tant mon inadaptation à ce monde m'a empêché de comprendre qu'il suffisait de "bien voter" pour réussir dans la vie. Vous me parlerez encore de démocratie, Maroselli, de folies impériales, vous me parlerez des droits, mais moi j'ignore ce qu'ils sont, les droits des individus, j'ignore ce qu'ils sont !

J'observe ce bourbier, cette espèce de "bouillon de culture" et je partage largement la seule réflexion que nous ayons su inspirer à un écrivain comme Dantec : "Ce rocher qui se prend pour une nation." J'emmerde Dantec, que les choses soient claires, mais je me vois forcé d'être d'accord avec lui pour ce qui est de ce diagnostic et du caractère dérisoire de certaines aspirations. Il est en effet impensable de bâtir une nation avec des êtres à ce point embourbés, à ce point incapables d'élévation et hermétiques à l'idée de justice ; et puis il y en a bien assez de ces saloperies de nations, plus corrodées les unes que les autres, bien assez pour assurer à l'humanité ses guerres futures. Inutile d'ajouter notre pierre à l'édifice. Nous étions à la chasse un jour avec Bastien, mon pauvre Maroselli, entourés d'une trentaine de tronches dont vous pouvez imaginer le genre. J'observais tous ces types au poil brun qu'animait l'instinct terrien, cette cohorte armée comme un bataillon, je les voyais marcher silencieusement en ligne pour aller rejoindre leurs postes, pareils à une légion des plus aguerries. Presque admiratif, j'ai dit à Bastien : "Imagine donc que tous ces hommes soient unis et que je sois leur commandant… Qui nous aurait jamais vaincus ? Qui aurait pu débarquer pour nous imposer ses leçons ?" Bastien m'a alors regardé comme si j'étais la dernière des merdes, comme si je venais de tomber de la lune et, pour une fois il m'a répondu quelque chose de sensé : "Le problème, imbécile, c'est qu'on n'a jamais été unis. Et que ces types, tu les sors de leurs buissons, tu leur enlèves ce morceau de barbaque qui les rassemble, ces types-là, ils iront s'étriper pour une histoire de muret, un bout de route ou un emploi municipal. Et ils y mettront même une ardeur particulière, à s'étriper, ils y trouveront une jouissance qu'ils ne trouveraient pas dans d'autres circonstances. Et, en plus, ils s'en contrefoutent, de ton commandement, pauvre naze…" Qu'aurais-je pu répondre à mon frère ? Il venait de me servir une vérité criante, peut-être était-ce de lui-même qu'il parlait, je l'ignore. Comme tous les gens qui n'ont jamais lu un bouquin de leur vie, il connaît ce monde d'instinct et le laisse s'abîmer sans même s'inquiéter de sa souffrance. En deux mots : il s'en tape. Il accepte son sort et il sait, lui, que nous n'y changerons plus rien. Dans son effrayante lucidité, il me mettait face à la détestable réalité de ce pays, face à son mystère : la haine glaciale et l'application dont nous sommes capables lorsqu'il s'agit de nous exterminer par nous-mêmes, cette jalousie qui nous nourrit et nous divise cependant que nous sommes prêts à consentir à nombre de saloperies dès lors qu'elles émanent de forces externes et dominantes, ce qu'illustre à merveille la vente de nos terrains ou de nos maisons : mieux vaut vendre à un étranger qu'à un type d'ici. Et c'est bien ce que nous faisons – et pas nécessairement en raison de questions de pouvoir d'achat, cessons donc de mentir ! C'est parce que l'étranger, nous n'en avons rien à foutre, alors que nous envions celui qui est de notre sang.

Maroselli me regarde. Pour une fois, je lui ai coupé le sifflet. Il porte à ses lèvres son verre de liqueur de myrte : on en est à la dixième tournée, ou plutôt au moment où les tournées ne se comptent même plus. Il reprend : "C'est juste, combien de *pinzuti* ont subi des plastiquages en pensant être visés, alors que nous réglions nos comptes à travers eux. Il faut savoir à qui on achète, à qui on donne son argent et quelles jalousies on a réveillées. Nous sommes un peuple à part, cher Maître, peut-être sommes-nous damnés. Capables de diriger des empires lorsque nous sommes à l'étranger, de conseiller les tsars, d'élaborer les constitutions les plus modernes, et bons à rien lorsque nous nous trouvons dans les eaux originelles. Même pas fichus de construire un stade, même pas fichus de partager un sillon de pommes de terre."

Lucifer, vous êtes un brave garçon, et je pense que vous allez réussir à libérer ce pays un jour. S'il y a bien un type capable de le faire c'est vous. Depuis Pascal Paoli, jamais n'a existé un dingue de votre calibre. Mais je regrette de vous l'avouer, c'est mon père qui avait raison. Combien de fois me l'a-t-il dit ? Et le plus souvent après avoir lu un de mes poèmes, bourré d'emphase et d'aspirations patriotiques : "Un peuple d'avortons qui se prennent pour des surhommes…" Voilà comment il parlait, le Vieux. Ça m'écorche un peu la bouche de répéter ses mots, mais il y a des soirs comme ça où je rejoins plus ou moins son jugement.

17

Une matinée aux Stabbia – Mansuetu et l'esprit – Des étrangers – Un fusil suspendu à une branche de chêne – Un livre qui se referme

C'est déjà l'aube. Le berger s'est éveillé pour s'en aller traire les quelques chèvres parquées dans leur enclos. Après les avoir amadouées avec du maïs, il procède à la traite suivant un rituel qui lui est propre, passant de l'une à l'autre en déplaçant son petit tabouret pour se trouver derrière chacune et s'aidant ensuite de son bras meurtri pour les maintenir. De sa main valide, il cherche la mamelle gonflée de lait et, lentement, remplit un récipient d'un lait crémeux et chaud. Il rassure l'animal de sa voix, selon sa coutume, appuie son épaule contre le flanc de la bête à qui il murmure quelques mots de sympathie. Dehors tombe un crachin neigeux. Il se dit qu'il serait peut-être temps de descendre ces maudites chèvres en plaine mais il craint que Trajan n'en prenne pas soin comme il faut, alors il les descendra une autre année, pour le moment demeurer aux Stabbia lui convient, c'est comme ça qu'est sa vie. Il ne cherche pas à anticiper le moment où il sera trop vieux pour continuer son activité seul dans cette montagne. Et puis ici, personne ne l'ennuie, personne ne lui fait de remontrances, personne ne s'amuse de son bras empoté.

Bientôt il laissera vagabonder ces satanées chèvres pour qu'elles aillent trouver quelque chose à brouter sous cette neige. Il pourra, de toute façon, les rappeler à lui ce soir en s'aidant du maïs. C'est toujours comme ça, même les chèvres regagnent l'abreuvoir.

La traite est terminée. Mansuetu a posé le récipient sur la table à l'intérieur de la bergerie et l'a recouvert d'un linge de flanelle propre. À son retour il mettra ce lait à chauffer avec celui d'hier. Il en a suffisamment pour en tirer de quoi faire un *brocciu*. Il se saisit d'une lessiveuse remplie de nourriture et emporte son fusil. Il gagne à présent la bauge à cochons sous les châtaigniers. À cette heure-là il est toujours possible d'abattre un sanglier, il a pu en apercevoir les traces deux jours plus tôt et il sait qu'ils rejoignent peu à peu les zones de montagne. Tout en s'approchant, il appelle ses cochons pour leur faire entendre la voix de leur patron. Deux gorets tout blancs couinent leur faim au milieu de la bauge. Il balance alors la nourriture dans l'auge et, tandis que les deux bêtes enfouissent leurs groins dans la mixture, il leur gratte affectueusement la soie.

Un léger vent frais commence à souffler. Une petite brassée d'air le surprend sur le sentier tandis qu'il regagne la bergerie. Le jour se lève. Tout en marchant, il aperçoit une souche de bruyère qui sort à moitié de terre et l'arrache en quelques coups de pied. Il attrape la souche pour la jeter dans la lessiveuse et poursuit tout doucement sa remontée tout en chantonnant dans un murmure :

Vieni o bella à facciarti al balcone
Vieni o bella à sintirmi cantà…

Il marche à son rythme, toujours le même, une façon de se déplacer avec les épaules tendues et la tête légèrement penchée en avant. Voilà Mansuetu le berger. Certains le reconnaîtront à l'allure, au loin. Un petit homme sec, une ombre immémoriale qui donne à ces lieux son âme. Ses compagnons sont les fantômes d'un autre temps et les rumeurs malignes de la forêt. Un sauvage, diriez-vous ? Plutôt la suprême liberté d'un être heureux. Ne rêvez pas à une innocence primitive. Peu lui importe votre jugement. Il vous faut accepter que ce monde n'est pas le vôtre. Il vous faut oublier tout ce que vous croyez, tout ce que vous avez appris. Rien de ce qu'est cet homme ne vous appartiendra jamais. Le temps effacera sa trace. C'est Mansuetu, d'ici et pour l'éternité, vagabondant déjà parmi les fantômes.

Mansuetu s'est arrêté sur le sentier. Saisi, à la manière d'un animal traqué. Il vient d'entendre siffler. Une rafale de vent ? L'air qui se met à hurler dans les hauteurs des pins ? Non. Lui, mieux que vous, connaît le chant des ombres. Un esprit l'a interpellé, et son regard s'assombrit. À quelqu'un, que vous ne pourriez voir, à un compagnon qui peuple ses rêves, il dit : *"Que l'esprit siffle et quelque chose surviendra."*

Le berger atteint la maisonnette. Il scrute les alentours pendant un long moment. Rien. Il se surprend à rire, attrape la souche qui se trouve dans la lessiveuse vidée de son contenu et la jette sur le tas de bois ramassé contre un muret, dehors, sous les chênes. D'un coup de pied, il cale la lessiveuse sous un banc adossé à la bergerie. Il s'y assied, fouille ses poches pour y chercher feu et tabac et s'allume une cigarette. Il aura du travail dehors pour cette matinée, pense-t-il, il faudra fendre ce bois, comme ça ce sera fait. Se levant, il retourne près du tas de bois. Il se demande où il a pu mettre cette hache qui était là l'autre jour. Il l'aperçoit sur le muret, et aussi la masse appuyée tout contre. Bien, se dit-il, avant de suspendre le fusil à une branche du grand chêne et de retourner à l'intérieur. Pendant que le café est en train de chauffer, il verse le lait dans une marmite, si bien qu'il ne prête pas attention au bruit étouffé d'un moteur, dans la forêt. Il ouvre une boîte pour y prendre une lime, ayant remarqué deux jours plus tôt que la hache était quelque peu émoussée et qu'il serait bon de l'aiguiser. Tout en surveillant le lait et en le remuant de temps en temps avec une louche, il ajoute la présure pour le fromage, se sert un café puis s'allume une autre cigarette. Dehors, dans le chenil, ses chiens aboient. Sans doute un renard est-il venu les narguer ? Il s'occupe du feu dans la cheminée, soufflant sur les braises, y jetant deux ou trois petites bûches : le feu repart. Une chaleur envahit la pièce, un peu de fumée aussi. Sans doute à cause du vent. La cheminée tire mal. Peu importe, il faut aller chercher la hache à l'extérieur pour l'aiguiser près du feu tout en continuant à s'occuper du lait en train de chauffer. Il sort.

Un homme est venu s'assoir sur le muret, au-dessous du grand chêne. Il joue avec la hache. Un autre homme est debout les mains dans les poches, à l'entrée de la piste de terre. "Oh !" a lancé Mansuetu en guise de salut mais les deux hommes n'ont pas répondu. Celui qui joue avec la hache a le regard éteint, les mâchoires serrées. Le second est nerveux, il observe la route et semble préoccupé. Mansuetu regarde la route à son tour et constate que les deux hommes ont garé leur voiture en haut de la montée. Il se souvient enfin d'avoir entendu un bruit de moteur. "Oh !" fait-il. Vous cherchez quelque chose ? Pas de réponse. Les trois hommes sont là à s'observer, face à la bergerie, tandis que le vent glacé de l'hiver souffle de plus en plus fort. Mansuetu peut voir son fusil bercé par le vent suspendu à la branche du chêne. L'homme qui est venu s'assoir près du tas de bois a le fusil à portée de main. Il s'est rendu compte que Mansuetu lorgnait dans cette direction. Il y jette un œil à son tour et se tourne vers le berger, esquisse pour la première fois un sourire. Un semblant de sourire : un serpent serait-il capable d'étirer ses lèvres que le résultat ne serait guère différent. "Oooh !" fait enfin l'étranger qui s'amuse à présent à faire tomber la paume de sa main sur le tranchant de la hache.

Vous êtes bien ici, dit-il, personne pour venir vous déranger.

On se connaît ?

Pas un péquin à moins d'une demi-heure de route.

Vous êtes venus pour chasser ?

Chasser ?

D'où vous êtes ?

D'où on est ?

Moi j'ai du travail.

On dit que vous vendez du fromage. On peut acheter un fromage ?

Je n'ai pas grand-chose en ce moment, et puis je les garde pour mes amis.

Oui, sûrement, et tes amis, ils t'achètent tous du fromage.

Cette façon de plaisanter ne convient pas du tout à Mansuetu. Ce passage au tutoiement le heurte, il comprend que ces deux-là ne sont pas venus pour acheter du fromage. Le plus petit, celui qui se trouvait tout à l'heure à l'entrée de la piste, s'est approché pour s'adosser au mur de la bergerie, les mains toujours dans les poches. "Putain ! On se pèle !" dit-il. Il s'est positionné de telle façon qu'il se trouve presque dans le dos du berger. Ça ne lui plaît pas, à Mansuetu. Il s'écarte d'un pas afin de les avoir tous les deux sous les yeux.

Mais qu'est-ce que vous faites ? Vous vous promenez ?

On se promène ?

L'homme à la hache s'est levé, faisant ainsi barrière de son corps entre Mansuetu et le fusil suspendu à la branche. Il a toujours la hache mais ne joue plus avec et la laisse à présent pendre le long de sa jambe. "Pose cette hache", dit Mansuetu. Don Pierre ne répond pas, son regard est devenu froid. Andria s'est approché lui aussi du berger. Il a sorti les mains de sa veste, il est armé mais il semble manquer d'assurance et interroge son compagnon par des signes de tête, attendant de lui qu'il dirige la manœuvre, qu'il se mette à parler.

Ne me cherchez pas des histoires, vous deux.

Toi, ne fais pas d'histoires.

Mais qu'est-ce que vous voulez ?

Du fric, voilà ce qu'on veut.

Du fric…

Oui, du fric, on sait que tu en planques dans la bergerie.

Il n'y a pas d'argent ici.

Allez, arrête… Après on s'en va.

Mais quel fric ? J'ai pas de fric moi, vous vous trompez.

Tu vends de la bouffe, fromage, charcuterie. Tout le monde sait que tu caches de l'argent dans ton matelas. Tu nous laisses jeter un œil et on s'en va.

Vous n'entrez pas dans la bergerie.

On entre ensemble, tout doucement. Tu nous donnes le fric et tu nous oublies, sans ça on va être obligé de revenir.

Andria a levé son pistolet, son bras tremble. L'arme est à la hauteur de la tête de Mansuetu. "Ne tire pas, dit Don Pierre, il va être gentil. Et maintenant, espèce d'enculé, tu me laisses entrer." Mansuetu a baissé la tête et mis la main devant le visage pour se protéger. "Baisse ce revolver, baisse-le tout de suite !" Andria regarde Don Pierre : même s'il n'a pas l'intention de tirer, la situation ne lui plaît pas, il avait compté que ce foutu berger ne ferait pas d'histoires, mais il résiste et ça l'exaspère. Don Pierre lui fait signe de baisser le revolver. L'autre voyou s'exécute. De sa main libre, il bouscule Mansuetu. "Maintenant tu donnes ton fric, compris, enculé !" Le berger, qui a manqué tomber lorsque l'autre l'a bousculé, retrouve son assise et lance un regard vers le grand chêne et au fusil suspendu à une branche. Il a laissé la sécurité mais il est chargé. Le grand est au milieu du chemin et l'autre est armé. "Personne ne m'a jamais parlé comme ça, je suis plus vieux que vous", dit-il aux deux salopards. Andria vient de lui balancer un coup de pied dans la hanche, les dents serrées, avec toute la haine du monde dans les yeux. Mansuetu ne tombe pas et fonce tête baissée vers le grand chêne. Don Pierre lui donne un nouveau coup et il s'effondre sur la terre glacée, le nez dans la couche de crachin neigeux. Il hurle de rage, se redresse brutalement et cherche à fuir, le regard éperdu. Andria lui assène sur le front un coup de crosse à lui ouvrir le cuir chevelu. Le berger ne voit presque plus rien, aveuglé par le sang qui lui coule sur le visage. Il agrippe Andria de son bras valide et les deux hommes tombent sur le sol, s'étreignant pareils à deux lutteurs, comme lors d'une palestre enfiévrée. Il tente d'enfoncer les deux doigts de son bras infirme dans les yeux de son adversaire pendant que l'autre le tire par les cheveux et essaie d'éviter ce crochet menaçant. Don Pierre prend le relai et s'installe à califourchon sur lui, frappant à l'oreille, à la nuque. Mansuetu mord Andria à la joue, il ne veut pas le lâcher, il veut le tuer de ses dents mais le grand est sur lui qui l'étouffe de son poids, qui le bat à l'assommer. Andria hurle de douleur, il tente en vain de frapper le sauvage de la crosse de son revolver. Les trois hommes se battent comme des chiens et les chiens eux-mêmes aboient à tout rompre au creux des rochers. Si les laisses cassaient ils iraient défendre leur maître, ils mourraient pour lui. À présent les combattants roulent sur la petite place devant la bergerie. C'est alors que survient un miracle : Mansuetu est parvenu à se libérer de l'étreinte. Il glisse sur le flanc et se retrouve libre. Il n'a plus qu'une chose en tête : atteindre le grand chêne, ce fusil suspendu à la branche. Il bondit en direction de l'arme mais Andria le bloque du pied et Mansuetu tombe à nouveau à terre. Il sent que le plus grand lui donne un coup violent dans le dos, il sent qu'il perd brutalement ses forces, que le sang coule le long de son dos. Il repense à la hache et tente de se redresser une dernière fois mais le plus grand le plaque contre le sol pendant que son acolyte se tord de douleur, comprimant de la main la joue et l'œil blessés durant la bataille.

Debout au-dessus de Mansuetu, Don Pierre lui maintient, du pied, la tête écrasée sur le sol et élève la hache, très haut. Hurlant de douleur, Mansuetu tente de saisir son ennemi par la cheville mais il n'a pas le temps de la serrer car la hache est venue s'enfoncer dans l'épaule, brisant les os et pénétrant les chairs en profondeur. Mansuetu le berger crie sa souffrance : il n'a plus, à présent, aucun bras pour se défendre. Il est vaincu et désespéré, comme un agneau qu'on va saigner. Il était le dernier berger de ces montagnes, il n'y aura plus personne après lui, des Stabbia aux confins des plaines, de toutes les Terres il était le dernier. Ne vous mettez pas à larmoyer, vous l'avez voulu aussi. Qui a armé le bras de l'assassin ?

Don Pierre élève la hache à nouveau, et cette fois il vise, sans même entendre les hurlements de sa proie appelant une mère qui n'est plus de ce monde. Une deuxième fois, il abat la hache sur la tête, mais la lame n'est pas aiguisée comme il faudrait, et c'est davantage une masse qu'une hache. La mâchoire a cassé, une pommette est enfoncée, l'un des yeux de Mansuetu est sorti de son orbite mais il n'est pas encore mort. Il n'est plus qu'un cri, un beuglement innommable venu des confins de l'âme, presque un halètement qui n'en finirait plus. Le bourreau abat la hache à nouveau : le crâne éclate dans un bruit d'os brisés et de cervelle fracassée. Et la hache s'abat encore, dix fois, ce n'est plus la tête d'un être humain mais une monstrueuse pâtée de cheveux et de chair, de cervelle et de miettes d'os. Le berger ne remue plus, il est étendu là, à l'ombre du grand chêne. Ce n'est plus un berger, ce n'est qu'un corps, humble dans sa misérable destinée, une forme de plus, vouée à la dissipation. L'assassin recule de deux pas et admire son œuvre, n'en ressent nul effroi : il est d'un calme souverain, comme si ce qu'il voyait n'était qu'un songe lointain. Comme s'il n'avait jamais rien fait.

Car qu'a-t-il fait, en somme ? Un homme mort, ce n'est déjà plus un homme. Un univers qui sombre ? Mais un univers qui sombre est déjà voué à l'oubli. Comme si, jamais, il n'avait existé.

Le vent s'engouffre dans les hauteurs des pins, les chiens ont cessé d'aboyer et dorment dans le chenil, les rivières continuent de gronder et de s'écouler dans la vallée. Les oiseaux se sont regroupés et se sont tus mais un timide rayon de soleil a surgi qui annonce le printemps à venir. Un univers qui sombre ? Ce n'est rien du tout, face à l'immensité de ce qui fut. Rien du tout, rien que la dernière page d'un livre ancien qui vient de se refermer.

18

Je te connais – Scène de carnage aux Stabbia – Une présence dans la nuit – Enterrement – Dernière vision de Diane – Des changements à la librairie – Quatre hommes à bord d'une voiture

Je te connais. Je sais de quelle matière tu es faite, avide et jamais rassasiée. La nuit tombe et j'entends des chants anciens qui déchirent l'obscurité épaisse. Ce sont les âmes des martyrs. Ils chantent du fond de leur damnation. Ils chantent la désespérance mais nous ne les comprenons pas. Et moi je sais que tu reviens sans cesse, nos chants ne t'ont jamais chassée. Je sais de quoi tu te repais. Tu bois le sang des agneaux. On ne peut te nommer.

Mansuetu était un ange tombé du ciel. Lui aussi il te le fallait. Il te fallait son innocence, cette ombre sur son visage. Car toujours et encore le sang le plus noble irrigue nos haines. Tu n'es pas la justice, tu as été enfouie depuis le jour où nous sommes nés, nous qui croyons, nous qui espérons. Tu es là, jalouse de ce souffle primitif et tu attends. À chaque minute de notre vie tu nous guettes, patiemment, avec l'appétit d'un prédateur, tapie au fond de ton antre.

Tu te repais des râles ultimes, de nos dernières illusions de désespérés. Les chants déchirent l'obscurité épaisse, encore et encore.

Trajan mon frère, détourne ton regard, elle est là à nouveau, revenue depuis les temps les plus anciens, c'est elle et tu la reconnais. Aujourd'hui elle veut faire de toi un damné, t'engager sur une pente, armer ton bras, assoiffée par le Destin, elle veut te vouer à l'infamie. Trajan mon cousin, puisses-tu ne pas l'entendre. Tu ne vois donc pas où elle t'emmène ?

Mais Trajan est déjà ailleurs. Il n'entend plus rien, il ne voit plus rien. Il est appuyé contre le mur de la bergerie, la tête enfoncée dans ses bras croisés et il ne veut plus voir ce que la lumière du jour offre à ses yeux. Il est resté ainsi de longues minutes, hébété, sans observer rien d'autre que ce qu'il pouvait voir à travers ses bras croisés.

Personne n'a pu ni n'a voulu le sortir de son hébétude, de cette plongée étourdissante précédant le réveil, le retour à la réalité inéluctable et implacable et à son destin de dévoyé auquel il ne peut résister.

Un grand silence règne autour de la bergerie, malgré les nuées de gendarmes et les gens venus s'attrouper dès que la nouvelle s'est répandue et qui se tiennent à distance, en haut de la route en terre. Plus bas, aux Stabbia, les militaires s'affairent pour trouver des indices et mesurent toute sorte de choses. Un journaliste prend un cliché, après s'être excusé de devoir faire son travail.

Je suis là, assis à quelques mètres de Trajan. J'observe cette scène irréelle : un drap mortuaire posé sur le corps de Mansuetu. Des hommes en civil discutent avec le capitaine de gendarmerie, probablement des policiers ou des magistrats.

Une heure durant nous sommes plantés là, sans pouvoir toucher à quoi que ce soit, sans pouvoir l'embrasser, sans pouvoir l'emporter pour faire notre deuil.

Bastien et Jean-Baptiste sont enfin arrivés. Ils ont expliqué qui ils étaient et on a fini par les laisser pénétrer dans le périmètre de sécurité. Très lentement, comme si chaque pas était un effort douloureux, ils se sont avancés en direction de la bergerie. Les larmes aux yeux, ils ont observé à distance le drap de morgue, hébétés, spectateurs de l'inconcevable. Je pouvais voir Jean-Baptiste se mordre la main de rage. Ils se sont arrêtés à mi-chemin, Jean-Baptiste s'est courbé pour prendre son visage entre ses mains, il se refusait à croire ce qu'il avait sous les yeux. La main posée sur son épaule, Bastien demeurait debout, livide, ses lèvres mêmes comme vidées de leur sang.

Je me suis levé et j'ai pris Trajan par le bras, je lui ai parlé, à voix basse, pour lui dire que Bastien et Jean-Baptiste étaient là. Il a relevé la tête, il s'est rétabli sur ses pieds pour aller avec moi à la rencontre de nos amis.

Nous nous sommes frayés un chemin entre la bergerie, les gendarmes affairés et la petite foule qui observait en silence, plus loin, sur la route. Nous nous sommes embrassés tous les trois, sans dire un mot. Nos gorges étaient serrées et nous ne pouvions plus parler, nous ne pouvions plus nous défaire de notre étreinte. Tous les quatre nous voulions reformer le cercle, cette famille que nous étions, nous voulions la reconstituer, mais Mansuetu manquait, lui qui était étendu sous un drap de morgue là-bas, loin de nous. Mansuetu qui n'apparaîtra plus dans ce cercle qui fut le nôtre.

Nous avons soutenu Trajan dans la mesure de nos forces tandis qu'il pleurait toutes les larmes de son corps. Sans notre étreinte, il se serait immédiatement effondré, serait tombé à terre, vaincu, dans un dernier souffle, prêt à retrouver sans délai son frère assassiné. Moi, dans ce cercle rompu, je sentais la présence de Bastien, une présence forte qui m'envahissait, et je crois qu'il ressentait la même chose, une chose qui ne se dit pas : malgré la distance, malgré les différences qui nous séparaient, nous, les deux frères, cherchions à comprendre la damnation de Trajan. Et si une chose pareille nous était arrivée à nous, et si le destin nous avait définitivement séparés ?

Nous avons compris à quel point nous nous aimions, à quel point ce sort aurait été insupportable, comme l'était cette blessure dans l'âme de Trajan, et le cercle sempiternel cherchait à se resserrer encore et encore, quelque chose refaisait surface du fond de la mémoire, par le sang de l'agneau, l'antique serment des Cianfarani et des Chirgoni, Bastien et moi réunis dans l'amour fraternel.

C'est alors que Trajan a poussé un cri, un cri de désespoir enfin libéré, et nous en fûmes glacés car jamais nous ne l'avions vu pleurer, nous n'imaginions même pas qu'il pût montrer ainsi sa souffrance. Lui, si empreint de dureté, ce pilier parmi nous depuis toujours, ce roc imperturbable que même la foudre n'aurait pu ébranler, voici qu'il était là maintenant, si faible, à son tour devenu une blessure béante hurlant son incommensurable douleur. Ce cri cherchait à percer les cieux, à atteindre Mansuetu dans son ultime refuge, l'air froid tendait une passerelle entre les deux frères. Les gens autour, nous-mêmes, n'étions plus qu'un océan asséché, et les montagnes se couvraient d'un gel que soufflait la douleur, la souffrance et cette puissante colère qui grandissait.

Je te connais. Je marchais en pleine forêt. C'était la nuit, ni souffle de vent ni lune. J'étais parti suivant des traces. L'obscurité était épaisse et je me trouvais à une heure de marche des Sarconi. Ta présence. Je ne pouvais même pas voir un arbre à distance d'un bras. Et tu étais là. Vagabondant à mes côtés par cette nuit d'hiver. Immatérielle et silencieuse. Qui étais-tu ? Et que voulais-tu ? Tu m'as seulement fait sentir ta puanteur froide. Je sais que tu étais près de moi, que tu tentais de me rendre fou et que mes cartouches étaient bien inutiles. Tu riais. Tu te gaussais de ma terreur. De quelle substance étais-tu faite ? Comment fallait-il te nommer ? Démon ? Âme errante ? Ou profonde vérité de notre destin qui t'autorise à épargner ou à prendre, à te jouer de nous à ta guise, au gré de tes insondables désirs. Quelle est la perversité qui t'anime ? Cette effronterie macabre, qu'est-ce que c'est ? Par cette nuit profonde, par cette nuit d'hiver, tu m'as laissé passer mon chemin mais je t'ai sentie à mes côtés un long moment, jusqu'à ce que j'arrive chez moi.

Les cloches sonnaient le glas. Les portes de l'église s'ouvraient. Le cercueil passait au milieu de la foule, nous le portions à l'épaule. Je me rappelle les visages qui étaient là, les silhouettes connues et inconnues, certains arrivaient des villages d'autres de la ville, des gens du coin et des anonymes. Je me rappelle ce silence jusqu'au cimetière. Approche ton épaule, Baptiste, et conduis-le avec moi jusqu'à son dernier repos, cet ange sacrifié, approche aussi ton épaule, Bastien, un ancien serment nous attache à lui, tout ce que nous sommes nous attache à lui. Jusqu'au cimetière et au-delà. Je me rappelle ces mains qui se tendaient pour que nous puissions nous appuyer sur elles, je me rappelle ce soutien dans les regards. Les gens honnêtes et les sales gosses, tous réunis dans une même masse et tous placés devant la même vérité, rassemblés par le même sort. Je me rappelle cette colère muette et la froide douleur qui parcourait la foule. Et les mots d'adieu de Trajan, comme si, à cet instant, il refermait lui-même le livre ancien, tandis que les pierres pleuraient, tandis que les villages entiers, que les Terres alentour nous transmettaient déjà cette force effrayante. Je me souviens de cette dernière vision de Diane, perdue au milieu de ces gens, de son regard qui s'éloignait et me disait définitivement adieu, Diane pour la dernière fois proche avant de devenir pour toujours une étrangère, elle qui lisait en moi et savait que tous nos espoirs étaient en lambeaux. Diane qui nous avait rêvés, tous les deux, étendus sur un tombeau de briques.

Je venais de placer une affichette *À vendre* sur la vitrine de la librairie. Maroselli est entré, le regard triste, “Maître…”. Nous avons échangé des banalités, je lui ai donné des conseils pour ses études à venir, puis j'ai glané quelques livres qui me plaisaient sur les étagères. J'ai dit : “Tenez Maroselli, ne partez pas sans quelques souvenirs, vous aussi maintenant il faut que vous composiez votre bibliothèque du désespoir.”

— Qu'allez-vous faire, Maître ?

— Je ne m'en fais pas pour la vente. Je trouverai bien un débile à qui il faut un local pour vendre des pizzas ou des produits du terroir pour touristes… Je vais partir à l'étranger. L'Italie, peut-être, ou l'Espagne je ne sais pas encore. Je crois que le moment de recommencer quelque chose est venu et de finir mes jours en bonne compagnie.

— L'Italie alors ! lance Maroselli, de nouveau illuminé. On s'y verra peut-être… *Di ritorno alla Patria…*

— Mmh… Ce sera plutôt l'Espagne je crois. Un endroit que je ne pourrai justement pas reconnaître comme une patrie.

Nous avons bavardé encore un peu, de belles choses et de choses absurdes et tandis que nous parlions Lena est entrée dans la librairie. À nos regards, Maroselli a compris qu'il serait bienvenu de nous laisser.

— Je m'en vais, Maître. On se verra dans une autre vie. Ou dans les livres de notre Histoire, si un dingue veut bien reprendre son écriture un jour.

— J'espère qu'on se reverra dans ce monde-là, Lucifer, les chemins de la postérité risquent d'être bien difficiles à emprunter pour des gens comme nous.

Marchant au pas d'un pénitent de l'an mil, Maroselli est sorti avec ses livres sous le bras en me faisant un signe de la tête.

Qu'est-ce qu'on pouvait bien se dire, avec Lena ? Au vu de l'affichette, dehors, il y avait quelque chose comme une évidence : nos chemins n'allaient plus se croiser désormais. Comment aurait-il pu en être autrement ? Je cherchais une petite étoile et cette petite étoile elle aurait pu en tenir lieu. Si elle n'avait pas été ma cousine. Et si elle ne l'avait pas été, m'aurait-elle plu quand même ? Je l'observai : ses jambes parfaites, le galbe de ses hanches, son ventre fait pour l'amour et cette lèvre inférieure légèrement gonflée qu'on avait envie de mordre et ses cheveux noirs qui tombaient devant ses yeux.

— Je ne te demande pas de venir avec moi en Espagne, lui ai-je dit.

— J'espérais bien que tu ne me ferais pas la proposition.

D'une certaine manière, elle me libérait, elle me laissait m'en aller.

Je l'ai pressée contre moi en l'attirant par le bras.

— Tu viendras me voir. J'aurai besoin de toucher ta peau de temps en temps. Histoire de me dire que je suis toujours en vie.

— Ne t'en fais pas pour ça, les Espagnoles vont tomber comme des mouches.

— Et toi, tu vas faire quoi ?

— Je vais me trouver un milliardaire, un Russe, il va perdre la tête. Je vais lui faire cracher son fric.

— Mais quelle pute… Tu es bien mon genre, toi. Je me demande pourquoi je te laisse.

— Parce que je suis ta cousine germaine, abruti.

Je la regardai dans les yeux et l'étreignis avec force. Rien dans son regard ne m'indiquait qu'elle était ma cousine et pourtant. J'y reconnaissais bien cette espèce de vice, comment dire ? Cette perversité qui me rappelait quelque chose.

— Non, on va faire autre chose. On va fonder une nouvelle race, on va changer la face de l'humanité. Nous allons produire des êtres…

— Des débiles, oui.

En l'embrassant, je lui ai un peu mordillé la lèvre inférieure. Après quoi je l'ai encore regardée dans les yeux, en passant la main sur son visage pour en écarter une mèche de cheveux. Il s'en serait fallu de peu pour qu'elle devienne ma prison, qu'elle parvienne à m'y maintenir et à m'empêcher de pénétrer dans ce couloir obscur. Mais un autre livre était écrit. C'était comme ça. Et elle savait bien qu'elle n'y pouvait rien changer. J'ai compris qu'elle souffrait, qu'elle compatissait. Elle a, elle aussi, passé sa main sur mon visage, me caressant du bout des doigts, et son regard me disait : je te comprends, comme je te comprends, fais-le, c'est ainsi que le livre est écrit, fais-le et assure ton salut. Elle s'est enfin dégagée de mon étreinte. On s'est tenu la main un moment encore et on s'est lâché, Lena s'est détournée, à regret, et elle s'est dirigée vers la sortie en fermant lentement la porte de la librairie. Juste avant, elle s'est retournée et m'a encore regardé, le regard triste et tendu, en disant : "Fais attention." Et elle s'est évanouie dans la ruelle.

Je suis allé chercher Bastien en voiture. En quittant la maison, nous avons embrassé mes neveux qui n'avaient pas compris ce que nous partions faire et ont continué leur partie de Playstation. En chemin, dans la voiture, nous avons parlé comme deux hommes qui se retrouvent enfin, Bastien et moi, comme deux frères qui se veulent du bien mais qui, d'ici peu, seront engloutis par une force supérieure. Bastien avait besoin de se confier. Il m'a dit qu'il s'en foutait de sa femme maintenant et qu'il aurait la garde de ses gosses, ce qui lui convenait. Il était content d'apprendre que je mettais la librairie en vente, il était d'accord, c'était la meilleure chose à faire. Il m'a dit aussi que j'avais bien agi lorsque je n'avais pas tiré sur le mouflon car maintenant j'étais sauf, malgré tout ce que je pourrais faire mon âme serait propre, et que c'était cela qui nous liait véritablement, tous les deux, ce que le Vieux nous avait dit avant de s'en aller : nous avions l'âme propre, nous pouvions nous regarder dans un miroir. Il n'était pas forcé de le faire mais il me l'a dit : il était fier d'être mon frère. Des larmes ont failli jaillir de mes yeux.

Arrivés à la campagne nous avons garé notre voiture devant celle de Trajan. Jean-Baptiste et Trajan ont ouvert la porte d'entrée et sont sortis, chacun chargé d'un sac pesant et de vestes de chasseurs et ont balancé le tout dans le coffre de la voiture. Baptiste avait les yeux humides mais il serrait les dents. Et Trajan, Trajan était devenu quelqu'un d'autre. Il se déplaçait parmi nous mais semblait évoluer dans un autre monde.

— Nous sommes prêts, ai-je dit à Trajan.

— Oui, je sais.

— On peut y aller, mon ami, maintenant on peut y aller.

— Oui, Marc-Antoine, ce qu'on fait là c'est bien.

— Il est bien de le faire, Trajan, c'est une chose juste.

— Rien n'a jamais été plus juste. Il nous observe d'en-haut.

— Oui, il nous observe.

— On y va maintenant.

— On y va, Trajan.

Nous avons tous les quatre pénétré dans la voiture, Baptiste conduisait, Trajan à ses côtés, Bastien et moi derrière. On parlait peu, de l'essentiel. Des façons de procéder, du rôle de chacun. Nous étions tous calmes. Nous sommes enfin arrivés en ville. La nuit tombait.

19

Combat de la Ferme Forte – Une taverne à Bastia – Les cousins au village – Retour aux Sarconi – Les déserteurs – Vers la plaine

Le 18 novembre, ils étaient dans la région d'Étreux, sur la Sambre, dans l'attente de retrouver le feu après moins de quinze jours à l'arrière. Le dernier combat de la Ferme Forte, prise au huitième jour d'assaut, avait été particulièrement cruel. La position était tombée le 15 octobre après une lutte épouvantable livrée à l'intérieur même du bâtiment, au corps à corps, à coups de baïonnettes dans les tripes et de revolvers. Le 16, cinq contre-attaques ennemies furent arrêtées. Les mitrailleurs allemands s'étaient avancés à quarante mètres du troisième bataillon. Les hommes tiraient à vue, c'était à qui resterait debout le dernier. Des deux côtés, face à face, les mitrailleuses crachaient, une lutte inimaginable, personne ne voulait céder de terrain. Un mitrailleur corse, un certain Felce, servit seul sa pièce, tous ses camarades étaient tombés autour de lui. Au matin du 17, les corps des cinq assaillants qu'il avait abattus l'un après l'autre gisaient sur le terrain gorgé de sang. Le dernier Allemand était mort juste devant la mitrailleuse. Tout était fini.

On les releva.

De retour sur le front, ils attendirent le feu en vain. Le 11, une sentinelle appela. Le sergent Cianfarani rejoignit le poste de garde avec des jumelles. Une patrouille allemande avançait vers les positions françaises, à pied, dirigée par un officier en grande tenue. Un des soldats portait un drapeau blanc.

Les défenses s'ouvrirent au passage de la patrouille et les Allemands s'avancèrent d'un air martial au milieu de la troupe ennemie. Certains soldats auraient pu tirer, surtout sur l'officier tout-puissant qui aurait pu faire un trophée apte à racheter le sang de tous leurs camarades morts le mois précédent. Mais personne ne fit rien. Un drapeau blanc au milieu de toutes ces horreurs, ça devait vouloir dire quelque chose. Tout l'espoir du monde était suspendu à ce drapeau.

La patrouille fut reçue dans le baraquement des officiers. À peine dix minutes, et elle repartait, toujours aussi martiale, vers le camp allemand. Un tireur d'élite, un jeune du Nord, Silvagnoli, prit l'officier dans sa ligne de mire jusqu'à ce qu'il eut disparu, avalé par la ligne Hindenburg. "Si jamais on me donne l'ordre, disait Silvagnoli, je le descends comme une grive." L'ordre ne vint jamais. Cianfarani s'approcha du jeune homme et dit : "Tu n'auras plus besoin de faire ça. La guerre est finie."

En fait, ce fut une fin plus longue que prévu. Les combats terminés, le régiment fut envoyé occuper la Rhénanie. Jusqu'à la fin de l'année 1919. Le premier hiver à Rastadt fut dur. Malgré les permissions plus fréquentes. Puis on les envoya à Mayence, au printemps, et enfin, après la signature du traité de paix, ils se retirèrent à Wiesbaden pour achever l'occupation. Là-bas, les services d'intendance distribuèrent généreusement des capotes anglaises, toutes les femmes de la ville étant vérolées.

Et un jour Cianfarani fut démobilisé. Pour lui, la guerre se terminait là, elle resterait toujours dans son esprit “la guerre de 14-19”, du premier jour où il avait porté l’uniforme jusqu’à celui où il avait enfin pu l’enlever. Il croyait que c’était pour toujours.

Le bateau le débarqua à Bastia, mais personne ne l’attendait sur le quai. Il vit une ville grise où des ordures s’accumulaient dans les ruelles. Il était habillé en civil et personne ne faisait cas de sa présence. Il but un verre dans une taverne, et il entendait des hommes de son âge raconter leurs hauts faits de guerre. Ils picolaient et plaisantaient – affabulaient, aussi. Il entendit prononcer des noms qu’il connaissait, les Éparges, le Mort-Homme… Il avalait son absinthe, sa vue se troublait. Un homme s’est approché et lui a demandé d’où il était, il a répondu : du Sud. L’homme a demandé s’il était démobilisé. Il a dit oui. Ils l’ont fait servir, et puis ils l’ont interrogé sur sa guerre. Il a dit qu’il arrivait directement de Wiesbaden, et puis il s’est refermé sur lui-même. “J’y étais au Mort-Homme”, a-t-il fini par lâcher, “je ne vous ai pas vus”. Un des types s’est approché, le silence s’est fait. L’homme a dit : “Qu’est-ce que tu veux dire ? Qu’on est des menteurs ?” Il n’a pas répondu. Il a regardé l’homme des pieds à la tête. “On est des menteurs ? Tu as un problème ?” Le type était agressif, l’absinthe lui montait à la tête et ses amis durent le retenir. Ils étaient quatre ou cinq, peut-être plus si les gars des tables à côté venaient les rejoindre. Un moment, Cianfarani a pensé à casser une bouteille et à attaquer le premier. Un autre type est intervenu, qui disait : “L’ami, nous aussi, on y était, pourquoi tu nous agresses comme ça ?" Il a regardé l'homme avec un air d'incompréhension absolue et puis il lui a lâché : "Si vous y étiez, au Mort-Homme, comment ça se fait que vous êtes vivants ?" Personne ne lui a répondu, il est sorti de la taverne.

Le lendemain, il a pris le train, il a mis des heures pour arriver à Ghisonaccia. Le train s'arrêtait dans toutes les gares de la plaine, des ouvriers italiens en descendaient, des bergers prenaient leur place. Vers Moriani, une vieille femme est montée dans son wagon, elle s'est assise en face de lui. Elle portait un baluchon noué qu'elle a posé sur le banc près d'elle. La vieille l'a regardé. Elle avait les yeux humides, vitreux. Un regard bleu d'une clarté malsaine. Elle a parlé. "Vous êtes soldat, pas vrai ?" Il a fait signe que oui, avachi, les bras croisés sur la poitrine. "Mon fils, vous l'avez connu ? Il a disparu en 16, à Fleury." Il a demandé son nom. La femme a dit son nom et son prénom. "Votre fils est mort. Je ne l'ai pas connu mais à Fleury, ils ont tous été tués. Ils sont tous morts là-bas et les survivants, ils les ont faits prisonniers. Le village n'existe même plus." La vieille a essuyé une larme. Mais elle ne s'est pas laissée aller. L'indifférence du soldat l'empêchait de laisser s'épancher sa tristesse.

Le train s'est arrêté à Ghisonaccia, d'où il a emprunté un cabriolet en direction du sud. Dans la soirée, il était arrivé mais il n'y avait vraiment que très peu de monde dehors, quelques-uns se sont quand même approchés pour le saluer. Deux ou trois femmes l'ont embrassé, elles lui présentaient des gosses crasseux dont il ne se souvenait plus. Il a demandé des nouvelles de sa famille, on lui a répondu qu'ils étaient déjà montés aux Sarconi, avec les bêtes. Il n'y avait presque plus personne en bord de mer, avec la canicule. Quelques familles de leveurs de liège, et les ouvriers italiens. Les boutiques n'avaient plus rien à vendre, ni vêtements ni farine, rien, mais ça, ça n'avait rien à voir avec la transhumance, la guerre avait apporté la misère et l'abandon, certains attendaient encore qu'on livre la farine algérienne depuis Bastia, mais rien ne venait. Il les a écoutés, aussi indifférent qu'avec la vieille du train. Et puis il est allé frapper à la porte de ses cousins, dans la vieille ville : ils ne montaient jamais aux Sarconi, il le savait. Ils étaient sincèrement heureux de le voir. Il lui ont servi une assiette de soupe et lui ont préparé un coin où dormir sur une paillasse. Mais il dormit peu, toute la nuit les punaises et les cafards dansèrent sur lui un ballet répugnant.

À l'aube, son cousin s'est levé en même temps que lui, il l'a accompagné jusqu'à ses champs, en dehors de la ville, et il lui a emprunté un cheval. Sur le chemin, ils ont parlé un peu. "Qu'est-ce que tu vas faire ?" a demandé son cousin. "Je verrai, il y a les bêtes, j'aiderai mes frères." Son cousin lui a expliqué que les affaires de la famille allaient mal. Tout le bétail avait été perdu pendant la guerre, ou vendu. Après la mobilisation des hommes, les femmes n'avaient pas pu faire face, il avait bien fallu manger. Il ne restait qu'un troupeau de chèvres et quelques vaches squelettiques. Il serait difficile de partager. Marc-Antoine restait silencieux. Toi qui as été soldat, tu devrais chercher une place de garde champêtre, dans la forêt des Pireddi, lui a conseillé son cousin. Il est resté silencieux pour la deuxième fois. Une place de garde champêtre, ça serait une solution, oui, une bonne solution. Il est monté à cheval et a pris le chemin de la montagne. Son cousin lui a lancé un salut fraternel et lui, il le regardait disparaître peu à peu en s'éloignant sur son cheval, sans aucun signe d'affection ou de gratitude.

À l'extérieur de la ville, la campagne semblait avoir été désertée depuis des siècles. Les enclos étaient ouverts, les ronces et les cistes avaient tout envahi. Des parcelles autrefois labourées avaient été ravinées par la pluie. Personne n'avait pris la peine de relever les murets écroulés. Il continua à avancer sans regrets. Avant d'attaquer la montée vers les Sarconi, il passa dans un petit hameau, Padivedda, au pied des montagnes. Il y avait là une maison à moitié effondrée, un vieux avec une casquette, et un enfant pieds nus, assis sur un banc de pierre. Ils ne le saluèrent pas. Ils n'avaient rien à échanger. Le vieux avait le cuir tanné d'un Africain, et l'enfant était tout griffé, avec des morves étalées sur la moitié du visage. Ils semblaient être seuls et oubliés là. Un chien sortit de l'ombre pour aboyer vers le cavalier et sa monture. Cianfarani poursuivit sa route.

Le chemin s'enfonçait au cœur de la forêt. D'abord, il y eut les chênes-lièges, et des arbres malades qui attendaient que les leveurs fassent leur travail, ils semblaient onduler dans la chaleur, mais c'était plutôt la vue du cavalier qui était troublée. En montant, il laissa derrière lui les étendues de chênes-lièges et d'herbes jaunes pour pénétrer dans une forêt verdoyante où l'ombre se faisait plus clémente, les mouches moins agressives. Les premiers pins apparurent enfin. Au tournant de Vaddicedda, l'air se rafraîchit d'un seul coup. Il s'arrêta pour boire à une source qui jaillissait d'un rocher. Encore une demi-heure et il serait sur le plateau, dans la forêt des Sarconi. Il reprit sa route.

Il arriva au Rutaghju, le dernier village avant le plateau. À l'entrée du village, deux hommes empêchaient le passage, fusil en main. Quand il arriva à une vingtaine de mètres, un des hommes le mit en joue et lui cria : "Arrête-toi ! N'entre pas chez nous !" Marc-Antoine tira sur les rênes.

— Je suis Marc-Antoine Cianfarani, des Sarconi. Je rentre chez moi.

— Je sais qui tu es, je te reconnais, mais on ne te laissera pas entrer. Fais le tour. Passe par les Scialbali.

— Comment ça, je dois faire le tour ? Ma route passe par ici. Qu'est-ce qui se passe ?

— On ne laisse pas les étrangers passer par le Rutaghju. Ça fait des mois qu'on n'avait plus la grippe espagnole. Une petite fille est morte, ça fait trois jours. On a décidé que chez nous, personne ne passe plus. C'est les voyageurs qui amènent la maladie.

— Vous êtes sûr qu'elle est morte de la grippe espagnole ? On m'a dit que c'était fini.

— On ne veut pas le savoir. On l'a enterrée le jour même. Maintenant, le passage est fermé.

— Vous savez, je vais passer quand même. J'ai fait un long voyage et on m'attend chez moi.

— Si tu essayes de passer, Cianfarani, je te brûle la cervelle. C'est comme ça. Fais le tour.

Il a regardé les deux hommes. Il les connaissait de vue mais il ne se rappelait plus leurs noms. Avec un mousqueton ou un revolver, il les aurait descendus tous les deux. Mais il n'avait rien. Il regrettait de ne pas avoir emprunté de fusil à son cousin. Enfin, il a pris une décision. Il a sorti un nerf de bœuf d'une besace accrochée à la selle. "Essayez de m'arrêter si vous êtes des hommes", leur a-t-il dit, et il a commencé à avancer. Les deux gardiens le tenaient en ligne de mire, prêts à faire feu. Et puis quand il est arrivé à leur hauteur, ils se sont écartés. “Maintenant, tire-moi dans le dos, si tu en es capable”, a encore insisté Marc-Antoine sans lâcher son nerf de bœuf qu'il tenait de manière à pouvoir l'abattre sur eux.

— Ça suffit, a dit l'homme qui avait parlé jusque-là, passe et ne t'arrête pas, parce que sinon je te tire dessus pour de bon, et même dans le dos.

Au fur et à mesure qu'il avançait dans le village, il vit des fenêtres qui se fermaient. Les femmes couraient après les enfants pour les faire rentrer précipitamment dans les maisons. Il vit encore deux ou trois ombres armées apparaître aux portes. Pendant toute la traversée, les deux hommes le guettaient de loin. Et puis il sortit du village, et il fut enfin sur le plateau, à l'ombre des pins immuables. Il dépassa les premières habitations des Sarconi, c'étaient celles des Faccilichi – ils ne se parlaient pas. Deux ou trois vieux le saluèrent quand même de la main, ou en lui faisant un signe de la tête. Il attacha le cheval à un anneau sur la place, et il monta à pied dans le haut du hameau, là où les bergeries des Cianfarani se recroquevillaient au pied des cîmes.

Dans les semaines qui suivirent, il s'occupa des bêtes en forêt avec ses frères. Les vaches ne posaient pas de problèmes, elles restaient regroupées, mais les chèvres pouvaient s'enfuir, et il fallait parfois aller les chercher sur les crêtes les plus inaccessibles. Pour Marc-Antoine, après tant d'années loin de chez lui, ces expéditions étaient un amusement. Il redécouvrait les chemins oubliés de son enfance, et rien n'avait changé. Certains sentiers lui semblaient quand même moins longs, moins difficiles que quand il était petit et qu'il gardait les chèvres. Il comprenait que c'était sa vision d'homme adulte qui avait changé, c'était sa perception de l'espace qui avait changé, et pas le pays, qui était demeuré le même. Il y avait un ruisseau, dans le temps, qu'il devait traverser en sautant de pierre en pierre ; aujourd'hui, une enjambée suffisait. Pour parcourir la forêt, un de ses frères lui avait offert un fusil, une bonne arme qu'il entretenait avec un soin militaire. Parfois, il se disait qu'il pourrait tomber sur les deux types du Rutaghju. On parlerait alors d'égal à égal. Mais, pour parler franchement, cet incident ne le préoccupait guère. D'autres démons peuplaient ses mauvais rêves. Il se réveillait en sueur, en pleine nuit, il mettait du temps à réaliser qu'il dormait dans la bergerie des siens, il oubliait qu'il était de retour aux Sarconi. Souvent, le soir, en forêt, il guettait les sangliers. Il avait entendu siffler dans les sous-bois. Une fois, il lui sembla entendre la clameur des hommes qui montaient à l'assaut, alors qu'il était en poste à la Bucca'llu Corbu. D'abord, il n'entendait rien, juste les coups de bec d'un pivert sur les pins. Et puis le bruit devint le rugissement d'une mitrailleuse. Il les voyait, maintenant, avec leurs masques à gaz, leurs vestes couleur de boue, les lourds havresacs, les fusils aux baïonnettes luisantes. Il entendait leurs cris, on aurait dit qu'ils parlaient la langue du diable. Il les voyait grimper au pas de course, se jeter derrière les rochers en vidant leurs chargeurs et en lançant des grenades. Il voyait les explosions qui les taillaient en pièces, les corps projetés en l'air comme des poupées de chiffons, la lueur des balles traçantes dans le crépuscule, leur impact répugnant dans les chairs tendres. Et d'un coup, tout avait disparu. La forêt était silencieuse, paisible sous la lune. Il se rappelait. L'affût. La Bucca'llu Corbu. Je suis revenu.

Pour dormir, on lui avait préparé un matelas d'asphodèles. Il était confiné dans un coin de la bergerie, mais il avait connu pire. Il entendait le souffle mêlé des hommes et des femmes, celui des enfants qui partageaient la même couche. Ils étaient bien une dizaine à dormir dans la même pièce. Une main l'a doucement secoué. C'était son frère aîné. Il lui a fait signe de se taire et de le suivre à l'extérieur. Ils se sont retrouvés tout de suite dehors, vêtus et armés, lui et son deuxième frère qui dormait dans une autre bergerie. Ils ont mis leurs chaussures et le frère qui l'avait réveillé lui a tendu un sac plein de fromages et de légumes. Ils se sont mis en marche bien avant le jour. Ils ont traversé la Chjarasgia, où était la châtaigneraie, et franchi une rivière, le Riu Nieddu, l'eau jusqu'à la taille, et ils arrivèrent au lieu qu'on appelait la Contra. Ils se sont arrêtés pour boire, sans rien dire. Un de ses frères est revenu sur ses pas, le fusil à la main, il a écouté la nuit impénétrable, puis il s'est tourné vers eux en disant à voix basse que tout allait bien. Ils pouvaient continuer. Ils ont gravi le chemin des crêtes, traversé Arbaina, et les collines, celles de Ghjisiola et de Pisana, et puis Casteddu Sfraiatu et Tozza d'Aratu. Il faisait toujours nuit quand ils sont arrivés aux bergeries des Stabbia. Ils ont été encore plus attentifs, surveillant les alentours. Ils se sont cachés au milieu des rochers, avec un chêne centenaire qui les surplombait, et ils pouvaient observer les bergeries de loin. Ils ont vu une ombre s'avancer sur le chemin sans faire de bruit. C'était une ombre menue qui, bien que silencieuse, s'approchait d'eux rapidement. Son frère aîné a sifflé entre ses dents, deux fois, il soufflait plus qu'il ne sifflait, mais l'ombre l'a entendu. Elle s'est d'abord arrêtée avant de siffler à son tour. Ils sont sortis tous les trois de leur cachette et ils ont retrouvé l'ombre sur le sentier. C'était un petit garçon d'une douzaine d'années, pieds nus, la tête rasée. Il portait une besace trop grande pour lui et un fusil cassé sur l'épaule. Ils n'ont pas parlé mais l'enfant a montré un passage dans la bruyère et ils s'y sont engagés, laissant le chemin derrière eux. L'enfant marchait en tête, il signalait d'un geste les racines qui pouvaient les faire trébucher et les buissons d'aubépines. Ils ont suivi le chemin qui descendait, traversé des précipices. Au bout d'un moment, tandis que le soleil se levait, ils sont arrivés sur un monticule de pierres rouges. *U Vardatu*, a dit l'enfant. Ils ont suivi un goulet dans la rocaille, et le gosse s'est arrêté et s'est mis à siffler entre ses doigts. Ils ont attendu un instant et un sifflement identique s'est fait entendre plus haut, sur un remblai. Trois hommes sont apparus, coiffés de casquettes, le fusil en bandoulière. L'un des trois était un géant ; il semblait heureux de les voir, il leur a dit de monter.

Le géant était sec et maigre comme un piquet, la peau boucanée, les pommettes taillées à la serpe. Il s'appelait Don Trajan Chirgoni et avait déserté en 16. Il était condamné à mort par contumace pour avoir tué les gendarmes Guglielmi et Marnier de la Première Légion territoriale. Les hommes qui l'accompagnaient étaient Antoine-Guillaume, son frère cadet, surnommé *U Tronchjulu* parce qu'il lui manquait une main depuis sa naissance, et Mansuetu Spadoni, leur cousin germain. Le garçon qui leur servait de guetteur était Joseph, le plus jeune des Chirgoni. Ils prirent aux Cianfarani les besaces remplies de nourriture, et aussi le sac de Marc-Antoine. Don Trajan embrassa le soldat, il le serra un long moment contre lui. Puis ils se mirent tous à fumer pendant que Joseph faisait chauffer du café sur un trépied.

La dernière fois que je t'ai vu, Marc-Antoine, dit le géant, nous n'étions que des gamins. C'était quand nous avions châtré les porcs. On s'est régalés, ce jour-là… En 15, j'ai été mobilisé. On l'a tous été. Les cinq frères en âge de partir. Il n'est resté que Joseph, il était tout petit. Paul était au 173e comme toi. Vous avez dû vous voir. Il est tombé en décembre 14 au bois de Ranzières. Gratien et Martin sont morts tous les deux à Verdun. Antoine-Guillaume est parti à la fin de la guerre, il a eu de la chance, il était infirmier. Moi, je me suis trouvé incorporé au 6e Chasseurs de Nice. J'ai la médaille militaire. Un jour, je me suis jeté dans une tranchée, une grenade dans une main, le pistolet dans l'autre. J'ai fait trente prisonniers. Pendant une permission en 16, j'ai retrouvé ma femme au désespoir. Alors que je me battais, on lui volait les bêtes. Je suis allé à Frassiccia, chez les voleurs, et j'ai tué Capuralinu, un salopard. Il y avait le Bigleux qui lui tenait compagnie, je lui ai mis une balle dans la main mais il a réussi à fuir. Les femmes du village m'ont lancé des pierres, elles me lapidaient, elles voulaient me tuer. Le fusil était déchargé, je les ai frappées toutes autant qu'elles étaient. Une, je lui ai crevé les seins avec le canon du fusil. Et depuis, je suis dans le malheur. Les gendarmes m'ont traqué, ils m'ont lâché les chiens, comme à une bête féroce. Une fois je suis tombé dans un guet-apens qu'ils m'avaient tendu. Le jeune Charles Tofani, qui était avec moi, est mort tout de suite. Ils lui ont fait sauter la tête. Je me souviens de comment il est mort, il est tombé en travers d'une clôture. Un des gendarmes me venait dessus, je l'ai descendu comme un chien, avec un pistolet. L'autre a essayé de s'enfuir, je lui ai tiré dessus cinq fois avant de le toucher. Il a tout pris dans les reins. Il était par terre, il agonisait dans son sang. Quand je me suis approché pour l'achever, il pleurait comme un gosse. Il me parlait corse et il me demandait d'épargner sa famille. Je l'ai pris dans mes bras, je lui ai donné à boire. On a parlé une demi-heure avant qu'il meure. Je lui disais, tu vois, tu as voulu me tuer et maintenant, c'est toi qui meurs, tu ne pouvais pas passer ton chemin sans chercher d'histoires ?… Je suis un déserteur, Marc-Antoine, et ce fusil que tu vois a tué des hommes. Je sais comment je vais finir. Il vont me guillotiner sur la place Porta, comme le bandit Rocchini. Je préfère les attendre ici. Je suis un déserteur mais je suis un soldat. Je vais défendre ma peau. Si ceux de Frassiccia ne m'avaient pas volé mes vaches, j'aurais fait mon devoir jusqu'à la fin. Mon ami, ne deviens jamais un assassin, j'entends des voix quand je dors, ce n'est plus une vie, non, plus une vie. Heureusement que les gens me soutiennent, tes frères m'ont caché. On s'est toujours soutenu, nous, les Chirgoni et les Cianfarani. Souviens-toi toujours que nous sommes du même sang. Votre grand-mère vient d'ici, des Stabbia, tu sais ! Même nos origines sont les mêmes, nous sommes de la même souche de Zicavo qui a dû s'enfuir autrefois…

Ils ont parlé toute la matinée, et partagé leur repas. Comme les bêtes des Chirgoni étaient à l'abandon, il fut décidé que les Cianfarani s'en occuperaient, jusqu'à ce que leurs alliés aient pu obtenir une amnistie. Il fut aussi convenu que tous les troupeaux porteraient désormais la marque des Cianfarani. Toutes les vaches auraient maintenant une entaille sous l'oreille, comme les gens des Sarconi le faisaient depuis toujours. En cas de vol, les deux familles défendraient ensemble leur bien. Marc-Antoine et ses frères sont restés au Vardatu jusqu'à la nuit. Dans la soirée, Mansuetu Spadoni a tué un mouflon. Ils l'ont partagé. Et puis, vers minuit, les trois frères sont rentrés aux Sarconi en suivant exactement le même chemin qu'à l'aller. Au passage du Riu Nieddu, ils ont lancé une pierre dans le fleuve pour éloigner les esprits.

Quand le moment de la transhumance d'hiver est arrivé, Marc-Antoine s'est mis pour un temps au service de ses frères aînés. Il s'occupait des vaches et il démaquisait leurs terrains de Rosumarinu. Mais sa situation personnelle ne s'améliorait guère. Un jour, il est allé voir *Sgiò* Ghjuvanni et il lui a demandé ce qu'il en était de cette place de garde-champêtre. Le vieux lui a dit qu'il y avait encore une place pour la concession de la forêt des Pireddi. Il allait se renseigner mieux et tout faire pour lui obtenir cette place. Marc-Antoine a continué à travailler pour ses frères, il se faisait aussi engager à la journée par les gens du coin, il travaillait tantôt chez l'un, tantôt chez l'autre. Parfois, il allait à pieds jusqu'à Bonifacio, il aidait les marins, il préparait les appâts sur les bateaux, il retirait les filets, parfois, il allait en montagne pour couper du bois ou nettoyer un terrain, redresser un muret ou enlever des souches, comme les journaliers italiens. Au printemps, il en était encore à servir de domestique pour quiconque pouvait lui offrir une paye misérable. Un jour qu'il passait sur le port, avec un troupeau de vaches qu'il menait vers un nouvel enclos, il a vu *Sgiò* Ghjuvanni attablé avec d'autres notables. Tout ce beau monde jouait aux cartes et se faisait servir des anguilles rôties, pêchées le matin même dans le port. Il s'est approché et il a demandé :

— *Sgiò* Ghjuvanni... Cette place de garde champêtre, vous avez pu vous renseigner ?

Le maire n'a même pas levé la tête vers lui et puis il a répondu :

— Oh, mon garçon !... Tu en es toujours à demander cette place de garde pour les Pireddi ? Ça fait un moment qu'elle est pourvue ! Occupe-toi plutôt de tes vaches, regarde un peu le beau troupeau que tu as.

Le soir, il est remonté jusqu'au hameau de sa famille. Sa vieille mère était assise sur le seuil, elle prenait le frais en préparant des poireaux pour la soupe. En passant, il a déposé un baiser sur les cheveux de la vieille, et puis il est entré dans la maison et a pris sa veste. Il a ouvert un coffre pour y chercher deux ou trois choses qu'il avait ramenées de la guerre, une montre en argent, une médaille, un couteau, du tabac, deux ou trois papiers et le peu d'argent qu'il lui restait, il a mis tout ça dans ses poches. Et puis il est ressorti aussitôt et il a passé la main dans les cheveux dénoués de sa mère. Elle l'a regardé sans rien dire, sans l'ombre d'une interrogation. Il a tout de suite pris le sentier du belvédère, il est arrivé près du grand chêne et, une dernière fois, il s'est assis là, sur le rocher qui surplombait le hameau et d'où l'on voyait les îles et la Sardaigne. Il voit tout, maintenant, il voit les plaines qui s'étendent vers la mer, les étangs insalubres, les rares fumées qui s'élèvent des tas de mauvaise herbe. Il voit les champs abandonnés et les aires de battage que les poireaux sauvages ont envahies. Il voit les maisons aux fenêtres closes. Il voit la rivière, plus bas, et la passerelle qui s'est effondrée dans l'eau. Il voit les pentes de Rosumarinu avec ce maquis épais qu'il n'a pas encore fini d'arracher. Il voit deux enfants qui reviennent on ne sait d'où monter par le sentier, les enfants le rejoignent et passent près de lui, ils lui sourient, il voit leurs dents noires et leurs yeux pleins de fièvre, il voit la carapace de crasse qui les recouvre. Il y a un enclos avec trois chèvres entravées et une autre, malade, attachée à un arbre, qui est tombée par terre sans pouvoir se relever. Il voit les mouches voler dans la boue, au puits du Vispaghju. Il voit les rochers rouges qu'éclairent les derniers rayons du soleil, avec les buissons noirs jaillissant de chaque fissure comme une lèpre. Il y a un vieux qui marche dans le hameau et qui traîne un seau d'eau en boitant. Il lui semble voir un fantôme condamné à vivre, damné et solitaire, entre les pauvres maisons désertées et la roche étouffante. Il voit ce lieu sans destin, il voit le désert, il voit ces étendues de terre livrées aux moustiques et à la malaria, et il entend encore une fois gronder les canons, il voit les hommes monter à l'assaut, il voit le désespoir infini sur leurs visages, il voit le sang qui gicle partout, et il se voit lui-même, chien de guerre, l'écume aux lèvres et les yeux exorbités, taillant à coups de baïonnette dans les entrailles et dans les chairs, et il entend les cris de souffrance, les hurlements de folie sur le champ de bataille. Et il entend une cloche lointaine, là-bas dans la vallée, qui sonne le glas. Les enfants le regardent, ils ont l'air d'avoir peur. "Marc-Antoine, quelque chose ne va pas ?" Il se redresse, blanc comme un linceul, les lèvres tremblantes, la gorge serrée, le regard trouble, et il arrive à dire : "C'est l'enfer, vous savez, c'est l'enfer, ils sont morts, tous morts." Il part sur le sentier, il se met à fuir, les enfants l'appellent : "Où tu vas, Marc-Antoine ? Où c'est que tu vas ?"

Il s'arrête et se retourne, il les regarde comme deux ombres vouées à disparaître. Il cherche ses mots. Il murmure quelque chose mais il n'entend pas lui-même ce qu'il dit. Dites-leur que je suis parti. Dites-leur que je m'en vais. Maintenant. Loin d'ici. Embrassez ceux qui restent. Je suis parti. Et il leur tourne le dos et se met à courir comme un perdu, et ils le voient disparaître sur le sentier.

20

Lettre à Trajan – Les morts et les fantômes – Survivre aux avis funestes – Un message venu du Vardatu – Des nouvelles des vivants – Barcelone – Le choix dernier

Voilà, Trajan, nous y sommes… Je t'écris de Barcelone comme tu le sais. Oui, j'ai réussi à vendre la librairie, je me suis plutôt bien débrouillé, jamais je n'aurais pensé trouver un acheteur, mais nous sommes dans un pays où tout peut se vendre, c'est ce qu'il me semble, il suffit d'avoir de la patience. C'est vrai, j'ai eu quelques remords à laisser partir ainsi le patrimoine familial, pendant au moins deux ou trois secondes. Puis j'ai finalement réalisé que je valais moi-même mon prix en échange d'un bon paquet d'argent. Tu veux que je t'avoue une chose ? Je me sentais un peu seul en résistance. Et résister pourquoi ? Contre qui ? Assis là sur mon rocher, en haut de la plus haute pointe, cherchant de l'air pour pouvoir respirer tandis que je voyais les tas d'ordures monter et monter encore. Je me suis dit : vais-je finir comme ça ? Esseulé avec mes scrupules ? Jusqu'à ce que les tas d'ordures m'envahissent, m'engloutissent et me noient. Non, je vais faire comme tout le monde, je vais estimer mon prix. C'est de là que j'ai décidé de louer aussi ma maison des Sarconi. Louer les Sarconi… étrange idée, mais nous savons qu'il reste peu de place en plaine, peu de place pour ces gens qui ne cessent justement de louer. La plaine est perdue, d'ici peu je crois que la montagne le sera aussi. Je préfère ne pas te le cacher, je songe à la vendre cette maison, où séjournent tant de tristesses et de fantômes. Le goût de la dépense facile, l'attirance pour les affaires sont des choses nouvelles pour moi, mais elles me conviennent plutôt bien contrairement à ce que j'ai pu entendre toute ma vie. Je ne m'en tire pas trop mal ici, à Barcelone, les affaires sont bonnes. Je t'en parlerai.

Puisque j'évoquais les fantômes, Trajan, je dois te confier un rêve.

Ces fantômes étaient là et ils pénétraient dans une forêt. Ils ouvraient un coffre de voiture pour en sortir deux otages ficelés comme de la viande. À la lumière d'une torche ils les forçaient à creuser leur propre tombe. D'abord les deux otages refusaient, puis y étaient contraints à coups de pied et coups de poing. Ils se mettaient enfin à creuser en bredouillant quelque chose, ils suppliaient, ils pleuraient. La fosse était peu profonde. Les coups de bâton recommençaient à pleuvoir, les fantômes leur brisaient les membres, les uns après les autres, les genoux aussi étaient brisés à coup de gourdin, leurs corps se désarticulaient.

Les criminels agissaient froidement, ils frappaient sans prononcer un mot, insensibles aux hurlements. Le plus petit demandait sa mère, le second criait seulement sa douleur mais son regard parlait pour lui, on y lisait une peur immense, on y lisait la soumission, l'acceptation d'une certaine logique, aussi, me semblait-il. Ils avaient des couinements de porcs, Trajan, lorsqu'ils recevaient ces trombes de coups, lorsque les fantômes les massacraient. Au bout d'un long moment, ils se sont arrêtés de frapper. Deux fantômes se sont approchés. Le premier d'entre eux a fait feu sur le petit, en plein front, deux coups secs. Le second a tenu en mire l'autre homme pendant une éternité, le bras tendu, il parlait de justice et de vengeance, il parlait de son sang et puis il l'a décérébré en lui expédiant la totalité du chargeur en pleine tête. Et il continuait de frapper à coups de pied un cadavre sans tête. Tous les fantômes se sont approchés, ils ont fait feu chacun à leur tour, un coup, soit de fusil soit de pistolet. C'est comme s'ils s'en étaient fait le serment. Ils ont jeté les deux cadavres dans les fosses, les ont recouverts d'abord de pierres pour que les sangliers ne viennent pas les exhumer, puis de terre, et enfin ils ont dissimulé les tumuli avec de la mousse et des frondaisons. En repartant, à bord de la voiture, ils parlaient posément, de la vie, de ce qu'il convient parfois de faire, ils se demandaient des cigarettes et se serraient les épaules pour se soutenir et se donner du courage en vue de l'avenir. Il fallait bien l'affronter, ce destin de merde, c'était tout. Chacun est retourné chez soi et ils ne se sont presque plus vus par la suite, pendant un temps infini. Ils étaient devenus des fantômes, qu'est-ce que j'en sais, peut-être cherchaient-ils chacun de leur côté à respirer comme ils le pouvaient. C'est tout, c'est un rêve que j'ai fait, comme ça, et j'avais besoin d'en parler.

Et j'espère, mon ami, que tous ces fantômes ont su sauvegarder la pureté de leur âme, malgré l'effroi et les visions de cette nuit d'horreurs. J'espère surtout que l'un d'eux, celui qui disait venger son sang, j'espère que celui-là a pu comprendre qu'il ne s'agissait que de son double, de son ombre infernale qui ce soir-là défonçait des crânes, que ce n'était pas réellement lui et qu'il est maintenant de retour dans notre monde, apaisé, oui je le dis avec ces mots, j'espère qu'il a trouvé une liberté intérieure et que la paix l'accompagne à présent. J'espère aussi qu'il a retrouvé l'espoir, le même espoir qui me nourrit désormais dans mon exil. Si c'est possible, je ne sais pas, c'est en tout cas ce que je voudrais pour lui. Mais comment y croire ? Comment croire qu'un espoir soit encore possible ? Je l'ignore. Pour ce qui concerne mon rêve c'est cette fin que je désire de tout mon être. Que jusqu'à la fin des âges il reste sourd à toute la bassesse humaine, sourd à cette barbarie qui nous condamne et à la vindicte collective. Qu'il creuse son sillon à présent, qu'il songe à des possibles différents pour conjurer son immonde destin.

Mais j'ai parlé de barbarie… Je sais ce qu'ils penseront tous de ce songe : moi aussi, Trajan, j'ai lu Mérimée. Ça m'emmerde vraiment de penser à Mérimée à ce moment précis et d'avoir moi aussi cette référence à l'esprit. Mais il se trouve que Mérimée a été le premier à nous faire passer à la postérité. Ce type est venu ici un jour, avec sa tronche de cul, animé de l'orgueil des conquérants. Il a bel et bien vu quelque chose de ses propres yeux. Je ne dis pas que c'était un imbécile, absolument pas, il a tenté de comprendre mais j'ignore s'il en avait les moyens. Il a vu des femmes qui se griffaient le visage en pleurant, il a entendu les chants funèbres puis nous nous sommes mis à croire que tout cela était du folklore, mais aujourd'hui je ne sais plus trop, je ne sais pas si le mal n'était pas réellement là comme une damnation contre laquelle il est impossible de lutter, il y avait ce mal suprême, cette guerre au-dessus et nous autres en plein milieu. Pour eux il y a seulement de la barbarie, pour nous c'est une damnation, la damnation de l'homme juste qui doit laisser échapper de sombres chants de sa colère, qui doit les laisser parfois jaillir de son âme.

Mais je vais te le dire, je m'en fous, de Mérimée, comme je me fous de ce qu'ils pensent de notre barbarie. La seule chose que je sais je suis dans l'incapacité de l'expliquer, ce mal profond qui nous afflige est né de la sensibilité la plus extrême, de la civilisation même, de la plus franche estime que l'on peut porter à la personne humaine. Il est né de cette foi que nous avons dans l'humanité. Sauf qu'il y a une guerre, Trajan, sur tous ces territoires, sur les Terres, une longue guerre qui n'en finit plus, où l'on te tue pour trouver du fric sous un matelas.

Nous autres, soldats vaincus de cette guerre, qu'y pouvons-nous ? Pauvres fantômes d'une époque éteinte et déconsidérée, comment pourrions-nous continuer à lutter ?

Je vais te dire ce que je pense. Je pense que notre histoire n'est rien d'autre qu'une longue agonie, je crois que nous sommes déjà morts. Peut-être qu'une partie du sens de ce que nous avons été gît là-bas, dans des ossuaires, et la liste de tous ces malheureux partis se faire massacrer est définitivement trop longue à établir, trop longue aussi la liste de ces annonces macabres apportées dans les villages, dans chaque maison, ces avis sur lesquels il y avait davantage que de simples noms, il y avait un avis de décès général qui nous enterrait tous tant que nous étions, survivants de cette boucherie présents et futurs.

Le pire, Trajan, c'est que la vie a dû continuer après cet effondrement, le pire, c'est qu'il a fallu donner du sens à toute cette dévastation, trouver un sens à tout ce qui a disparu. Le pire est d'avoir continué à exister ainsi, dans la caricature de soi, alors que les tas d'ordures montaient et que tout sens avait disparu. Le pire est d'avoir tenté d'éclaircir le mystère de *l'âge du pain*, tandis que nous vivions dans des barres d'immeubles symboles de notre urbanisme lamentable et que nous nous jetions dans les supermarchés, en bons esclaves de la modernité.

Nous cherchions du sens, nous cherchions à être fidèles à quelque chose issu d'un si lointain passé mais la vérité c'est que ce sens, ce mystère d'un âge enfui, eh bien nous n'en savons plus rien. Et peut-être n'y a-t-il définitivement plus rien à en savoir.

Je me revois mon ami, avec toi, il y a longtemps. Nous n'étions pas assurés du salut mais quelque chose venant de ton âme brillait, quelque chose de ce monde ancien, d'avant l'hécatombe, d'avant la dissémination. Et il y avait, dans ta façon d'être, la marque de cette sève insaisissable qui nous anime tous. Il y avait en toi comme une petite lumière, et la force de rester debout, maintenant encore, au milieu des amas d'ordures qui croupissent. Je prie pour qu'il reste malgré tout quelque chose de cette petite lumière. Je prie pour que cette guerre ne t'ait pas anéanti toi aussi, à jamais.

Je te revois et je revois Mansuetu. Tu penses bien qu'il m'était impossible de ne pas parler de lui. Je nous revois tous les trois au Vardatu ce jour-là. Pendant que tu dormais, Mansuetu s'est tourné vers moi et m'a demandé si j'avais vu un fantôme. Je sentais qu'il m'annonçait quelque chose, je sentais que je devais fixer ces instants car jamais plus je ne me sentirai aussi vivant que ce jour-là à vos côtés. Lors de cet après-midi de sieste, Mansuetu semblait déchiffrer des messages dans les nues. Et parfois, en repensant à cet instant, je me demande s'il s'agissait vraiment de Mansuetu, le dernier témoin des temps lointains, l'attardé de tous les siècles, je me demande si c'était bien lui, ultime tissu de mémoire perdue, qui s'adressait à moi sans que je le puisse comprendre, n'était-ce pas son fantôme qui me mettait en garde et m'annonçait la fin de tout, la fin des mystères ? "Tu as vu un fantôme" m'avait-t-il dit, et j'avais cru qu'il s'agissait d'une question. Non, il m'avouait une vérité, la plus absolue des vérités.

Toujours un monde s'annonce et vient enterrer l'autre. Un siècle futur et un destin incertain viennent à demeure apporter l'avis funeste. Ce n'est ni bien ni mal, ce ne sont que des choix individuels et la logique glaciale et traîtresse du temps qui s'écoule. Dans toute sa violence. Et nous sommes déjà morts. Nous sommes tous morts, n'est-ce pas une évidence ?

Et Mansuetu, sacrifié dans son innocence, il est maintenant un spectre et il veille sur les Stabbia. Pour l'éternité.

Il y a un pré de genêts, des murailles de pierres sèches, un épervier fait des boucles dans les airs et un rusé renard vient laper l'eau de la petite source. Plus haut, près des amas rocheux, un jeune mouflon égaré cherche sa mère. J'entends des bruits de clochettes et les aboiements d'un chien, un troupeau s'approche, suivi de quelques hommes. Des sifflets se perdent dans les érables et des voix résonnent au creux du vallon. Les dernières lueurs du jour percent à travers les épineux. Ces hommes aux traits semblables, je les entends murmurer à l'heure du crépuscule et tandis que les lianes de liseron épousent les branches des genévriers sibériens, leurs pas s'évanouissent au sein de ce mausolée.

Voilà, mon ami, le moment est venu d'achever cette lettre.

Je te remercie de m'avoir donné des nouvelles de Jean-Baptiste. Nous sommes toujours en contact. Il m'a parlé dernièrement au téléphone et il m'a promis de venir passer un moment avec moi lors de ses prochaines vacances. Nous avons un peu parlé de filles, il fait du chiffre en ville si j'ai bien compris. Il est resté lui-même. C'est le nôtre, notre champion. Je l'ai aussi un peu fait baver avec mes exploits catalans, je me débrouille, tu dois t'en douter, tu connais Barcelone, je lui ai dépeint les multiples tanières dans lesquelles nous pourrions nous abandonner lorsqu'il sera là. J'ai quelques bonnes adresses et toute sa confiance pour ça. D'ailleurs, toi aussi mon gars je t'y attends, s'il t'en prenait l'envie, si une petite lumière revenait en toi.

J'ai appris que le jeune Maroselli était parti lui aussi. Il s'en est enfin allé conquérir l'Italie, renouer le lien rompu avec notre antique "Patria Matri" comme il le disait. Lucifer Maroselli, un démon ou un ange, pourchasse encore ses rêves, si tu savais comme ça me rend fier et heureux.

Et moi je suis là. Je t'avais promis quelques mots sur Barcelone, ce que j'y fais, comment je passe mon temps. En fait je te l'avoue, je plaisantais, je ne fais pas grand-chose. J'ai de l'argent pour le moment, et je me suis trouvé une location dans le Born. Il y a un monde fou, les restaurants sont bons, les bars te servent de la bière glacée et d'excellents mojitos. C'est plutôt un coin branché, on y croise de belles personnes. J'y ai rencontré un Corse gay qui s'éclate comme un fou. Un brave mec qui mène sa vie et qui est un mordu des boîtes techno. Je vagabonde sinon d'une place à l'autre, je retourne souvent Plaça del Pi et je débouche sur le Barrio Gotico, où nous allions à l'époque en touristes, mais c'est précisément beaucoup trop touristique, Irlandais ivres et Anglais déchaînés, j'évite de m'y trouver le soir. Il y a toujours un affreux travelo qui hante la Rambla. Mais, de jour, ce sont des quartiers qui me plaisent. Je m'assieds quelque part, j'écris des poèmes et je les offre à une jeune fille d'une table voisine, parfois une Espagnole, parfois une Française, parfois une Anglaise. Des filles avec du style, toujours. Fines. Non Trajan, je ne te parle pas d'hypothétiques amours, tu sais parfaitement que la blessure n'est pas refermée, eh oui, c'est comme ça, je n'ai pas un parcours très glorieux, mais pas pire que d'autres, retiens tes larmes et ne me prends pas en pitié, c'est de désir que je te parle, de jeu, de séduction légère. C'est possible tu sais, c'est encore possible, à Barcelone. Les Catalans sont des gens particuliers, il faut les connaître, qui aiment à plastronner avec leur identité cuisinée à toutes les sauces et à faire preuve d'arrogance vis-à-vis des Espagnols, mais il faut aussi savoir que ces touristes venus des quatre coins du monde les insupportent, ils les traient mais ils les méprisent, c'est bien compréhensible pour nous, et pour le peu que je les ai fréquentés, ils tiennent quand même la route, ces Catalans. Arrogants, mais droits. Ils travaillent, bossent dur et produisent des choses. Il y a des endroits où c'est encore possible. Pour la nuit, je ne t'apprends rien, c'est toujours un bouillonnement incroyable. Cocaïne et putanisme tous azimuts, boîtes branchées et adresses plus tranquilles et pour tous les âges. Il y a parfois un peu de danger, des conflits toujours possibles, là aussi, mais sans importance. Il faut apprendre à être prudent, à faire les bons choix. Car il y a ici une chose inestimable : le fait de pouvoir choisir. Je fréquente souvent le Club, à l'occasion. Des filles d'une autre trempe, pour le coup. Mais toujours intéressantes, toujours disposées à considérer leur destin avec humour et beaucoup de détachement. J'arrête ici la carte postale. Nous savons bien tous les deux que le paradis terrestre n'existe malheureusement pas.

Et pourtant, Trajan, j'existe, ici aujourd'hui, ombre parmi les ombres, vieux fantôme traînant son misérable passé, avec sa lourdeur et ses remords écrasants – reste que j'existe quand même. Libre et désormais délié de tout ce qui m'empoisonnait, des vains espoirs, de ce qui m'étranglait et me clouait à ma propre infamie. Je suis là et je cherche cette possible paix que je sens approcher, peu à peu, elle est à ma portée du fait même que j'y crois. Cette paix que je me suis promis d'atteindre, mon ami.

En pénétrant dans cette forêt, Trajan, quand nous les eûmes attrapés, ligotés, battus et traînés sur le sol, au moment même de pénétrer dans cette forêt, celle de notre apaisement autant que de notre damnation, et tandis qu'ils balbutiaient, espérant encore pouvoir sauver leur peau cependant que mon bras vengeur élevait une arme pour la dernière fois, j'ai refusé de reconnaître que mon destin était là tout entier. J'ai accompli mon devoir, parce que je suis un homme juste, et je me suis détourné, fidèle à tout ce qui nous liait, mais maintenant convaincu que jamais plus le goût du sang ne réveillerait aucun fantôme.

Et en moi-même, alors que nous étions en train de regagner la voiture et que nous venions de pénétrer dans la dimension des fantômes, j'ai fait ce choix définitif : la vie.

BABEL

Extrait du catalogue

1281. ANTON TCHEKHOV
Platonov

1282. AHMED KALOUAZ
À l'ombre du jasmin

1283. HUGH HOWEY
Silo

1284. NAGUIB MAHFOUZ
Karnak Café

1285. INTERNATIONALE DE L'IMAGINAIRE N° 29
Alerte : patrimoine immatériel en danger

1286. AKI SHIMAZAKI
Tonbo

1287. LAURENT GAUDÉ
Onysos le furieux

1288. RAPHAËLLE RIOL
Amazones

1289. ANTOINE PIAZZA
Un voyage au Japon

1290. RUSSELL BANKS
La Relation de mon emprisonnement

1291. KAMEL DAOUD
La Préface du nègre

OUVRAGE RÉALISÉ
PAR L'ATELIER GRAPHIQUE ACTES SUD
REPRODUIT ET ACHEVÉ D'IMPRIMER
EN JANVIER 2015
PAR NORMANDIE ROTO IMPRESSION S.A.S.
61250 LONRAI
POUR LE COMPTE DES ÉDITIONS
ACTES SUD
LE MÉJAN
PLACE NINA-BERBEROVA
13200 ARLES

DÉPÔT LÉGAL
1re ÉDITION : FÉVRIER 2015
N° impr. : 1500043
(Imprimé en France)